VERLIEBT IN DEN CEO

A SINGLE DAD BILLIONAIRE BOSS ROMANCE

KATRIN EMILIA BUCK

ROSEN FEDER

PROLOG

REBECCA

– Toi, toi, toi! –, schrieb mir meine beste Freundin Willa.
– Wird schon schiefgehen –, antwortete ich.

Meine zitternden Finger verrieten meine Aufregung. Schließlich ging es um eine sehr große Sache. Heute würde ich erfahren, ob ich an einer der renommiertesten Universitäten der USA einen Doktoratsplatz in englischer Literatur bekommen würde.

– Natürlich bekommst du den Doktoratsplatz. Und dann gehen wir zusammen feiern! –

Dass Willa in Texas wohnte und ich in Upstate New York, schien sie dabei kurzzeitig zu vergessen. Sie würde es aber glatt fertigbringen, hier plötzlich aufzutauchen. Dabei führte sie ihr eigenes Geschäft und das noch sehr erfolgreich. *Willa's Weddingcakes* war praktisch immer ausgebucht, sodass »feiern gehen« noch weniger wahrscheinlich wäre. Aber Willa wäre nicht Willa, wenn sie nicht sogar das schaffen würde. Wir waren seit dem Kindergarten befreundet und obwohl wir beide Atlanta nach der Highschool verlassen hatten, hatten wir uns nie aus den Augen verloren. Sie war meine beste Freundin und meine Inspiration. Und heute würde ich meinem eigenen Lebensziel einen guten Schritt näher kommen.

– Aber vergiss nicht, dass ich dich dringend noch für meine Webpage brauche! –, ergänzte sie.
– Mache ich dir, keine Sorge. –

Sie schickte mir ein Daumenhochzeichen und ein Herzchen. Den letzten Auftrag hatte ich gerade noch erledigt, sodass ich jetzt mit gutem Gewissen den restlichen Tag freinehmen konnte. Ich arbeitete als Freelancerin. Hatte mir schon während des Colleges als Werbetexterin einen Namen gemacht und mich auch im Webdesign ausbilden lassen. Die Studiengebühren zahlten sich schließlich nicht von allein und von meiner Familie konnte ich keine Unterstützung erwarten. Ich hatte alles genau geplant und ausgerechnet und mir somit ein schönes Polster beiseite gelegt, sodass ich das erste Doktoratsjahr ohne den Stress, zwei Jobs nebeneinander zu stemmen, machen konnte.

Außerdem hoffte ich stark auf eine Assistenzstelle. Das wäre absolut ideal. Ich wünschte mir inständig, dass alles so kommen würde, wie ich es mir ausmalte. Und das würde es, ich war mir ganz sicher.

Freu dich bloß nicht zu früh, du weißt, was alles schiefgehen kann, schlich sich sogleich die mahnende Stimme meiner Mom in meine Gedanken. *Nein, es wird ganz bestimmt klappen!,* hielt ich geistig dagegen. Ich hatte ein wirklich gutes Gefühl. Jawohl!

Dennoch schaltete ich mit klopfendem Herzen meinen Computer ab, bevor ich mir meinen Schal, die Mütze und Kappe anzog und in die eisige Kälte trat. Tief atmete ich ein und aus, schloss für einen Moment die Augen und versuchte, zur Ruhe zu kommen. Bald schon spürte ich Zuversicht und Vorfreude in mir aufkeimen. Ich würde in drei Jahren die Erste der Familie sein, die einen Doktortitel verliehen bekommen würde. Dieser Meilenstein würde meine Mom hoffentlich davon überzeugen, dass auch Frauen aus eigener Kraft alles schaffen könnten, was sie sich erträumten.

Wenn sie es wirklich wollten, gab es kein Ziel, das zu hoch gesteckt war!

Aber jetzt machte ich mich besser auf den Weg. Mein alter Dodge stand in der Garage, die Auffahrt hatte ich in aller Herrgottsfrühe bereits vom letzten Schnee befreit. Eine halbe Stunde später hatte ich an der Universität geparkt und auch bereits den Bürotrakt betreten. Ich fühlte noch heute jedes Mal dieses ganz besondere Gefühl der Zugehörigkeit, wenn ich den Campus betrat. Ich hatte sogar das Gefühl, dass die Luft anders roch, was natürlich nicht sein konnte. Belustigt über mich selbst schüttelte ich den Kopf, bevor ich zielstrebig in den zweiten Stock zu Professor Greens Büro ging.

Er war eine Koryphäe auf seinem Gebiet. Dass er noch nicht einmal vierzig war und dazu noch sehr attraktiv, bescherte ihm sehr viele Bewerbungen. Dennoch, ich hatte mein Studium summa cum laude abgeschlossen und mich auch bei den Bewerbungsgesprächen sehr gut geschlagen. Das hier war reine Formsache. Dennoch spürte ich den leichten Schweißfilm auf meiner Stirn.

»Miss Gibson, setzen Sie sich, der Professor ist noch in einer Besprechung.«

Mister Greens Sekretärin lächelte mir zu und deutete auf einen der Besucherstühle. Bevor ich mich setzte, zog ich meinen Mantel aus und hängte ihn auf.

Die Mütze und den Schal stopfte ich in einen der Ärmel. Ich hatte mir für diesen besonderen Tag neue Stiefel gegönnt, die knapp unter dem Knie endeten. Der dunkelrote Rock und die helle Seidenbluse passten hervorragend zu meinem hellen Teint und meinen dunklen, langen Haaren, die ich heute offen trug.

Kaum hatte ich mich gesetzt, ging die Tür auf und eine blonde Frau kam mit Professor Green heraus.

»Ich kann Ihnen gar nicht genug danken, Professor Green.«

»Danken Sie mir nicht zu früh, Anne.«

Er schüttelte ihre Hand und zwinkerte ihr zu, sodass ich sehr deutlich sah, wie Anne rot anlief, bevor sie ihren Blick senkte. Flirtete er mit ihr?

Kaum gedacht, ließ er Annes Hand los und fixierte mich. Das Lächeln, das jetzt Professor Greens Gesicht zierte, konnte ich nicht so richtig deuten.

»Miss Gibson, kommen Sie doch rein.«

Er nickte dieser Anne nochmals zu, die wie festgetackert schien. Ich kannte sie nur flüchtig von ein paar Campustreffen, wir waren eigentlich nie ins Gespräch gekommen. Erst jetzt schien sie mich zu bemerken, stammelte ein »Auf Wiedersehen« und eilte aus dem Empfangszimmer.

Der Professor hielt mir einladend die Tür auf, sodass ich mich an ihm vorbeidrücken musste und eine Nase voll seines erdigen Aftershaves abbekam. Nicht mein Duft, aber wem's gefiel …

»Schön, dass Sie hier sind. Setzen Sie sich.«

Er zeigte auf einen der Besucherstühle vor seinem Schreibtisch. Statt sich zu mir zu setzen, wählte er jedoch die Tischkante und betrachtete mich, als ob er mich studieren würde, um später ein Gemälde anfertigen zu lassen. Von Sekunde zu Sekunde, die wir stumm dasaßen, wurde es mir unangenehmer. Auch war mir nie aufgefallen, wie intensiv sein Blick sein konnte. Seine dunklen Augen schienen sich in meine zu bohren. Er war wie immer ganz in Schwarz gekleidet. Das Hemd unterstrich seine breite Brust und ließ einen strammen Bauch darunter vermuten. Die Hosen versteckten weder seine muskulösen Oberschenkel noch seinen knackigen Hintern. Ich kannte die Spitznamen, die der ihm beschert hatte. Aber das ging mich alles nichts an, schon gar nicht die Tatsache, dass wohl jede zweite Studentin von einer heißen Nacht mit ihm träumte.

Ich räusperte mich.

»Sie waren beim Abteilungsumtrunk sehr schnell weg.«

»Ja, nun, nochmals ganz herzlichen Dank für die Einladung. Ich konnte leider aus beruflichen Gründen nicht länger bleiben.«

»Arbeiten Sie nicht frei?«

»Genau. Ich hatte einen Abgabetermin.«

Er hob eine Augenbraue, als wollte er mich rügen, dass ich nicht wusste, wie man Prioritäten richtig setzte.

»Natürlich werde ich meine Arbeit einschränken oder gar einstellen, wenn sich die Gelegenheit mit einer Assistenzstelle ergibt …« Weiter kam ich nicht, denn er hob eine Hand, um mich zum Schweigen zu bringen.

»Ich kann Ihnen keine Stelle anbieten. Sie haben wiederholt meine Angebote abgelehnt, was mir deutlich macht, dass Sie über kein Gemeinschaftsgefühl verfügen.« Dabei wanderte sein Blick über meinen Körper, bevor er mir wieder in die Augen sah.

Ich setzte nochmals an, ihm zu erklären, dass ich seine Einladungen zu einem Drink wegen meiner Arbeit hatte ablehnen müssen. Sein überheblicher Blick ließ mich jedoch erschaudern. Das spöttische Lächeln unterstrich, dass er mich in der Hand hatte.

»Oder irre ich mich?«, fragte er nach.

Mein Herz schlug mir bis zum Hals. Ich hatte ein schlechtes Gefühl dabei gehabt, ihn allein in einer Bar zu treffen. Außerdem hatte ich gedacht, bei den Gemeinschaftstreffen witzige und smarte Konversation betrieben zu haben, sodass es reichte, ihn zu beeindrucken. Aber es reichte wohl nicht und offenbar waren die Gerüchte um Professor Green auch keine Gerüchte. Ich biss mir auf die Zunge, um nichts zu sagen, was mir langfristig schaden könnte. Denn ich konnte mein

Glück auch bei einem anderen Professor suchen. Es gab insgesamt zwanzig Studienplätze pro Jahr und mein Abschluss sprach für sich.

»Dachte ich es mir.« Er stand auf, umrundete meinen Stuhl, sodass er jetzt hinter mir war. »Ich habe mir die Freiheit genommen, bei meinen Kollegen und Kolleginnen anzufragen. Sie haben ihre Auswahl bereits getroffen. Sieht so aus, als müssten Sie sich in einem Jahr nochmals bewerben. Natürlich kann ich für nichts garantieren. Sie sind ja auch schon etwas älter als Ihre Kommilitonen …« Ich spürte seinen Atem dicht an meinem Ohr, bewegte mich jedoch keinen Millimeter.

Als ich die Tür aufgehen hörte, schloss ich kurz die Augen und versuchte mich zu beruhigen. Das Gespräch war offenbar beendet. Ich kochte jedoch vor Wut, ließ mir hoffentlich nichts anmerken. Froh, dass meine Stimme nicht zitterte, als ich »Danke für Ihre Zeit« sagte, verließ ich Professor Greens Büro erhobenen Hauptes.

»Miss Phillips, kommen Sie doch bitte rein.«

Die nächste Studentin wartete bereits. So wie sie ihn anstrahlte, würde sie wohl zu allem, was er plante, Ja und Amen sagen. Aber Professor Green war ein sexistisches Arschloch und wenn ich eines gelernt hatte, dann dass ich es auch so schaffen würde. Irgendwie. Aufgeben war keine Option!

KAPITEL 1

M*onate später*

REBECCA

»Ich verstehe dich überhaupt nicht!«

»Das musst du auch nicht, Mom, es ist immer noch mein Leben.« Nervös sah ich auf meine Uhr. Sonst rief ich einmal im Monat meine Mom an, es war nie umgekehrt und schon gar nicht mitten am Tag. Nein, für diese Gespräche musste ich immer ein Glas Wein bereitstellen. Aber heute hatte sie mich überrumpelt.

»Dass du jetzt in San Antonio als Assistentin dein Dasein fristest …« Ich hörte sie tief seufzen. »Ich dachte, du wolltest es allen zeigen. Mehr aus dir machen. Was ist aus deinem liebsten Spruch ›Aufgeben ist keine Option‹ geworden?«

»Nur weil ich mal eine Festanstellung annehme, gebe ich doch nicht auf. Außerdem tut mir ein Tapetenwechsel gut. Und Willa tut mir ebenfalls gut. Ich fühle mich wohl in San Antonio.«

Es war die beste Entscheidung überhaupt gewesen, zu Willa zu ziehen. Schließlich konnte etwas moralische Unterstützung, wenn ich meine Bewerbungsphase für die Universitäten neu startete, wirklich nicht schaden.

Dass ich durch Zufall einen Job als Assistentin gefunden hatte, war ein Glücksfall. Er war sehr gut bezahlt und so konnte ich auch in dieser Hinsicht etwas aufatmen. Das mühsam erarbeitete finanzielle Polster für mein erstes Doktoratsjahr wollte ich nur ungern anzapfen und mit diesem Job würde ich es sogar noch etwas aufstocken können.

Meine Mom seufzte wieder, aus welchem Grund auch immer. Ich hatte wirklich keine Zeit und auch überhaupt keine Lust, mich herunterziehen zu lassen.

»Hör zu, ich muss zurück zur Arbeit. Ich ruf dich bald mal an, dann habe ich mehr Zeit zum Reden.«

»Verlier nicht deine Ziele aus den Augen. Du weißt, wie dich ein Kerl ablenken kann. Ich muss dich ja wohl nicht an deinen Vater erinnern …«

»Nein, musst du nicht. Hab dich lieb, bye.«

Ihre Verabschiedung fiel mit meinem Auflegen zusammen. Ich konnte nur hoffen, dass ich sie jetzt nicht noch beleidigt hatte. Sie würde es mir Monate vorhalten. Besser ich ging jetzt wirklich zurück an meinen Platz.

Ich verließ die Waschräume, in die ich mich für das Telefonat mit meiner Mom geflüchtet hatte. Auf dem Stockwerk gab es keine Möglichkeit, sich für ein privates Gespräch zurückzuziehen, wahrscheinlich weil ich keine während der Arbeitszeit führen sollte.

Kaum hatte ich mich zurück an meinen Schreibtisch gesetzt und begonnen, die neu eingegangenen Nachrichten durchzusehen, zuckte ich wieder zusammen. Aber nicht weil meine Mom nochmals anrief, sondern weil plötzlich die Bürotür aufgerissen wurde und ein wütender Mister West herausgestürmt kam. Seit zwei Wochen arbeitete ich für den CEO von *Texas West Oil*, aber auch heute beachtete mich mein Chef überhaupt nicht, sondern stampfte an mir vorbei. Statt auf den Aufzug zu warten, ging er zielstrebig zum Treppenhaus, riss auch diese Tür auf und donnerte die Stufen herunter. Erst als die Tür mit einem Knall ins Schloss fiel, atmete ich auf.

Lauren, die neben mir saß, schien Mister Wests Verhalten überhaupt nicht aus der Ruhe zu bringen. Vielleicht weil sie ihn schon seit fünfunddreißig Jahren kannte und schon für seinen Dad als Assistentin gearbeitet hatte. Das war auch der Grund, warum ich überhaupt hier war – ich war Laurens Nachfolgerin. Also theoretisch, denn mein Probemonat war erst zur Hälfte um. Und es lief eigentlich ganz gut, abgesehen davon, dass es nicht sehr spannend war.

»Soll ich die Sitzungen für morgen vorbereiten?«

»Das ist nicht nötig. Warum holst du nicht den Zehn-Uhr-Termin in der Lobby ab?«

»Ist Mister Miller denn schon eingetroffen?« Wir hatten noch gar nicht Bescheid bekommen und es war erst Viertel vor zehn.

»Nein, aber er wird bestimmt pünktlich sein. Und es ist immer nett, gleich freundlich empfangen zu werden. Warum gehst du nachher nicht im dritten Stock vorbei? Amy aus der Buchhaltung hat Kuchen mitgebracht.« Lauren nickte mir freundlich zu, bevor sie über das Headset einen Anruf entgegennahm.

Seufzend erhob ich mich, strich meinen dunkelblauen, knielangen Rock glatt und stöckelte zum Aufzug. Nicht nur meine elegante Kleidung und die zehn Zentimeter hohen Schuhe waren an diesem Job gewöhnungsbedürftig. Natürlich war ich froh, nicht an einen Chef geraten zu sein, der mich quer durch die Stadt jagte, um seine Hemden abzuholen. Oder darauf bestand, seinen Kaffee von einem ganz bestimmten Barista gebraut zu bekommen, den ich noch dazu im Morgengrauen besorgen musste. Den Kaffee, nicht den Barista.

Nur leider langweilte ich mich stattdessen zu Tode. Die einzigen Aufgaben, die mir Lauren aufgetragen hatte, waren E-Mails sortieren und beantworten, die Sitzungsräume mit Getränken und Schreibmatten ausstatten und eben Gäste begrüßen. Ich hatte noch nie Protokoll geführt, war noch nicht einmal bei Sitzungen dabei gewesen, um etwas zu lernen, geschweige denn hatte ich meinen Chef auf einer Reise begleitet. Vielleicht sollte es mein erstes Ziel sein, dass Mister West mich grüßte. Oder überhaupt wahrnahm. Offenbar fing ich ganz unten an, auch wenn ich im obersten Stock des Wolkenkratzers saß, das *Texas West Oil* beherbergte.

Ich arbeitete für eine der größten Ölfirmen im Land, die nicht nur mehrere Raffinerien besaß, sondern sogar Plattformen im Golf von Mexiko. Durch die Firmenpräsentation hatte ich mich schon am ersten Tag gelesen, sogar versucht, die Bilanzen zu studieren. Aber um die Infos zu verstehen, hatte dann mein Literaturstudium doch nicht gereicht.

Der Konzern wurde von den fünf Geschwistern Colton, Jayden, Isabella, Noah und Ethan geleitet. Tatsächlich hatte ich außer Colton nur seinen Hausanwalt Tyler Lewis bis jetzt kennengelernt, dabei saßen die Geschwister nur ein Stockwerk tiefer. Gemäß Lauren waren alle geschäftlich außer Haus. Sie wusste alles, ich hingegen kam mir total abgeschieden vor.

Nun gut, das war sowieso nur eine Zwischenstation. Hätte schlimmer kommen können.

Als ich in der Lobby eintraf, nickte der Rezeptionist mir freundlich zu.

»Rebecca, das ging ja schnell.« Er deutete auf einen Mann in dunklem Anzug. Mister Miller wartete offensichtlich bereits. »Ich habe noch nicht einmal oben angerufen, dass Ihr Gast hier ist.«

»Danke.« Ich passierte die Sicherheitsschranke und ging auf den Besucher zu. »Mister Miller? Mein Name ist Rebecca Gibson, ich bin Mister Wests Assistentin. Bitte folgen Sie mir.«

Er nickte, schien jedoch keinen Wert auf Small Talk zu legen, oder darauf mich zu grüßen. War das jetzt Mode? Wir fuhren schweigend in den fünfundzwanzigsten Stock. Wenigstens reagierte er auf meinen offerierten Kaffee, auch wenn er nur den Kopf schüttelte. »Mister West wird in Kürze hier sein.« Mister Miller würdigte mich keines Blickes, sondern widmete sich lieber seinem Handy.

Dieses Verhalten kannte ich bereits. Als ich die Tür hinter mir zuzog, wäre ich fast mit meinem Boss zusammengestoßen. »Verzeihung«, entfuhr es mir.

»Darf ich durch?«, fragte er mich mit hochgezogener Augenbraue, so als ob nicht er mich fast umgerannt hätte, sondern umgekehrt. *Wieso entschuldigst du dich dann?*

»Natürlich. Bitte.« Ich machte brav Platz und kam

mir wie die größte Idiotin vor, als ich zurück in den zweiunddreißigsten Stock fuhr.

Meine Freundin Willa lachte mich aus, als ich sie in der Mittagspause anrief, um ihr von meiner ersten richtigen Begegnung mit Colton West zu berichten.

»Sieh es von der positiven Seite. Wenn du so weitermachst, wirst du an Ostern einen ganzen Satz mit ihm austauschen, vielleicht sogar zwei.« Sie lachte wieder.

»Besser so«, gab ich zu.

»Ja, besser so. Solch einen Arsch wie diesen Professor willst du nicht als Chef haben. Und das war doch das wichtigste Kriterium bei deiner Bewerbung für diese Stelle.«

»Na ja, ich hätte schon auch gerne etwas Richtiges zu tun. Aber ja, lieber so.«

»Heute Abend kannst du meine neueste Kreation probieren. Kokos-Schoko-Haselnuss mit einer hauchdünnen Schicht weißer Schokolade. Wie klingt das?«

»Fantastisch, Willa.«

»Dann hoffe ich mal, dass es auch so schmeckt.«

»Darauf könnte ich wetten. Bis später.«

»Bis später. Lass dich nicht unterkriegen!«

Willa war die beste Hochzeitstortenbäckerin, die ich kannte. Da ich bei Willa wohnte und auch von Mister West gut bezahlt wurde, konnte ich weiterhin meine zukünftigen Studiengebühren ansparen. Vielleicht irritierte mich auch darum mein neuer Job. Ich wurde für diese einfachen Aufgaben viel zu gut bezahlt. Auch kam es mir seltsam vor, in einer Firma mit Tausenden von Mitarbeitern keine Menschenseele außer Lauren zu kennen. Vielleicht sollte ich wirklich bei dieser Amy in der Buchhaltung vorbeischauen oder mich generell geselliger zeigen. Die Worte von Professor Green klangen noch immer in meinen Ohren nach, obwohl ich wusste, dass er mir an die Wäsche wollte. Aber ich konnte nicht verhindern, dass ich mich unzulänglich fühlte.

Nein, ich würde dieses Gefühl nicht zulassen. Ich machte mir ganz bestimmt umsonst einen Kopf. Und wenn Lauren erst einmal pensioniert wäre, würde ich mich wahrscheinlich an heute erinnern und mich hierher zurückwünschen, weil ich die Arbeit kaum stemmen konnte.

KAPITEL 2

COLTON

»… Und deswegen muss ich leider morgen abreisen.« Ein tiefes Ausatmen folgte den Ausführungen meiner Kinderfrau, so als ob sie während ihres ganzen Monologes am Telefon die Luft angehalten hätte.

Wut gemischt mit dem beklemmenden Gefühl zu versagen, bahnte sich seinen Weg durch meinen Körper. Ich schloss kurz die Augen und massierte meine Nasenwurzel, um die Kopfschmerzen zu verdrängen, die sich wie Messerstiche anfühlten.

»Mister West?«, hörte ich zaghaft in der Leitung. Nancy Jones war nicht zaghaft, sondern eine resolute Mittfünfzigerin. Deswegen hatte ich sie auch für meine

Tochter eingestellt. Ich wollte kein verzogenes Gör großziehen, das nur darauf wartete, mich zu beerben. Verdammt, was sollten diese Gedanken, es waren nicht meine!

Maddie konnte kein größerer Goldschatz sein. Und ja, ich war voreingenommen, aber sie hielt seit ihrer Geburt mein Herz in ihren kleinen Händen und ich würde es nie anders wollen.

Was ich jetzt tun sollte, wusste ich jedoch nicht. Es war der ungünstigste Moment.

»Das mit Ihrer Mutter tut mir leid. Ich hoffe, es geht ihr bald wieder besser.«

»Danke. Nun … Ich melde mich, wenn ich weiß, wie lange ich wegbleibe.«

Ich presste ein »Danke« hervor und legte auf. Fuck, fuck, fuck! Frustriert fuhr ich mir durchs Haar. Ich musste morgen nach Arizona, da gab es kein Wenn und Aber. Wo sollte ich jetzt eine Nanny herzaubern?

Meine Familie fiel aus. Meine Eltern waren verreist, nicht dass sie meine erste Wahl gewesen wären. Meine Geschwister waren selbst unterwegs oder morgen mit mir in Arizona. Die Vermittlungsagentur für Nannys war jetzt am Abend längst geschlossen.

Die Einzige, die mir einfiel, war Lauren, meine in Rente gehende Assistentin. Bevor ich es mir anders überlegte, wählte ich ihre Nummer. Sie nahm zum Glück gleich ab.

»Colton? Ist alles in Ordnung?«

»Ja, nein, also ja. Nancy Jones, Maddies Kinderfrau, hat einen Notfall in der Familie und muss sofort verreisen. Ich kann so kurzfristig niemanden organisieren und da dachte ich, dass vielleicht du einspringen könntest?« Lauren gehörte längst zur Familie. Sie war schon die Assistentin meines Dads gewesen.

»Ach, Colton, würde ich liebend gern. Aber ich fahr doch morgen zu Hank. Ein Altenheim ist kein Ort für ein kleines Kind. Es tut mir leid.«

Stimmt, morgen war ja wieder der Erste im Monat. Ein fester Termin in Laurens Kalender und ich hatte es verschwitzt.

»Nein, natürlich. Entschuldige, dass ich es vergessen habe.«

»Warum fragst du nicht Rebecca?«

»Wen?«

»Rebecca Gibson, meine Nachfolgerin. Die Frau, die seit zwei Wochen vor deiner Bürotür sitzt. Dunkle, lange Haare, schlank, immer adrett gekleidet und das Wichtigste, sie hat noch nicht gekündigt.« Ich hörte das Schmunzeln in ihrer Stimme. Ja, ich hatte in den letzten Monaten schon einige Nachfolgerinnen von Lauren vergrault. Sie hatten aber auch überhaupt nichts ausgehalten, und ich hatte keine Zeit und schon gar keine Nerven, immer wieder über Fehler hinwegzusehen.

Diese Rebecca war mir jedoch noch gar nicht aufgefallen. Seltsam. Alles lief zudem absolut reibungslos. Ich war ein Gewohnheitstier. Nur mit Routine konnte ich überhaupt mein Pensum als CEO von *Texas West Oil* schaffen. Dazu wollte ich so viel Zeit mit Maddie verbringen, wie es ging. Ein praktisch unmögliches Unterfangen.

»Sie kann gut mit Kindern umgehen.«

»Woher willst du das wissen?« Dämliche Frage, Lauren wusste alles, was in diesem Haus vorging. »Also gut, ich frage Rebecca. Danke.«

»Gerne. Und sei nett zu ihr. Viel Erfolg morgen.«

»Danke. Bis dann.«

»Bis dann.«

Nachdem wir aufgelegt hatten, verließ ich mein Büro und trat in den Vorraum. Das oberste Stockwerk unseres Wolkenkratzers beherbergte nur die Räumlichkeiten des CEOs. Meine Brüder und meine Schwester teilten sich das Stockwerk darunter.

Meine Geschwister hatten es akzeptiert, auch wenn sie mir klar zu verstehen gaben, dass ich mir nichts auf mein größeres Büro oder meinen Titel einbilden sollte. Was ich auch nicht tat, aber als Ältester der Familie war es vorbestimmt gewesen, dass ich der CEO werden würde.

Der Vorraum war jedenfalls leer. Laurens Tisch blitzte vor Sauberkeit, während der zweite daneben unordentlich war. Ein verlesenes Taschenbuch lag neben einem halb aufgegessenen Sandwich, daneben stand ein halbleergetrunkener Becher. Zerknitterte Servietten waren neben dem Papierkorb gelandet, in dem eine Tüte vom Imbiss um die Ecke steckte. Unter dem Tisch sah ich dunkle Pumps liegen. Der Blazer hing nur halb über der Stuhllehne. Eine Tasche war nicht zu entdecken und auch sonst keine Kleidung.

Ich zückte mein Handy, um meine Assistentin anzurufen, da hörte ich eine Tür zuschlagen. Als ich mich umdrehte, sah ich eine Frau mit dunklen, langen Haaren, leise schimpfend auf mich zulaufen. Sie hatte mich nicht bemerkt, da ihre Aufmerksamkeit ihrer Bluse galt, wo ein großer, feuchter Fleck über ihrer linken Brust prangte.

Als ich mich räusperte, blieb sie abrupt stehen. Ohne Schuhe reichte sie mir kaum bis zu den Schultern. Aus großen, dunklen Augen schlug mir Erstaunen entgegen, bevor sich Distanz darin aufbaute und sie sich weiter aufrichtete.

»Mister West … Was kann ich für Sie tun?« Sie ging zu ihrem Schreibtisch, nahm das Buch und verstaute es in aller Seelenruhe in einer der Schreibtischschubladen. Dann packte sie ihr Essen weg, wischte über den Tisch und trank den Becher aus, bevor sie den Abfall in den Papierkorb stopfte. Aus einer anderen Schublade zog sie Desinfektionstücher, um ihre Hände zu säubern und ihren Schreibtisch nachzuwischen.

Als sie fertig war, legte sie ihre Hände verschränkt darauf und sah mich abwartend an. Sie war verärgert, schoss es mir durch den Kopf, und machte sich auch nicht die Mühe, es zu verbergen.

»Haben Sie eine Aufgabe für mich? Ansonsten würde ich jetzt nach Hause fahren.«

Ich hatte tausend und eine Aufgabe für meine Assistentin. Meine Mailbox quoll bereits wieder über vor Nachrichten und …

»Ich dulde diesen Saustall nicht. Es ist mir egal, ob Sie Pause machen oder nicht. Als Assistentin des CEOs haben Sie zu jeder Zeit makellos auszusehen. Sie und Ihr Schreibtisch. Auch erwarte ich, dass Sie sich mit der Firma vertraut machen. Es gibt genug Material, das Sie studieren können, anstatt Ihre Gehirnzellen mit Schund zu töten.«

Es war mir egal, dass ich so persönlich wurde. Sie war schließlich meine menschliche Visitenkarte. Stumm sah sie mich an, hielt ihre Gefühle unter Verschluss, was mir gefiel. Ich konnte hysterische Frauen nicht leiden.

»Tatsächlich habe ich noch eine Aufgabe für Sie.«

Ich hätte schwören können, dass Rebecca jetzt innerlich aufstöhnte. Dabei bezahlte ich für Überstunden fürstlich. Und dass sie noch hier war, sprach doch dafür, dass sie es zu schätzen wusste. Wenigstens etwas.

»Um was geht es?«, fragte sie mit emotionsloser Stimme.

»Nun, es geht um jemanden, nicht um etwas. Lauren meinte, Sie kommen gut mit Kindern aus.«

»Ja. Warum ist das wichtig?«

»Packen Sie Ihre Sachen zusammen, ich erkläre es unterwegs.«

Ich drehte mich auf dem Absatz um und ging zurück in mein Büro, um alles, was ich für meinen morgigen Trip brauchte, zusammenzuräumen. Es gab mir auch die Gelegenheit, mich von dem Unwohlsein abzulenken, das mich überfiel, wenn ich daran dachte, meine Assistentin mit zu mir nach Hause zu nehmen. Keine Frau außer meinen Hausangestellten oder meiner Familie betrat normalerweise mein Zuhause.

Ich suchte keine neue Ehefrau oder Mutter für Maddie. Die Frauen, die ich ab und an traf, mussten mit einer Nacht in einem Hotel vorliebnehmen.

Vielleicht sollte ich morgen doch einfach von zu Hause aus arbeiten und mich via Konferenzschaltung einwählen. Ich hörte bereits die Stimme meines Dads, die mir vorhielt, ein Versager und seines Erbes nicht würdig zu sein. Einfach großartig! Was ich nie gewollt hatte, war, mich zwischen meinem Kind und meiner Arbeit zu entscheiden. Wen belog ich hier eigentlich? Das hatte ich längst und ich fühlte mich beschissen dabei.

KAPITEL 3

REBECCA

Na toll! Ich hatte mich auf eine Kostprobe von Willas Torte gefreut, ein schönes Glas Rotwein und ein Schaumbad. Die Reihenfolge war egal. Jetzt musste ich offenbar meinen Abend mit meinem Boss verbringen, nachdem er mich tagelang ignoriert hatte. Dass ich nur kurz etwas essen wollte und auch ganz bestimmt nicht geplant hatte, meine Bluse zu versauen, spielte wohl überhaupt keine Rolle. Dass ich jetzt schon in meiner Pause Firmenliteratur studieren musste, war mir zudem neu.

Wenigstens schien der Tomatenfleck aus meiner Bluse einigermaßen herausgegangen zu sein. So würde ich mich nicht noch mehr blamieren, wenn ich Mister

West wohin auch immer begleitete. Er sah natürlich auch noch zu späterer Stunde wie aus dem Ei gepellt aus. Sein dunkles Haar saß wie frisch gekämmt, der Anzug wies keinen einzigen Knitter auf. Und das weiße Hemd blendete mich förmlich. Natürlich strahlte seine ganze Erscheinung Macht und Überlegenheit aus, sein Blick eben hatte das unmissverständlich gezeigt.

Zudem schien er topfit zu sein, wahrscheinlich sprach er auch fünf Sprachen fließend. Bestimmt las er, bevor er das Licht löschte, noch Wirtschaftsberichte und nachdem er maximal drei Stunden geschlafen hatte, legte er zwei Einheiten im Fitnessstudio hin. Wohlgemerkt nachdem er einen zwanzig Meilen Lauf hinter sich gebracht hatte, bei dem er sicher noch mit Geschäftspartnern in Asien diskutiert hatte. Ich konnte mir ein Grinsen nicht verkneifen, als ich mir Mister Wests Leben zusammenspann.

Sollte ich ihn darauf hinweisen, dass in seinem Elfenbeinturm nicht alles so perfekt war, wie er es gerne hätte? Es gab zum Beispiel keine Möglichkeit Wechselkleider mitzubringen, da schlicht ein Schrank dafür fehlte. Die Designermöbel waren für Akten vorgesehen und nicht so etwas Lapidares wie Ersatzkleider.

Allerdings gab es eine Schublade nur für meine Tasche und die war groß genug, dass ich dort auch ein paar bequeme Schuhe unterbringen konnte. Meine

Pumps würde ich nie im Leben noch heute Abend wieder anziehen können. Ich beeilte mich, meine Sachen zusammenzupacken, schlüpfte in Ballerinas und wartete. Liebend gerne hätte ich meinen Bleistiftrock und meine Bluse mitsamt Blazer gegen Jeans und ein T-Shirt getauscht. Aber als jetzt Mister West aus seinem Büro trat und wieder diesen kühlen, distanzierten Blick trug, war ich froh, dass meine Rüstung tadellos saß. Wenn er nicht so unnahbar gewesen wäre, hätte ich die Zeit zur Garage für ein Schwätzchen verwendet. Ich hätte Mister West nochmals versichert, dass ich außer heute Abend meinen Schreibtisch immer penibel aufgeräumt und auch schon die Firmenunterlagen studiert hatte. Und gestanden, dass ich tausend und eine Frage hätte, aber niemanden, der es mir erklärte. Lauren hätte sicher helfen können, nur kam ich mir ziemlich blöd vor, so gar nichts von der Öl- und Petrolindustrie zu wissen, außer wie hoch der Benzinpreis gerade war.

Das alles würde Mister West kaum interessieren. Außerdem beschäftigte er sich im Aufzug, wie für Geschäftsmänner offenbar üblich, mit seinem Handy und vermied es, mich besser kennenzulernen oder mir zu erklären, wohin wir fuhren. Wenigstens hatte er mich nicht noch einmal so angesehen, als ob ich ein Fremdkörper wäre. Wahrscheinlich hatte er mich jedoch das allererste Mal überhaupt gesehen, seit ich für ihn arbeitete.

»Also, worum geht es? Wo fahren wir hin?« Ich kannte ihn nicht und ich hatte ganz bestimmt keine Lust auf irgendwelche Clubs oder Meetings mit seinen »Geschäftspartnern«. Hoffentlich hatte ich mich in ihm nicht getäuscht und er mutierte gerade zu Mister Hyde. Über sein Leben außerhalb des Büros wusste ich nicht sonderlich viel, er war ein äußerst privater Mann.

»Zu mir nach Hause«, meinte er in einem neutralen Tonfall.

»Zu Ihnen nach Hause? Also, ich denke nicht … Wieso? Ich meine … was soll ich dort?« Während ich so herumstammelte, kroch mir die Röte über das Gesicht. Ich spürte sie, und dem amüsierten Zug um Mister Wests Mund nach zu schließen, sah ich wie eine Tomate aus.

Er sollte öfter lächeln, schoss mir durch den Kopf, was meine Wangen nur noch heißer werden ließ.

Ich war nicht blind, Mister West war ein wirklich sehr attraktiver Mann. Hätte auch aus einem Modemagazin entsprungen sein können: breite Schultern, schmale Hüften, markante Gesichtszüge und blaue Augen, die bestimmt schon viele Herzen zum Schmelzen gebracht hatten und Höschen hatten feucht werden lassen. Sicher konnte er auch sehr charmant sein, mir war das aber absolut egal. Er war tabu und so war es einerlei, ob er lächelte oder nicht.

Er hatte mir meine Frage nicht mehr beantwortet,

sondern war in der Garage wie selbstverständlich zu einem schnittigen Sportwagen gegangen, den er jetzt entriegelte. Ich machte mir nichts aus Autos, somit war ich nicht beeindruckt.

Mit überkreuzten Armen blieb ich vor der Beifahrertür stehen, die er mir einladend aufhielt.

»Ich fahre ganz sicher nicht mit zu Ihnen nach Hause. Ich weiß nicht, was Sie sich vorgestellt haben, aber ich arbeite von acht bis achtzehn Uhr für Sie, inklusive Überstunden. Alles ist ganz genau in meinem Arbeitsvertrag geregelt. Somit wünsche ich Ihnen einen schönen Abend. Bis morgen.«

Ich drehte mich um und ging zurück zum Aufzug. Mein Wagen stand in einer anderen Etage. Da mir mein Herz bis zum Hals klopfte, zückte ich rasch mein Handy und begann, eine Nachricht an Willa zu schreiben. Ich stufte Mister West zwar nicht so ein, dass er aufdringlich werden würde, aber sicher war sicher. Dennoch spürte ich, wie sich meine Nackenhaare aufstellten, als ich bemerkte, dass der Lift inzwischen wieder nach oben gefahren war und ich auf ihn warten musste.

»Ich befinde mich in einer Notlage und brauche Ihre Hilfe«, hörte ich Mister West plötzlich hinter mir sagen. Wenn seine Stimme nicht diese unterschwellige Verzweiflung getragen hätte, wäre ich vor Schreck zusammengezuckt. »Sie können immer noch ablehnen, wenn Sie sehen, worum es geht. Ich werde Sie ganz bestimmt nicht zu irgendetwas zwingen. Bitte.«

Bitte? Hatte ich mich verhört? Ich drehte mich überrascht zu ihm um und sah ihm in die Augen. Er wirkte sogar aufrichtig, aber ich wusste, dass meine Menschenkenntnis nicht die beste war. »Ich schreibe kurz meiner Freundin, damit sie weiß, wo ich bin. Wie ist Ihre Adresse?«

Mein Herz schlug mir bis zum Hals, aber meine Stimme war fest. Er blickte mir weiterhin in die Augen, während er seine Hand nach meinem Handy ausstreckte. Abermals umspielte ein Lächeln sein Gesicht, während ich mit dem Kloß in meinem Hals zu kämpfen hatte.

Als sich unsere Finger berührten, hielt ich den Atem an. Das sanfte Kribbeln fühlte sich viel zu angenehm an. Hatte er es auch gespürt? Er ließ sich jedenfalls nichts anmerken, tippte konzentriert und gab mir dann das Handy zurück. Dieses Mal berührten wir uns nicht.

»Können wir jetzt los?« Die Ungeduld in seiner Stimme war nicht zu überhören. Ein Blick auf das Display verriet mir, dass er mir wirklich seine private Adresse gegeben hatte. Jetzt schlug mir mein Puls aus einem anderen Grund bis zum Hals. Ich folgte ihm bis zum Wagen, nahm Platz und schrieb Willa, als ich mich angeschnallt hatte.

»Ist der Wagen neu?«, fragte ich, als Mister West den

Motor startete. »Er riecht neu. Ich verstehe nichts von Autos, Hauptsache, sie bringen mich sicher von A nach B. Unser Nachbar hatte immer mal wieder neue Autos und ich durfte mit seiner Familie auf Spritztouren mitfahren.« Es war aus mir herausgesprudelt, bevor ich mir Gedanken darüber machen konnte, was Mister West jetzt alles aus meiner Aussage schließen konnte. Wohl nicht, dass ich ohne Dad aufgewachsen war, oder meine Mom zwanzig Jahre denselben Wagen gefahren hatte, weil wir kein Geld für einen neuen gehabt hatten.

»Sie müssen nicht nervös sein. Ich will nichts von Ihnen. Wie gesagt, bin ich in einer Notlage. Ich würde Sie nicht fragen, wenn ich andere Optionen hätte.«

Und was sollte das jetzt bedeuten?

»Ich habe eine Tochter. Maddie ist fast fünf. Wie Sie wissen, verreise ich geschäftlich für die nächsten Tage. Vor allem der morgige Tag ist sehr wichtig. Natürlich ist Maddie gut betreut, nur gab es einen Notfall in der Familie meiner Kinderfrau und somit fällt sie aus. Ich kann so kurzfristig keinen Ersatz organisieren. Wie erwähnt, können Sie nein sagen. Ich weiß, dass Kinderbetreuung nicht zu Ihrem Aufgabengebiet gehört.«

»Sie wollen, dass ich mich um Ihre Tochter kümmere? Jetzt?«

»Nein, jetzt sollen Sie sich kennenlernen.«

»Es ist fast neun Uhr. Sollte Ihre Tochter nicht schon längst schlafen?« Vor meinem geistigen Auge lief bereits

»Kevin allein zu Haus« ab. Auch wenn Mister West eine Tochter hatte, von der ich natürlich aus der Presse gelesen hatte, genauso wie, dass seine Frau bei der Geburt gestorben war, kannte ich ansonsten überhaupt keine Einzelheiten.

Das Lächeln, das sich jedoch auf seinem Gesicht ausbreitete, ließ kurzzeitig alles andere unwichtig erscheinen. »Nein, Maddie wird wach sein«, sagte er mit so einer Wärme in der Stimme, dass mein Herz für ihn aufging.

Wir verließen die Stadtgrenze auf der Interstate 10 Richtung Norden, nahmen jedoch bereits die erste Ausfahrt in Leon Springs und fuhren durch ein Labyrinth an Wohnstraßen, in dem ich mich ohne mein Navi schon längst verirrt hätte, bis zu einer Einfahrt in einer Sackgasse. Eine Mauer aus hellem Stein säumte das Anwesen. Mister West drückte auf einen Toröffner, das schmiedeeiserne Tor öffnete sich lautlos. Die Überwachungskameras entgingen mir nicht.

Das Anwesen lag ruhig vor uns, als wir die Einfahrt hochfuhren. Ich konnte nur den Eingang zu einem imposanten Haus erkennen. Der Rest lag hinter Büschen und Bäumen im Dunkeln. Und seine Tochter war wirklich noch wach?

Mister West parkte den Wagen in der Einfahrt, schaltete den Motor ab, stieg aus und umrundete das Auto, um mir ein weiteres Mal die Tür aufzuhalten. Erst dann nahm er seine Aktentasche, verriegelte das Auto und ging zum Eingang vor. Dort schloss er die Tür auf und schaltete das Licht ein.

»Daddy ist hier!«, hörte ich gedämpft von der linken Seite, während ich den großzügigen Eingangsbereich zu erfassen versuchte. Heller Stein und Marmor dominierten den Raum, dunkelgrüne Vorhänge verdeckten die Fenster. Eine breite Treppe führte in die oberen Bereiche. Es gab keine Türen, dafür unzählige Torbögen. Somit sah ich schon von weitem ein kleines Mädchen mit blonden Locken auf uns zu rennen. Sie trug pinke Stoffschuhe, auf denen sie jetzt Anlauf holte und den Rest des Weges auf dem Stein und Holz schlitterte. Dass ich Lust hatte, es ihr nachzumachen, behielt ich für mich.

»Daddy!« Sie warf sich in Mister Wests Arme, der in die Hocke gegangen war und von ihrem Schwung fast umgeworfen wurde. Sie war bettfertig. Unter dem rosaroten Hausmantel konnte ich einen hellen Pyjama erkennen. Er lachte herzlich auf, sprach dann leise mit ihr. Ich verstand nur ein paar Wortfetzen, zum Beispiel die Frage, ob sie brav gewesen war. Sie nickte eifrig, wobei ihr Blick auf mich fiel. Sie nickte abermals, offenbar redete mein Boss über mich. Jetzt stand er auf, hielt Maddie bei der Hand und kam auf mich zu.

»Maddie, das ist Rebecca, Rebecca, meine Tochter Madison.« Das Kind streckte mir die Hand entgegen. In ihrem Blick lag Neugierde, während sie sich an ihren Dad klammerte.

»Freut mich, dich kennenzulernen, Maddie.«

Sie lief rot an und nickte, sagte aber nichts. Dann wandte sie sich wieder ihrem Dad zu und erklärte: »Wir haben Pancakes gebacken. Und ich war mit Marie im Supermarkt. Wir haben Erdbeermarmelade gekauft.« Ich schien schon wieder vergessen zu sein.

Als sie ihren Dad mit sich fortzog, folgte ich in einigem Abstand. Dabei warf ich einen Blick auf die Zimmer, die wir passierten. Das Haus war unglaublich, alles war offen und doch wirkten die Zimmer abgeschlossen. So etwas hatte ich noch nie gesehen. Wer wohl der Architekt war? Mir gefiel auch sehr, dass es gemütlich eingerichtet war, mit breiten Sofas mit Kuscheldecken und bunten Kissen. Es gab ein Kaminzimmer und sogar eine Bibliothek. Am Ende des Ganges betraten wir eine Küche, die sehr urig in Holz und Marmor gehalten war. Die Kochinsel in der Mitte des Raumes war aus schwarzem Holz. Am Herd stand eine ältere Frau mit weißem Haar und einer knallgelben Schürze und buk Pancakes.

Der runde Küchentisch war nur für zwei gedeckt. Zu meinem größten Erstaunen stieg jetzt Maddie auf eine Trittleiter, holte einen weiteren Teller und Besteck und deckte für mich ein. Sie sagte immer noch nichts, warf mir jedoch ein schüchternes Lächeln zu.

»Vielen Dank, das ist sehr nett von dir.«

Sie nickte und ging auch gleich eine große Ladung Essen holen. Wenn mir jemand heute früh erzählt hätte, dass ich meinen Abend damit verbringen würde, mit meinem Boss und seiner Tochter Pancakes bei ihnen zu Hause zu essen, ich hätte ihn glatt für verrückt erklärt.

KAPITEL 4

COLTON

Maddie reagierte besser auf Rebecca, als ich gedacht hatte. Im Grunde hatte ich gar nichts erwartet, ich war viel zu sehr mit der Tatsache beschäftigt, meine Tochter einer wildfremden Person überlassen zu müssen. Und noch mehr damit, eine Frau in mein Haus zu lassen, die ich früher zu einem Drink und ein paar netten Stunden in einem anonymen Hotelzimmer eingeladen hätte.

Um Goldgräberinnen keine Chance zu geben, stellte ich ausschließlich ältere Frauen ein. Auch Marie war über sechzig und schon seit fünf Jahren bei mir. Ich mochte ihre Erfahrung und musste mich nicht verstellen.

Aber das tat ich auch bei Rebecca nicht, fiel mir

gerade auf. Sie wirkte nicht wie der Typ, der schnellen Sex suchte, sondern eher das Gegenteil: Beständigkeit, eine Beziehung, Kinder. Dafür war ich der absolut Falsche. Und warum machte ich mir überhaupt darüber Gedanken? Sie war meine Assistentin ... Viel zu jung für meinen Geschmack. Aber wie Lauren bemerkt hatte, hatte ich so viele Nachfolgerinnen vergrault, dass ich froh sein sollte, überhaupt jemanden zu haben.

»Magst du lieber Ahornsirup oder Marmelade? Wir haben auch Schlagsahne und Schokosoße«, erklärte Maddie und stand wie eine Kellnerin mit ihren Händen im Rücken vor Rebecca, die sich inzwischen gesetzt hatte. Ich wählte den Stuhl ihr gegenüber, sodass Maddie in der Mitte sitzen würde. »Daddy mag Ahornsirup und Bananen. Wir haben auch Blaubeeren, Erdbeeren und ...« Sie sah kurz zur Anrichte, runzelte die Stirn. »Kiwi. Ich mag keine Kiwi, die sind so sauer, aber gesund«, zitierte sie jetzt mit erhobenem Zeigefinger.

»Das klingt alles sehr lecker. Ich nehme gerne Marmelade und Schokosoße, vielen Dank.«

»Keine Ursache.« Maddie schlug ihre Fersen zusammen. Wo hatte sie das wieder abgeschaut? Bei mir ganz bestimmt nicht. »Marie, hast du alles gehört?«, rief sie ganz aufgeregt, als sie zur Köchin flitzte.

»Aber ja, ist alles schon bereit, Schätzchen. Hier.«

Maddie nahm ein Tablett entgegen und balancierte

es jetzt zu uns. Mein Blick schwenkte zu Rebecca, die entzückt meiner Tochter entgegenblickte. Die Wärme, die ich dabei in ihren Augen las, erleichterte mich. Vielleicht hatte Lauren ja recht gehabt und Rebecca könnte ohne Probleme für einen Tag Kindermädchen spielen.

Als Maddie, kurz bevor sie den Tisch erreicht hatte, ins Schwanken geriet, war Rebecca diejenige, die zuerst reagierte und aufsprang. »Das machst du toll.« Sie half das Tablett mittragen und dann aufdecken. »Was möchtest du, Maddie?«

»Alles, bitte.«

»Und was isst du außer Pancakes gerne?«

»Kekse und Kuchen und manchmal auch einen Apfel.«

»Ich mag das alles auch sehr.«

»Daddy auch.« Maddie strahlte uns beide an. Wie ich sie nach diesem Zuckerschock später ins Bett kriegen würde, war mir allerdings ein Rätsel. Dass ich nichts dagegen hätte, hier noch ein wenig mit Rebecca zusammenzusitzen, überraschte mich jedoch. Sie fügte sich nahtlos in unsere kleine Familie ein, wischte Maddie den Mund und die Hände ab, wenn wieder einmal mehr auf ihrem Gesicht als in ihrem Magen gelandet war, malte Gesichter auf die Pancakes und schnitt das Obst in winzige Stückchen. Ich staunte.

Dennoch würde ich natürlich morgen nach einer Stellvertretung für meine Kinderfrau suchen. Oder so rasch wie möglich. Maddie sah mich derweil mit einem verschmierten Lächeln so glücklich an, dass ich wusste, wie schwer es mir fallen würde, morgen überhaupt zu verreisen.

Eine halbe Stunde später waren wir alle pappsatt. Rebecca bat ich, in der Bibliothek zu warten, während ich Maddie zurück ins Bett brachte. Sie war wider Erwarten schon in meinen Armen fast eingeschlafen. Das Zähneputzen erledigten wir im Rekordtempo.

»Hast du dich über die Pancakes gefreut?«, murmelte sie mit geschlossenen Augen, als ich sie zudeckte.

»Natürlich. Es war eine tolle Überraschung. Wir haben schon lange keine mehr gegessen.«

»Ja, das fand ich auch.« Sie seufzte und war eingeschlafen. Meist saß ich vor einer Reise die halbe Nacht an ihrem Bett, um ihr beim Schlafen zuzusehen. Aber Rebecca wartete auf mich. Ein letztes Mal strich ich Maddie über ihre Locken, küsste sie auf die Stirn und löschte dann das Licht. Ich würde später noch einmal vorbeisehen.

Ich ging zurück in die Bibliothek. Als Rebecca mich hörte, drehte sie sich zu mir um. »Sind das alles Erstausgaben?«

»Nicht alle, aber ziemlich viele. Die spannenden Bücher befinden sich aber in Maddies Kinderzimmer.« Wie oft ich *Pu der Bär* schon vorgelesen hatte, konnte ich nicht mal sagen.

»Ganz schön beeindruckend.«

»Und was denken Sie? Könnten Sie sich vorstellen, auf Maddie aufzupassen?«, kam ich auf das Thema zu sprechen, das mich am meisten interessierte.

»Was macht sie denn gerne? Hat sie ein Tagesprogramm? Gibt es etwas, auf das ich achten muss?«

Das war ein Ja, oder?

»Am Morgen ist sie in der Vorschule. Isst dann hier zu Mittag und verbringt die Nachmittage zu Hause oder mit Freundinnen. Für morgen ist jedoch nichts geplant.« Dass ich Maddie, während ich weg war, am liebsten im Haus eingesperrt hätte, erwähnte ich nicht. Es war mein Problem und meiner Verlustangst geschuldet. »Üblicherweise ist sie um halb acht im Bett. Ich verlange nicht, dass Sie morgen hier übernachten, aber genauso wenig, dass Sie, falls es später wird, noch zurück in die Stadt fahren.«

Rebecca dachte nach, kaute dabei auf den Wangeninnenseiten herum.

»Wer passt denn morgen Abend auf Maddie auf?«

»Ich kann meine Köchin bitten, ausnahmsweise hierzubleiben.« Ob Marie damit einverstanden wäre, wusste ich nicht. Aber das jetzt meiner Assistentin zu beichten, lag mir fern. »Möchten Sie sich das Gästezimmer ansehen?«

Rebecca nickte und folgte mir dann. Dass ich so bereitwillig mein Haus für sie öffnete, war der Einmaligkeit der Situation geschuldet, wie auch der Tatsache, dass sie überprüft worden war und einen Verschwiegenheitsvertrag unterzeichnet hatte, bevor sie in meiner Firma eingestellt worden war. Dennoch fühlte es sich merkwürdig an, sie herumzuführen. Ich war mir ihrer Anwesenheit bewusster als gut für mich war.

Das Haus besaß einige Gästezimmer, sogar in einem separaten Flügel. Wenn meine Geschwister zu Besuch waren, ging es schon mal so feucht fröhlich zu, dass alle über Nacht blieben.

Rebecca führte ich jedoch zu meinem privaten Bereich. Maddies und mein Zimmer lagen unmittelbar nebeneinander. Gegenüber befand sich ein Gästezimmer, das ich jetzt Rebecca zeigte.

»Hier gibt es ja sogar Türen«, flüsterte Rebecca belustigt. »Ich finde das Haus wundervoll«, ergänzte sie rasch.

»Danke.« Ich hätte eine Liste Anweisungen runterrattern können, was ich von ihr verlangte, falls sie wirklich hier übernachtete. Aber ich ließ es bleiben, ihr zu sagen, dass sie ihre Tür offen lassen sollte, um Maddie zu hören. Sie war kein Baby mehr und konnte sich durchaus verständigen, wenn etwas wäre. Meist schlief sie jedoch wie ein Stein. Etwas, das mich, als sie noch ganz klein gewesen war, unglaublich erleichtert hatte. Keine Ahnung, was ich getan hätte, wenn sie ein Schreibaby gewesen wäre.

»Und was sagen Sie?«

Ich ließ Rebecca eintreten und sich das schlicht eingerichtete Zimmer ansehen. Ich mochte es geradlinig, aber edel. Der Raum war in Beige und Braun gehalten. Mit einem Kingsizebett, einem eingelassenen Wandschrank, flauschigen Teppichen und einer gemütlichen Sitzecke. Genau wie bei allen Gästezimmern verfügte auch dieses hier über ein En-suite-Bad.

»Es ist sehr hübsch.« Rebeccas Hand lag auf der hellen Tagesdecke. Sie wirkte nachdenklich, fast ein wenig verloren. Instinktiv kreuzte ich die Arme vor der Brust. »Ich meine, wozu Sie sich entschieden haben«, fragte ich ungeduldig nach.

Sie drehte sich zu mir um und hob herausfordernd eine Augenbraue. »Also nur morgen? Das sollte kein Problem sein.«

Der Stein, der mir vom Herzen fiel, konnte man bestimmt noch in San Antonio hören. »Gut, danke. Ich weiß es zu schätzen. Ich lasse Sie nach Hause bringen.«

»Danke.« Sie durchquerte das Zimmer, warf noch einen letzten Blick zurück und folgte mir dann zur Eingangshalle. Ich verkniff es mir, Rebecca zu sagen, dass sie sich melden solle, wenn sie zu Hause angekommen wäre. Jedoch sorgte ich dafür, dass mein Chauffeur sie fuhr.

KAPITEL 5

REBECCA

»Hey, da bist du ja! Und, warst du wirklich bei Mister Iceboss? Was wollte er denn von dir?« Kaum war ich eingetreten, schossen mir Willas Fragen entgegen.

»Nun ja, wie soll ich das erklären? Wow, das sieht ja unglaublich aus!« Ich kickte meine Schuhe von den Füßen und ließ meine Tasche gleich am Eingang liegen, um zu ihr in die offene Küche zu gehen.

»Danke, ich mag die Miniaturformen fast mehr als die richtigen Hochzeitstorten. Aber wenn ich nur die backen würde, würde ich verhungern.«

»Wahnsinn, es ist alles so winzig, sogar das Hochzeitspaar. Die Geduld hätte ich nie im Leben, geschweige denn das Talent.« Die Hochzeitstorte maß nur etwa zehn Zentimeter und war viel zu schade zum Essen.

»Welches Talent hat denn dein Chef in dir entdeckt, dass er nicht ohne deine Hilfe sein konnte? Bei ihm zu Hause?« Willa stand mit überkreuzten Armen da und musterte mich aus ihren hellen Augen.

»Nicht, was du denkst. Und ich gebe zu, ich habe genau dasselbe gedacht und mich auch geweigert mitzufahren. Nur … er hat eine Tochter.«

»Er hat dich mit der Single-Daddy-Nummer rumgekriegt? Nicht wahr, oder? Weißt du denn nicht, dass Kinder und Hunde die Eisbrecher schlechthin sind? Jede Frau wird da schwach.« Wenn Willa ihre roten, lockigen Haare nicht zusammengebunden hätte, hätte sie sie sicher schon gerauft.

»Nicht jede. Ich habe Schiss vor Hunden, schon vergessen?« Ich konnte mir ein Lächeln nicht verkneifen. Willa hatte ja recht, bei kleinen Kindern wurde ich total schwach. Aber das hieß gar nichts. »Außerdem will ich ja nichts von Colton.«

»Colton? Hmm?«

»Was? Hmm? Ich soll morgen auf seine Tochter aufpassen, weil seine Kinderfrau einen familiären Notfall hat und gleich wegmusste. Und er verreist.«

»Wie bitte?« Willas Augen wurden riesig.

»Was?«

»Er behütet das Kind wie Fort Knox und jetzt lässt er

dich nicht nur in sein Haus, sondern noch bei seiner Tochter? Wow, das ist die steilste Karriere, die ich kenne. Darauf trinken wir.« Willa ging sich die Hände waschen, bevor sie den Küchenschrank öffnete und zwei Schnapsgläser und die Tequilaflasche herausholte.

»Sag mal, kann es sein, dass du schon ohne mich angefangen hast? Was ist denn schon dabei?«

»Vielleicht hat er dich auch nur gefragt, weil du so naiv bist. Und das ist etwas Gutes, wohlgemerkt. In seiner Position und mit seinem Vermögen ist Colton der heißbegehrteste Junggeselle der Stadt, ach was, bestimmt des Staates. Was meinst du, wie viele Frauen schon über seine Tochter an ihn herankommen wollten?« Willa nickte bestimmt und verschüttete dabei fast den Tequila, den sie gerade einschenkte. »Hier, willst du anschneiden?« Sie deutete mit dem Kopf auf das Messer, das bereitlag.

»Wir essen jetzt wirklich dein Meisterwerk?« Ich musste schlucken, brachte es gar nicht übers Herz, die kleine Torte anzuschneiden, obwohl ich sehr gerne davon probiert hätte.

»Aber ja, ich habe zwei gemacht. Du warst ewig weg, da musste ich meine Energie ja irgendwie einsetzen. Ein Loch in den Boden zu laufen, war langweilig.«

»Du bist total verrückt. Aber ich liebe dich trotzdem.«

Sie reichte mir grinsend ein Glas. »Normal kann schließlich jeder. Auf uns.«

Wir prosteten uns zu. Der Tequila brannte in meiner Kehle, ich schüttelte mich. »Das nächste Mal mit Salz und Zitrone, bitte.«

»Das nächste Mal planen wir besser.« Willa nahm mir das Messer ab und schnitt perfekte winzige Stücke für uns ab, während ich zwei Teller und Besteck holte.

Wir setzten uns zum Essen auf das Sofa. Am liebsten hätte ich die weiße Schokolade zuerst gegessen, aber Willa bestand darauf, dass ich alle Schichten kombinierte.

»Wow.« Die Schokolade dominierte, doch schmeckte ich auch deutlich die Haselnuss und die Fasern der Kokosnuss. »So lecker, Willa!«

»Danke.« Wir aßen schweigend, während meine Gedanken sich immer noch um Colton drehten. »Er war ganz anders. Zu Hause, meine ich. Ihn mit Maddie zu sehen ... Er war so unglaublich liebevoll ...« Ich zuckte mit den Schultern, wusste nicht, wie ich mich erklären sollte.

»Nicht jeder ist so ein Arsch wie dein Dad.«

Was sollte ich darauf antworten?

»Es kann bestimmt nicht einfach gewesen sein. Um ehrlich zu sein, ist mein Respekt vor Colton heute Abend exponentiell gestiegen.«

»Sag ich doch, Kinder und Hunde.« Willa nahm der

melancholischen Stimmung, in die ich zu rutschen drohte, gleich die Schwere. Sie kannte mich so lange, hatte hautnah miterlebt, wie sehr ich gehofft hatte, mein Dad würde sich ändern. Aber es war nie passiert.

»Ja, genau. Ich geh jetzt besser schlafen, damit ich morgen mit einer knapp Fünfjährigen mithalten kann.«

»Warum bringst du ihr nicht ein paar Tricks mit dem Ball bei? Du warst doch richtig gut. Schon vergessen?«

»Ist ewig her«, wiegelte ich ab, gleichzeitig konnte ich nicht verhindern, dass meine Mundwinkel nach oben rutschten. Ich hatte tatsächlich vergessen, wie viel Spaß ich auf dem Fußballfeld gehabt hatte. Noch schöner wäre es gewesen, wenn meine Mutter auch eine von den Soccermoms gewesen wäre, die ihre Töchter angefeuert hatten. Aber auch so hatte ich im Team eine Ersatzfamilie gefunden. »Ich schau mal, wo ich einen Fußball auftreiben kann.«

Willa lächelte mir zu. Es war auf jeden Fall die beste Entscheidung gewesen, hierher zu ziehen. Ich wollte gar nicht daran denken, dass ich bald schon weiterziehen würde.

Am nächsten Tag arbeitete ich am Morgen von zu Hause aus, holte im Anschluss mein Auto in der Firma ab und fuhr danach zu Maddie raus. Im Tageslicht konnte ich die Opulenz des Anwesens viel besser sehen und jetzt erschlug es mich auch beinahe. Das mussten locker tausend Quadratmeter Wohnfläche sein. Ach was, noch viel mehr! Das Grundstück konnte ich überhaupt nicht erfassen, da mir die Bäume und Büsche die Sicht hinter das Haus versperrten.

Ich ließ mein Auto in der Einfahrt stehen. Ansonsten sah ich keinen Wagen, dafür jedoch eine riesige Garage, wie ich sie von alten Filmen her kannte. Augenblicklich fiel mir einer meiner Lieblingsfilme ein: *Sabrina* mit Audrey Hepburn und Humphrey Bogart. Am Anfang erklärt sie das Haus und wie sie als Tochter des Chauffeurs über der Garage wohnt und heimlich in den jüngeren Sohn der Familie verliebt ist.

Der Klassenunterschied war eindeutig und das wurde mir jetzt noch bewusster als gestern Abend. Ich hatte es hier mit einem Milliardär zu tun und mit seiner Tochter. Meine Hände waren ganz schwitzig, mein Herz raste, als mir klar wurde, wie bedeutend meine Aufgabe heute war. Was, wenn mich Maddie überhaupt nicht mochte? Wenn ich etwas falsch machte? Vielleicht sollte ich meine Sachen besser im Auto lassen und Maddie zuerst fragen, was sie spielen wollte?

Das klang doch nach einem Plan.

Als ich klingelte, öffnete mir zu meinem großen Erstaunen Maddie selbst die Tür. Sie trug eine blaue kurze Hose und ein gelbes Shirt. Die blonden Locken hatte sie zu Zöpfen flechten lassen, ihr Blick ging direkt zu meinen pink bemalten Zehennägeln. Ich war so frei gewesen und hatte Sandalen und eine bequeme Hose angezogen. Heute waren fünfundzwanzig Grad angesagt, also herrlich warm und nicht mal ungewöhnlich für Ende Januar.

»Machst du mir auch welche?«

Müssten wir ihren Dad fragen, ob das in Ordnung wäre? Wobei, was sollte schon dabei sein?

»Natürlich, wenn du willst.«

»Komm.«

Ich trat ein, wartete, dass Maddie die Tür schloss, und folgte ihr dann wieder zur Küche. Mit »Marie, wir haben Besuch« kündigte sie mich an.

»Hallo.«

»Möchtest du etwas trinken? Wir haben ganz viel Saft und Milch und Kaffee.«

»Ein Wasser reicht, danke. Aber ich kann es mir selbst holen.«

Marie hatte jedoch bereits zu einem Glas gegriffen und schenkte mir ein. »Bitte sehr.«

»Danke.« Maddie sah mir konzentriert zu, wie ich trank. Als ich fertig war, nickte sie zufrieden. »Ja, also, möchtest du etwas spielen?«, fragte ich Maddie.

»Wir können schwimmen. Kannst du schwimmen?«

»Ja, schon. Ich habe aber keine Badesachen dabei.« So blöd, daran hatte ich überhaupt nicht gedacht.

»Tante Izzy hat Badesachen.«

Coltons Schwester Isabella? »Ich bin nicht sicher, ob deine Tante es so toll finden würde, wenn ich ihre Badesachen anziehe. Was spielst du denn gerne? Willst du mir mal dein Zimmer zeigen?«

»Au ja, komm. Molly und Claire haben Hunger.«

Das waren hoffentlich ihre Puppen und nicht irgendwelche Tiere, von denen ich nichts wusste.

Ich warf der Köchin einen Blick zu, aber die war bereits wieder beschäftigt. Nun gut. Maddie ergriff meine Hand und warf mir ein süßes Lächeln zu. Sie war ein Goldschatz und ich unglaublich erleichtert. Nur dass mein Herz beim Gedanken an Colton jetzt schneller zu schlagen begann, war nicht gut.

»Molly und Claire wollen auch schöne Nägel haben«, plapperte Maddie weiter, während wir in den oberen Stock stiegen. »Sie sind auf einen Ball eingeladen. Wir müssen sie baden und ihnen schöne Kleider anziehen.«

Ich folgte ihr gespannt und sah, als Maddie die Tür aufstieß, auch gleich einen Puppentisch mitten im Zimmer, der mit winzigem Teegeschirr gedeckt war. Sofort fielen mir Willas Minitorten ein. Sie hätten hierzu perfekt gepasst. Ich musste mir die Idee merken.

»Molly, Claire, darf ich vorstellen, das ist Becca. Sagt hallo. Becca, Molly und Claire.«

»Sehr erfreut.«

»Aber, Fräulein Molly, haben Sie etwa wieder gekleckert? Dabei war das die einzige gute Bluse im Haus. Sie wissen doch, dass die Waschmaschine kaputt ist.« Maddie stand mit ihren Händen in die Hüften gestützt da, hatte einen bösen Blick drauf, der mich sehr stark an Colton erinnerte, und wartete wohl auf eine Antwort von einer der Puppen.

»Ja, genau, Fräulein Claire, Sie haben Recht, Molly ist sehr tollpatschig.« Und an mich gewandt: »Ich kleckere auch manchmal, aber pssst, das darfst du nicht verraten.«

»Es bleibt unser Geheimnis und weißt du was, es passiert mir auch manchmal.«

Maddie grinste, legte sich dann einen Finger auf den Mund und nickte verschwörerisch.

KAPITEL 6

COLTON

Nach dem Mittagessen war es mit meiner Konzentration dahin. Zum Glück übernahmen ab da Isabella und Jayden und ich musste nur ein Pokerface aufsetzen. Ob es mir gelang, konnte ich nicht sagen, nur dass ich Tylers Blick immer mal wieder auffing. Tyler war mein ältester und bester Freund und auch der Anwalt für diesen Merger. Eigentlich war es eine Akquisition und hätte in kürzester Zeit abgewickelt werden sollen. Jetzt war es viel komplizierter, als wir es uns je hätten vorstellen können. Das lag vor allem am Besitzer Thomas Kinkade, der sich aufspielte, als ob ihm die Welt gehörte, und nicht, als ob seine Firma pleite wäre und er froh sein könnte, überhaupt einen Käufer gefunden zu haben.

Zudem prallten zwei Firmenkulturen aufeinander. Als eine der erfolgreichsten Firmen im Öl- und Gassektor sah es stark nach Greenwashing aus, dass wir jetzt in nachhaltige Energien investierten. Aber ich für meinen Teil wollte für die Zukunft planen. Unsere Aktionäre wollten ihre Ruhe und auf keinen Fall, dass der Aktienkurs wegen schlechter Publicity sank.

Darum war der Schachzug, die Bindung beider Firmen über eine Hochzeit auch auf privater Ebene zu festigen und so einen Bewusstseinswechsel einzuläuten, auch so genial … In aller Augen, außer meinen. Aber ich stand mit meinem Protest auf verlorenem Posten.

Ich wusste nicht einmal, wer als erster mit dem Vorschlag gekommen war. Thomas Kinkade schien es jedenfalls nichts auszumachen, seine Tochter dem »Feind« zu überlassen. Olivia Kinkades Motivation lag ganz klar in der Aussicht auf eine Chefposition bei uns. *Texas West Oil* lag immer noch in der Mehrheit in Familienhand und somit auch alle wichtigen Posten in der Firma.

Olivia hatte das Köpfchen, ich hatte sie bereits kennengelernt, dennoch würde sie ganz sicher unten anfangen müssen, bevor sie einen Schreibtisch im einunddreißigsten Stock bekäme. Egal, wie viel Erfahrung sie mitbrachte. Aber um diese Details würden sich meine Geschwister kümmern.

Bei der ersten Gelegenheit, die sich mir bot, verließ

ich das Sitzungszimmer, suchte mir eine ruhige Ecke und wählte Maries Nummer.

»Mister Colton, es ist alles in Ordnung.« Marie kam direkt zum Punkt, was ich sehr zu schätzen wusste.

Im Hintergrund hörte ich Maddie kreischen, dann wieder lachen. Abermals fiel mir ein Stein vom Herzen. »Danke, Marie.« Ich legte auf und verkniff es mir, bei Rebecca anzurufen und nachzuhaken. Auf dem Rückweg zum Sitzungszimmer sah ich Tyler auf mich warten.

»Ist etwas?«, fragte er auch gleich nach.

»Nein, alles bestens.« Keiner wusste, dass ich meine Assistentin als Babysitterin einsetzte.

Tyler hielt mich jedoch zurück, als ich mich an ihm vorbeizuschieben versuchte. Er sah mich abwartend an.

»Später«, gab ich zu, dass doch etwas los war. »Lass uns den Deal voranbringen.«

»Gut.«

Später war kurz vor Mitternacht in einer einsamen Bar in unserem Hotel. Vor uns standen zwei Gläser mit Bourbon. Während Tyler an seinem nippte, spielte ich nachdenklich mit meinem Glas.

»Willst du mir noch heute erzählen, was los ist? Oder sind wir hier, um dem Schmelzen von Eiswürfeln zuzusehen?« Ich hörte seinen bemüht lockeren Tonfall.

Wahrscheinlich lief er in Gedanken bereits die Maßnahmen für Schadensbegrenzung welcher Art auch immer durch.

»Nancys Mutter hatte einen Unfall und kann im Moment nicht für sich selbst sorgen.«

Tyler seufzte tief. »Geht also der Alptraum, eine Nanny zu suchen, wieder los. Kaum ist der mit der Assistentin ausgestanden … Du musst deine Ansprüche herunterschrauben, Colton. Falls du überhaupt noch eine Agentur findest, die mit dir arbeiten will. Aber ehrlich, du behütest Maddie viel zu sehr.«

»Das ist deine Meinung.«

»Und die von deiner Familie. Hast du dich mal selbst beobachtet? Wie du fast eine Panikattacke bekommst, wenn sie mal mit Nancy ins Einkaufszentrum fährt oder sich mit ihren Freundinnen treffen will?«

»Das stimmt doch überhaupt nicht!«

»Ach, und wie viele Kontrollanrufe hast du heute getätigt?«

»Einen.« Da, jetzt hatte ich es ihm gegeben.

»Einen? Den zum Frühstück oder zum Abendessen oder um Gute Nacht zu sagen, ausgenommen, oder?«

»Und wenn schon.« Maddie war so überdreht gewesen, sie hätte die halbe Nacht von Rebecca geschwärmt, wenn ich sie nicht gebremst hätte. Dass sie Rebecca wiedersehen wollte, hatte sie mir bestimmt fünf Mal gesagt.

»Colton, du bist ein guter Vater. Du musst es niemandem mehr beweisen. Aber Maddie wird größer und braucht ihre Freiheiten, sonst wird sie noch zu einem dieser verängstigten Kinder, die sich nicht aus dem Haus trauen.«

Das war mir schon klar. »Ich fliege morgen zurück. Wenn was ist, erreichst du mich zu Hause.« Ich hatte mich schon längst dazu entschlossen. Zum Glück versuchte mich Tyler nicht zum Bleiben zu überreden.

»Wann kommt Nancy denn zurück?«

»Keine Ahnung. Ich hab sie seit gestern nicht gesprochen.«

»Seit gestern? Wer hat dann heute auf Maddie aufgepasst?«

Der Bourbon brannte in meiner Kehle, als ich einen großen Schluck trank.

»Colton?«

»Meine Assistentin«, sagte ich und sah Tyler dabei fest in die Augen. Ich konnte beobachten, wie er sich anspannte, einen scharfen Zug um den Mund bekam und seine dunklen Augen sich noch weiter verfinsterten.

»Nicht dein Ernst.«

»Was hätte ich denn tun sollen? Außerdem war es Laurens Idee gewesen.« Das klang so lahm in meinen Ohren. Ich hatte eine Grenze überschritten, die ich absolut nicht überschreiten sollte. »Maddie will sie wiedersehen. Offenbar hatten sie viel Spaß zusammen«, murmelte ich in mein Glas. Das beschäftigte mich fast noch mehr als die Tatsache, dass ich mein Kind einer Fremden anvertraut und ihr sogar mein Haus geöffnet hatte.

»Ach ja, was haben sie denn gemacht?«

»Mal sehen, ob ich alles zusammenbekomme: Zuerst mit Puppen gespielt, dann haben sie die Einfahrt mit Kreidezeichnungen verschönert, danach hat Rebecca Maddie ein paar Tricks mit einem Fußball beigebracht und zu guter Letzt haben sie gebacken. Schokoladenkekse. Und offenbar kann meine Assistentin auch richtig gut zeichnen, denn jetzt hängt ein Bild von Maddie als Elsa in ihrem Zimmer.«

»Wow. Deine Assistentin hat ja ganz schön was drauf. Hätte ich gar nicht gedacht, so still wie sie an ihrem Schreibtisch sitzt. Und seit wann besitzt du eigentlich einen Fußball?«

»Tue ich nicht.« Stille Wasser waren tief. Vielleicht hätte ich einfach mal ihren Lebenslauf lesen sollen. Aber ich hatte mich voll auf Lauren verlassen. Ihr vertraute ich hundertprozentig.

»Deine Assistentin hat sich sehr viel Mühe gegeben, obwohl es eine einmalige Sache war.«

»Natürlich war es eine einmalige Sache, danke für die Belehrung.«

»Und wer passt auf Maddie auf, wenn du nächste Woche unterwegs bist?«

»Jedenfalls nicht Rebecca«, antwortete ich schroff. Ich hatte keinen Plan, aber bis dahin musste ich mir etwas überlegen, das war klar.

Tyler nickte, schien mir offenbar zuzutrauen, dass ich eine Lösung finden würde.

»Und ich finde, du solltest dich erkenntlich zeigen«, bemerkte er plötzlich.

»Was soll denn das bedeuten? Sie bekommt ein fürstliches Gehalt, das reicht doch.«

»Es muss ja nicht gleich ein romantisches Abendessen sein. Aber sie scheint es ja im Gegensatz zu den anderen Kandidatinnen mit dir auszuhalten. Und wenn Lauren so viel von ihr hält, fällt sie offenbar nicht in die Goldgräberinnenkategorie. Allerdings fällt mir auf, dass Lauren kaum kürzertritt, obwohl sie in wenigen Wochen pensioniert wird. Wann führt Rebecca eigentlich mal Protokoll? Wann begleitet sie dich auf die Anlagen, wann überhaupt auf eine Reise? Oder macht sie sich noch mit der Firmenstruktur vertraut und liest sich in die verschiedenen Abteilungen ein?«

»Ich habe keine Ahnung. Aber du wohl schon, so überheblich, wie du mich jetzt ansiehst? Also spuck schon aus, was dir unter den Nägeln brennt.«

»Rebecca langweilt sich zu Tode. Lauren will nicht, dass du sie vergraulst, also tut sie so, als ob sich gar nichts ändert. Nun, Überraschung. Du hast nicht mehr viel Zeit, bis ihr allein seid.«

»Und dir ist das alles aufgefallen? Hast du zu wenig Arbeit, dass du jetzt schon vor meinem Büro herumlungerst?«

Tyler lachte. »Das nennt man die Sozialkontakte pflegen. Nimm sie einfach mal mit auf eine Geschäftsreise. Dann lernst du sie gleich besser kennen. Bist du nicht nächste Woche in Louisiana?«

»Ich bin auf der Raffinerie. Dahin kann ich sie ja schlecht mitnehmen.«

»Warum nicht? Vielleicht findet sie es toll, mit Sicherheitsschuhen und Helm auf der Anlage herumzukraxeln«, meinte er belustigt. »Sie kann deinen Papierkram erledigen und sich New Orleans anschauen, während du auf der Anlage bist. Dann lädst du sie zum Essen ein, findest heraus, wie sie tickt, und gut ist.« Tyler schüttelte den Kopf, bevor er sein Glas austrank.

Als ob er mir die Welt erklären müsste. Ganz bestimmt nicht. Ich hatte meine Routinen und mich arrangiert. Das war doch der Grund, warum ich mich schwertat, jetzt alles wieder zu ändern. Ich kam alleine ganz gut zurecht, wenn ich wusste, dass mir Lauren in der Firma den Rücken freihielt.

Aber Rebecca war nicht Lauren. Sie war jung, wollte bestimmt etwas erleben, hatte auch keinen kranken Mann im Heim, den sie regelmäßig besuchen ging. Das klang jetzt alles viel zu anstrengend für meinen Geschmack. Verdammt, wann war ich denn so ein Langweiler geworden? Frustriert strich ich mir durchs Haar.

»Oder gefällt sie dir? Dann würde ich dir abraten, sie mitzunehmen.«

»Was soll denn diese dämliche Frage? Natürlich nicht. Sie ist meine Assistentin, Herrgott nochmal!«

»Gut. Hast du etwas dagegen, wenn ich sie um ein Date bitte?«

»Tu, was du nicht lassen kannst«, antwortete ich verstimmt und ärgerte mich im nächsten Moment über mich selbst. Tylers fragender Blick brannte auf mir, aber ich hatte für heute genug und verabschiedete mich. Zumal ich auch überhaupt nicht wusste, wie ich meine Reaktion erklären sollte.

KAPITEL 7

REBECCA

Colton sah ich die restliche Woche nicht mehr. Er arbeitete von zu Hause aus, seine Anweisungen bekam ich in knappen Sprachnachrichten oder E-Mails. Das Gute daran war, ich musste nicht ewig im Büro herumhocken, sondern konnte mir einen gemütlichen Abend gönnen und trotzdem alles erledigen, was Colton kurzfristig noch einfiel.

Umso mehr erstaunte es mich, dass er mich am Freitag spät abends anrief.

»Colton, was kann ich für Sie tun?«, antwortete ich in einem geschäftlichen Tonfall.

»Ich bin nächste Woche in Louisiana. Ich möchte, dass Sie mich begleiten.« Wie immer kam er gleich zur Sache. Auch der letzte Rest meiner Erinnerung an den privaten Colton wurde somit weggewischt. Aber was sollte ich in Louisiana?

»Ich soll Sie auf die Raffinerie begleiten?«

»Nein, das ist nicht nötig. Außer Sie erzählen mir jetzt, dass Sie Chemie studiert haben und etwas von Sicherheitssystemen verstehen. Dann sehr gerne.«

»Nein, weder das eine noch das andere.« Er wusste gar nichts über mich, wurde mir einmal mehr bewusst. Und dennoch hatte er mir sein Kind anvertraut. Gut, ich war kaum mit Maddie allein gewesen, trotzdem ... Ich wurde aus Colton überhaupt nicht schlau.

»Das hatte ich auch nicht gedacht. Jedenfalls ...« Er räusperte sich, als ob jetzt etwas Unangenehmes kommen würde. »Sie können im Hotel arbeiten und sich auch den Nachmittag freinehmen. Sich die Stadt ansehen. Das Hotel liegt in New Orleans im French Quarter, ist ganz hübsch.«

»Ich soll mir den Nachmittag freinehmen, um mir die Stadt anzusehen?« Hatte ich das richtig verstanden?

»Nun, ja. Sie haben mir diese Woche sehr geholfen und ich wollte mich erkenntlich zeigen.«

Bevor mir ein *Das war doch selbstverständlich* herausrutschte, bedankte ich mich.

»Gut, dann ist das abgemacht. Den Flugplan haben Sie ja. Seien Sie am Sonntag eine halbe Stunde vor Abflug da.«

»Gut, das mache ich. Bis dann.«

»Bye.«

Er hatte aufgelegt, während mein Herz plötzlich wieder zu rasen begann und meine Hände klamm wurden und ich nicht einmal genau wusste, warum das so war. Ich hatte nichts von Colton zu befürchten. Er wollte mir nicht an die Wäsche. Er war einfach nett.

»Irgendwann musst du deinen Chef begleiten«, meinte Willa, als ich ihr davon erzählte, und beruhigte mich ein wenig. »Und nur weil am Montag Valentinstag ist, heißt das nicht, dass er dich zu einem Abendessen bei Kerzenschein einlädt und dir die ewige Liebe schwört.«

»Am Montag ist Valentinstag?«

»Ja, jedes Jahr am gleichen Datum, unglaublich, oder?« Amüsiert zwinkerte sie mir zu. »Verlieb dich einfach nicht in den Kerl«, ergänzte sie ernst.

»Was? Nein, wirklich nicht.«

»Gut, dann freu dich, New Orleans ist toll!«

Egal, was ich mir einredete, ich konnte die Nervosität nicht abschütteln. Als ich am Sonntagabend zur verabredeten Zeit am Privathangar ankam, wartete Colton bereits auf mich. Genau wie ich hatte er sich dazu entschieden, einen Anzug zu tragen. Dass er dabei die Krawatte weggelassen und den obersten Knopf seines Hemdes offen gelassen hatte, war für mich in Ordnung.

Auch, dass seine dunklen Haare heute weniger ordentlich frisiert waren oder ein Dreitagebart sein markantes Kinn zierte. Dies war dennoch ein Geschäftstermin, nicht mehr und nicht weniger.

Als Colton mich entdeckte, steckte er sein Handy weg, während er sich erhob. Dabei lächelte er mich an. Abermals verblüffte mich seine Ausstrahlung. Wie Tag und Nacht, als ob ein Schalter umgelegt worden wäre. Und gegen dieses Lächeln fiel es mir sehr schwer anzukommen. Jetzt klopfte mein Herz aus anderen Gründen viel zu rasch. Aber natürlich würde ich mich nicht in ihn verlieben. Das war schon mal sonnenklar.

Allerdings konnte ich zurücklächeln, das wäre nur freundlich. Als ob abermals ein Ruck durch Colton ging, versteinerte sich sein Gesicht jetzt und zurück war der kühle, distanzierte Boss.

»Rebecca, wir können gleich einsteigen.«

Meine Reisetasche wurde mir von einem emsigen Crewmitglied abgenommen, während sie mir anzeigte, ihr zu folgen. Coltons Gepäck war offenbar schon verstaut worden. Ich ersparte mir eine Frage, spürte ich doch seinen Blick im Rücken. Zu gerne hätte ich gewusst, was ihm durch den Kopf ging. Vielleicht irgendwelche Aufgaben, die ich für ihn auf dem kurzen Flug erledigen könnte? Oder würden wir die Zeit nutzen, uns zu unterhalten? Letzteres konnte ich mir kaum vorstellen.

Neugierig trat ich in die Kabine. Edle Materialien in hellen Brauntönen sorgten bei mir für ein augenblickliches Wohlgefühl. Es gab acht großzügige Sitzplätze. Neben der Flugbegleiterin sah ich den Piloten und einen Co-Piloten im Cockpit sitzen und wohl die Checkliste durchgehen.

»Herzlich willkommen an Bord.« Meine Tasche war verstaut, jetzt stand die Flugbegleiterin mit einem Tablett vor uns. Darauf befanden sich in Sektgläsern Wasser, Orangensaft und wohl Champagner. Ich entschied mich für ein Glas Wasser, bevor ich Platz nahm. Colton tat es mir gleich und setzte sich dann neben mich. Nur der schmale Gang trennte uns. Seine Nähe spürte ich plötzlich überdeutlich. Hatte sein Aftershave schon immer so intensiv gerochen? Aber nein, er hatte sich ja gar nicht rasiert. Ich versuchte tief durchzuatmen, aber das war natürlich das Falscheste. Wieso raste mein Puls wieder so oder begann ich zu schwitzen?

»Nervös?«

»Wie bitte?« Ertappt drehte ich mich zu ihm hin.

»Geht es Ihnen gut? Sie leiden doch nicht unter Flugangst, oder?«

»Was? Nein, ich meine, ich bin noch nie mit so einem kleinen Flugzeug geflogen, aber eigentlich macht mir das Fliegen nichts aus.«

»Gut.« Er musterte mich noch einen Moment, so als

ob er in meinen Augen lesen wollte, ob ich flunkerte. Sein intensiver Blick bewirkte jedoch, dass mir ein Schauer über den Rücken lief und mir noch heißer wurde. Ich hatte ein Problem und es kam in Form meines ein Meter neunzig großen Chefs daher.

Während des Fluges versuchte ich innerlich abzuschütteln, was ich glaubte zu fühlen, und mich stattdessen zu entspannen. Das hier war eine Geschäftsreise, egal ob ich morgen nur den halben Tag arbeiten würde oder nicht. Es spielte keine Rolle. Genau deswegen erkundigte ich mich auch nicht nach Maddie.

Dass Colton ebenso wenig ein Gespräch mit mir suchte, wertete ich als positiv. Es war schon spät am Abend und offenbar erwartete er nicht, dass ich noch arbeitete. So nahm ich mein Buch, das ich bestimmt schon tausend Mal gelesen hatte, und versuchte mich zu konzentrieren. Nur gelang es mir überhaupt nicht, mich mit den Problemen der Frauen im neunzehnten Jahrhundert zu befassen. Vielleicht weil es in *Stolz und Vorurteil* darum ging, einen reichen Mann für die Töchter des Hauses zu finden, damit sie nicht auf der Straße landeten, wenn der Vater starb.

Wie gut, dass ich heute andere Möglichkeiten hatte als die Frauen damals und für mich selbst sorgen konnte. Wie zufällig ging bei diesem Gedanken mein Blick zu Colton. Er hielt die Augen geschlossen, hatte Kopfhörer aufgesetzt. Er sah so unglaublich friedlich aus, obwohl er nicht schlief. Was er wohl hörte? Eine Meditation über Erfolg? Zuzutrauen wäre es ihm. Besser ich wendete meinen Blick von ihm ab, bevor er mich dabei ertappte, wie ich ihn beobachtete.

Bei Gelegenheit würde ich ihn jedoch aufklären, dass mein »Schundbuch« eines der bedeutendsten und bekanntesten Romane des 19. Jahrhunderts war. Wie würde er reagieren? Ich freute mich darauf, es herauszufinden.

COLTON

Rebecca war so in ihren Roman vertieft, dass sie nicht merkte, wie ich sie beobachtete. Ich hörte normalerweise Podcasts zur Kindererziehung, aber heute konnte ich mich beim besten Willen nicht darauf konzentrieren. Die Meditationsmusik, die ich stattdessen eingestellt hatte, hatte mich nur kurzzeitig entspannt – bis mir Rebeccas Parfüm in die Nase gestiegen war. Es war mir vorher nie aufgefallen, wie gut sie roch. Warum ausgerechnet jetzt? Warum konnte ich auf einmal den Blick nicht von ihr nehmen? Fielen mir Dinge auf, die ich besser nicht sehen sollte? Zum Beispiel wie sie immer wieder ihre langen Locken hinter die Ohren strich und sie aber nie an ihrem Platz blieben. Wie sie ihren Mund beim Lesen bewegte und so in die Geschichte einzutauchen schien, dass sie ab und zu die Augen weit aufriss und ihre Nase gleichzeitig kräuselte.

Sie trug die gleiche Kleidung wie im Büro: dunkler Blazer, passende Anzughosen und die Schuhe, die mir den Schweiß auf die Stirn trieben. Im Moment balancierte Rebecca auf einem der Pfennigabsätze, hielt die Beine dabei überkreuzt und kaute auf den Wangeninnenseiten. Gleich würde sie die Stirn runzeln. Wieso war mir das aufgefallen?

Ich schüttelte über mich selbst den Kopf. Ich wollte nichts von ihr, auch wenn Tyler mir das nicht abkaufte.

Offenbar genervt von ihren Haaren, zog Rebecca jetzt ein Haargummi aus ihrer Tasche und band sie sich hoch. Ich konnte das Muttermal hinter ihrem linken Ohr sehen, ihren schmalen Hals und dass sie mehrere Piercinglöcher im Ohr hatte. Eine Jugendsünde? Bevor meine Fantasie auf Hochtouren zu laufen begann, stellte ich den Podcast wieder ein. Das Thema war *Förderung zur Selbstverantwortung bei Kindern*. Na also, die monotone Stimme tötete jegliche romantische Gedanken, die ich mir sowieso nicht erlauben durfte.

Wir landeten pünktlich und auch die Fahrt zum Hotel verlief ereignislos. Rebecca wirkte müde, sodass ich mir nicht einmal Mühe gab, Small Talk zu betreiben. Dass es mich keinesfalls gestört hätte, wenn Rebecca mit vor Begeisterung aufgerissenen Augen aus dem Fenster gestarrt hätte, sagte jedoch einiges über mich aus. Ich fühlte mich in ihrer Gegenwart wohl. Was im Grunde nichts Schlechtes war, nur überlegte ich mir bereits, wie sie auf meine Hotelwahl reagieren würde. Ich wohnte aus einem nostalgischen Grund heraus immer in denselbem Boutique Hotel.

»Wie hübsch«, entfuhr es Rebecca, als sie durch die schmalen, gläsernen Schwingtüren trat und den winzigen Eingangsbereich erfasste, von dem eine steile Treppe in die oberen Stockwerke führte. Ich mochte besonders die Kombination aus hellem Holz und halb verputzten Backsteinwänden. Dazu noch den farblich passenden hellen Marmorboden, die dunklen Ziermöbel und Spiegel und in meinen Augen war es perfekt.

Während ich uns eincheckte, sah sich Rebecca die schwarz-weiß gehaltenen Fotos an den Wänden an. Es waren Bilder des Hotels und der Umgebung, dem legendären French Quarter.

»Mister West, schön, Sie wieder bei uns begrüßen zu dürfen. Leider kämpfen wir mit einem kleinen Malheur und somit steht Ihr übliches Zimmer im Moment nicht zur Verfügung. Wir haben natürlich ein anderes Zimmer reserviert und hoffen, Sie so rasch wie möglich umquartieren zu können.« Der Blick von Gustav, dem

Hotelmanager, schweifte zu Rebecca. »Ich hoffe, das ist auch für Madam in Ordnung.«

»Miss Gibson wohnt in einem eigenen Zimmer.«

Jetzt wurde Gustav blass. »Pardon, Monsieur, aber da muss ein Missverständnis vorliegen. Wir haben *ein* Zimmer reserviert. Wir sind komplett ausgebucht.«

Das konnte doch nicht wahr sein. Ein Blick zu Rebecca zeigte mir, dass sie genauso wenig begeistert war wie ich. Sie sah sogar richtiggehend schockiert aus.

»Hören Sie, Gustav, ich habe ganz klare Anweisungen gegeben.«

»Es tut mir sehr leid, Mister West. Ich werde mich morgen früh persönlich um andere Zimmer bemühen.« Er hielt mir den Schlüssel hin, den ich seufzend entgegennahm. Die meisten Zimmer hatten entweder zwei Queensize- oder ein Kingsizebett. Irgendwie würden wir uns schon organisieren. Es gab immer eine Lösung.

»Ihr Gepäck schicke ich gleich hoch, Mister West.«

»Danke. Kommen Sie, Rebecca, es ist schon spät.«

Sie folgte mir, wenn auch zögerlich, und ich konnte es ihr nicht verübeln.

Die Müdigkeit, die ich gerade noch gespürt hatte, war komplett verflogen. Ich sollte mir mit Colton ein Zimmer für die Nacht teilen? Und wenn ich mich so umsah, konnte ich mir ausmalen, dass es hier keine Suite mit zwei Schlafzimmern gab. Dass auch Colton die Situation sehr unangenehm war, zeigte er ganz offen. Seine Kiefer mahlten so stark, dass ich mir Sorgen machte, dass er sich noch einen Zahn ausbiss.

Wir fuhren in die dritte Etage, unser Zimmer lag ganz am Ende des Ganges. Nachdem er die Tür aufgeschlossen hatte, ließ er mich vorgehen. Während ich mit einem Blick alles im Zimmer erfasste, fluchte er leise hinter mir.

Ja, wir hatten ganz bestimmt das kleinste Zimmer im Hotel erwischt. Für eine Person mehr als ausreichend, nur wie wir in dem winzigen Bett schlafen sollten, ohne uns zu berühren, war mir ein Rätsel.

Dass der Rezeptionist gedacht hatte, wir wären ein Paar, beschäftigte mich zusätzlich.

In einer Ecke stand ein Tisch, auf dem ein übergroßes Blumenbouquet in einer blauen Vase thronte, daneben sah ich eine Champagnerflasche in einem Kühler und eine Glasglocke. Als ich näher trat, entdeckte ich darunter Häppchen auf einem silbernen Tablett. Teller, Besteck, Servietten und Gläser lagen oder standen fein säuberlich daneben. Da es im Zimmer außer dem Tisch nur noch einen Schrank gab, bedeutete es, dass wir entweder das Hotel wechselten oder einer von uns beiden auf dem Boden schlafen musste.

»Madam, Monsieur, excusez-moi.«

Coltons großer Koffer und meine Reisetasche wurden ins Zimmer gebracht, bevor der Gepäckboy sich auf leisen Sohlen wieder verabschiedete.

»Was haben Sie eigentlich alles dabei?«, fragte ich. »Ich dachte immer, Frauen reisen mit viel Gepäck, aber meine Tasche ist die kleine Schwester von Ihrem Koffer.«

»Da ist die Sicherheitsausrüstung für die Raffinerie drin. Ich habe gerne meine eigene Schutzkleidung und Schuhe dabei. Es tut mir leid. Das mit dem Zimmer war ganz sicher nicht geplant gewesen. Ich will nicht, dass Sie auf falsche Gedanken kommen.«

»Keine Angst, das tue ich nicht.« Wie unangenehm ihm die Situation war, wäre sogar einem Blinden aufgefallen. »Ist es okay, wenn ich das Bad benutze?«

»Natürlich. Ich suche uns in der Zwischenzeit ein anderes Hotel.«

Es war fast Mitternacht. Colton wollte jedoch nicht diskutieren, stattdessen drehte er sich von mir weg und streifte sein Jackett ab, um es im Schrank aufzuhängen. Als er begann, die Ärmel von seinem Hemd hochzukrempeln, musste ich trocken schlucken. Muskulöse

Unterarme kamen zum Vorschein, wie ich sie bereits erahnt hatte, aber dennoch konnte ich meinen Blick nicht von ihm nehmen. Im nächsten Moment bellte er bereits ins Telefon und schreckte mich aus meiner Starre auf. Nicht auszudenken, wenn er mich erwischt hätte, wie ich ihn angaffe.

Rasch ging ich ins Bad, um mich frisch zu machen und meine heißen Wangen zu kühlen. Zum Glück schien Colton überhaupt nicht auf mich zu reagieren, also musste ich mich bloß wieder in den Griff kriegen. Konnte doch nicht so schwer sein, zumal wir auch bald unsere eigenen Zimmer hätten und uns dann kaum mehr sehen würden. Außerdem flog ich übermorgen früh schon zurück. Allein. Gemäß seinem Kalender blieb Colton noch bis Mitte der Woche. Offenbar war sein Problem mit der Nanny gelöst.

Als ich zurück ins Zimmer kam, hatte ich erwartet, dass mir Colton sagte, meine Sachen zu packen. Stattdessen sah ich, dass es einen Balkon gab, dessen Tür jetzt offen stand. Der Champagner und das Essen lagen nicht mehr auf dem Tisch in der Ecke. Ich streifte meine Schuhe ab, bevor ich nach draußen tapste. Vor Wohltat hätte ich beinahe laut aufgestöhnt. In diesem Leben würden hohe Schuhe und ich keine Freunde mehr werden.

»Ein Picknick?«

Colton war gerade dabei, Champagner in zwei Gläser einzuschenken.

»Das sieht sehr lecker aus.«

Eine köstlich aussehende Mischung aus Käse, Trauben und Nüssen ließ meinen Magen laut knurren. Es gab sogar einen kleinen Korb mit aufgeschnittenem Brot.

»Das finde ich auch. Und nach Ihrem knurrenden Magen zu schließen, haben Sie durchaus Appetit auf einen Mitternachtssnack.«

Er reichte mir ein Glas Champagner, wobei unsere Finger sich kurz streiften. Offenbar spürte auch wieder nur ich ein Prickeln, denn als mir Colton sein Glas zum Anstoßen entgegenhielt, wirkte er völlig ungerührt. Oder täuschte ich mich? Als er mir tiefer als sonst in die Augen sah, merkte ich, dass ich es mit dem privaten Colton zu tun hatte. Dem Colton, der mir bereits zu gut gefiel.

»Cheers.«

»Prost.« Ich nippte nur am Glas, wollte nicht, dass mir der Champagner in den Kopf stieg und ich etwas Unbedachtes sagte oder tat. »Hatten Sie kein Glück mit einem anderen Hotel?«

»Doch, hatte ich. Nur dachte ich mir, es wäre erstens schade, das Essen verderben zu lassen, und zweitens spielt es keine Rolle, ob wir gleich oder in einer Stunde das Hotel wechseln. Die Nacht wird so oder so kurz sein.« Er drehte das Glas am Stil, wirkte auf einmal mit den Gedanken weit weg.

Meine galoppierten gerade bei seinen Worten weg. *Weil er früh raus musste!* Genau, darum würde die Nacht kurz werden. Im selben Moment wie ich schien Colton seine Gedanken, welche auch immer das gewesen waren, abzuschütteln. Er stellte sein Glas ab und nahm sich stattdessen einen Teller, den er mit den Köstlichkeiten belud. Als er ihn mir reichte, warf er mir einen nachdenklichen Blick zu.

»Mir ist aufgefallen, dass ich überhaupt nichts über Sie weiß.«

»Ich bin nicht sehr interessant.« Als ich den Teller nahm, streiften sich unsere Finger abermals. Ich hielt automatisch den Atem an, hatte ich doch ein kurzes, erstauntes Flackern in seinen Augen gesehen. Ich war also doch nicht die Einzige, die es gespürt hatte?

»Dann erzählen Sie mir das nicht Interessante.« Seine Stimme hörte sich fest an, während ich dankbar war, etwas essen zu können, um mich damit zu beruhigen und auch etwas Zeit zu schinden. Ich hatte keine Ahnung, was ich sagen sollte. Vielleicht mal ein paar grundlegende Dinge?

»Ich bin in Atlanta aufgewachsen. War dann auf der Columbia auf dem College. Und jetzt bin ich hier in San Antonio.«

Colton lachte leise, bevor er sich eine Traube nahm

und sie sich in den Mund schob. »Klingt nach dem Aufsatz, den ich als Siebenjähriger geschrieben habe.«

»Ich habe ja gesagt, ich bin nicht sehr interessant.« Entschuldigend zuckte ich mit den Schultern. Ich sprach nicht gerne über mich.

»Was haben Sie studiert? Haben Sie Geschwister? Familie? Wollten Sie mal etwas aus Ihrem Zeichentalent machen? Wer hat Ihnen die Tricks mit dem Fußball beigebracht, von denen mir Maddie immer noch erzählt? Und warum lesen Sie Klassiker wie Jane Austen? Weil Sie glauben, dass ein Mann Sie retten muss?« Er stoppte, den verächtlichen Tonfall zum Ende hin, hatte ich jedoch bereits gehört. »Verzeihung, es geht mich überhaupt nichts an.«

Er trank sein Glas leer und widmete sich dem Essen, dabei sah ich ihm an, dass ihm noch ganz andere Fragen auf der Zunge lagen, aber die schien er sich zu verkneifen. Und er hatte also gesehen, was ich las, und mich dennoch auch in diesem Punkt kritisiert. Jetzt wusste ich ja wenigstens warum. Aber wenn ich ihm seine Fragen beantwortete, durfte ich nachher den Spieß umdrehen?

»Mein Dad hat uns verlassen, da war ich noch jünger als Maddie gewesen. Er ist der Nähe wohnen geblieben, aber wir hatten nie ein inniges Verhältnis aufbauen können. Meine Mom hatte, solange ich denken konnte, zwei Jobs. Ich habe viel Zeit in der Familie meiner

Freundin Willa verbracht. Zu ihr bin ich hier in San Antonio gezogen. Ihr Dad besaß ein Elektrogeschäft und da sind wir als Kinder immer gerne hingegangen. Willas Bruder Maxwell hat sich früh für Software interessiert. Er hat sogar am MIT studiert und gleich nach dem Studium ein eigenes Geschäft aufgebaut. Ich schweife ab, jedenfalls habe ich Literatur studiert. Ist nicht so brotlos, wie es klingt. Ich habe immer nebenher gejobbt, zuerst bei Maxwell, dann freischaffend für Marketingfirmen als Texterin oder für Kleinbetriebe als Webdesignerin. Ein paar Mal habe ich Ghostwriterprojekte angenommen. Es wird gut bezahlt.«

Ich fing Coltons Blick auf. Er hing mir an den Lippen, schien mir wirklich zuzuhören, obwohl ich ziemlich zusammenhanglos erzählte.

»Ich rede wirres Zeug, muss am Champagner liegen.«

»Also hat Ihnen dieser Maxwell die Tricks mit dem Fußball beigebracht?«

»Das Thema scheint Sie wirklich zu faszinieren. Nein, er hatte überhaupt keine Augen für mich. Willa und ich sind an der Highschool zum Spaß zu einem Fußball-Probetraining gegangen und fanden es ganz witzig. Und weil wir uns nicht ganz so dämlich angestellt hatten, durften wir bleiben.« Ich habe bis heute keine Ahnung, was ich ohne Willa gemacht hätte. Wahrscheinlich wäre ich genauso verbittert geworden wie meine Mutter. Besser nicht daran denken. »Es ist schon spät ...«

»Mein Glück, sonst hätten Sie mich jetzt wahrscheinlich gelöchert.« Colton sagte das so locker und leicht, als ob er mir tatsächlich von sich erzählt hätte.

Oder meinte er es ernst und es war ihm nicht nur so herausgerutscht? Colton begann die Reste vom Essen zusammenzustellen und mied meinen Blick. Also bereute er seine Aussage? Besser ich hörte auf, jedes seiner Worte auf die Goldwaage zu legen, und half.

COLTON

»Haben Sie eigentlich meinen Lebenslauf gelesen?«

»Nein. Dafür habe ich keine Zeit und ich vertraue Laurens Urteilsvermögen.«

Rebecca nickte, strich sich abermals durchs Haar und wirkte irgendwie verloren. Ich hätte ihr noch viel länger zuhören können. Sie war wirklich ein stilles Wasser und es gab noch einiges zu entdecken. Die Frage war nur, ob ich diesen Weg beschreiten sollte oder besser hier stoppte. Sie hatte bereits bewiesen, dass ich mich auf sie verlassen konnte. Davon, dass sie hart arbeiten konnte, würde ich mich noch überzeugen. Nur dass sie in ihrer Freizeit Jane Austen las, passte nicht ins

Bild von der unabhängigen Frau, das sie mir präsentierte. Oder liebte Rebecca vielleicht Gegensätze? Heute Abend würde ich es nicht mehr herausfinden.

»Den Rest können wir stehen lassen. Ich rufe uns ein Taxi. Es ist nicht weit.«

Rebecca fielen auf der Fahrt die Augen zu. Sie sah unglaublich friedlich dabei aus. Ich merkte erst, dass ich die Hand ausgestreckt hatte, um ihr das Haar aus dem Gesicht zu streichen, als ich kurz davor war, es anzufassen. Sie drehte ihren Kopf, ich spürte ihren Atem auf meiner Haut. Rasch zog ich meine Hand zurück, bevor sie wach wurde und mich bemerkte.

»Wir sind da«, brummte der Taxifahrer.

Ich hielt ihm einen Geldschein hin. »Hier, stimmt so.«

Während unser Gepäck ausgeladen wurde, berührte ich Rebecca sanft an der Schulter. »Wir sind hier«, sagte ich leise. Ich wollte sie nicht erschrecken, aber offenbar tat ich es doch. Denn sie schreckte hoch und wir knallten mit unseren Köpfen aneinander. »Autsch! Du hast aber einen Dickschädel, tut ganz schön weh«, beklagte sich Rebecca, dabei rieben wir uns beide die Stirn. »Verzeihung«, murmelte sie betreten und lief wieder rot an.

»Gleichfalls«, antwortete ich lachend. »Komm.« Den

familiären Ton behielt ich gleich bei und streckte ihr auch einladend die Hand hin, als ich ausgestiegen war. Dass sie sie ergriff, geschah aus einem Reflex heraus und wäre nichts Besonderes gewesen, wenn ich nicht wieder dieses angenehme Kribbeln gespürt hätte, das sich jetzt über meinen Arm auszubreiten begann.

Rebecca räusperte sich. »Danke.« Sie ließ meine Hand los und betrat das Hotel vor mir. Das gab mir die Gelegenheit, meine Hand mehrmals zu öffnen und zu schließen, um das Kribbeln loszuwerden, bevor ich ihr folgte. Auf keinen Fall würde ich mich jetzt damit befassen, was es zu bedeuten hatte. Nichts, ganz einfach. Weil ich nichts zulassen würde.

Ich wickelte das Einchecken in Rekordzeit ab. Rebecca griff so bestimmt nach ihrer Türkarte, als ob sie nicht noch einmal riskieren wollte, dass wir uns berührten. Schweigend und mit dem größtmöglichen Abstand zwischen uns fuhren wir im Aufzug in unser Stockwerk. Unsere Zimmer lagen nebeneinander. Ich wartete, bis Rebecca ihres aufgeschlossen hatte. Sie blieb einen Moment stehen, drehte sich erst nach einer Weile zu mir.

»Danke für den schönen Abend. Wir hören uns morgen?« Ich hätte schwören können, dass sie einen Atemzug auf meinen Mund gesehen hatte, aber ich hätte es mir auch einbilden können. Dass ich ihr unter anderen Umständen einen Gute-Nacht-Kuss gegeben hätte, konnte ich aber nicht leugnen.

Ich nickte. »Gute Nacht.«

Sie schloss die Tür. *Unter anderen Umständen* … Das durfte ich nicht vergessen.

KAPITEL 8

REBECCA

Auch wenn ich todmüde war, konnte ich nicht einschlafen. Zu sehr drehten sich meinen Gedanken um Colton, der sich auf der anderen Seite der Wand befand. Er begann mir zu gefallen und das durfte nicht sein. Nur fiel es mir schwer, mir vor Augen zu halten, dass er mein Chef war, wenn er seine persönliche Seite zeigte. Wenn er mir seine Aufmerksamkeit schenkte und sich wirklich für mich interessierte.

Ich reagierte darauf viel zu stark, war darum auch so aufgeschreckt, als er mich im Auto berührt hatte. Ich spürte die Beule, aber genauso seine Berührung. Das war überhaupt nicht gut. Und ich durfte mich nicht in etwas reinsteigern.

Oder war ich nur auf Colton so fixiert, weil ich schon lange keinen Mann mehr getroffen hatte, der mich interessierte? Dass ich nicht schon früher auf die Idee gekommen war, mit Willa um die Häuser zu ziehen. Wie dumm! Ich würde ihr am Morgen gleich schreiben und dann würde ich ganz bestimmt auch nicht auf den erstbesten Mann so stark reagieren, der mir ein wenig Aufmerksamkeit schenkte.

Am nächsten Tag gönnte ich mir eine kurze und sehr kalte Dusche, zog mir ein Kleid an und begab mich dann in den Frühstücksraum. Während ich auf meinen Kaffee wartete, schrieb ich Willa, dass ich Freitagabend tanzen gehen wollte. Soweit ich ihren Terminplan im Kopf hatte, stand am Samstag keine Hochzeit an. Sie schrieb mir sofort mit Herzchen-Emojis zurück.

Sehr gut! Dann war das ja geregelt. Nach dem Frühstück setzte ich mich an meinen Schreibtisch. Meine gute Laune beflügelte mich, sodass ich mich regelrecht von meinem Laptop losreißen musste, als es früher Nachmittag wurde. Ich wollte ja noch wenigstens das French Quarter anschauen, bevor ich morgen nach Hause flog.

Erst jetzt fielen mir die vielen roten Rosen auf, die die Lobby des Hotels schmückten. Hatte ich doch wirklich den Valentinstag vergessen.

– Happy Valentine, Willa! –
– Danke, Süße, dir auch! Meine neueste Kreation. – Sie schickte mir ein Bild mit einer zweistöckigen Torte, ganz in Rot mit winzigen roten Herzen drauf.
– Ist das Marzipan? –
– Genau. Die Füllung ist Vanille, Himbeere und Zitrone. –
– Wow, das ist mal ein tolles Geschenk. –
– Und was ist mit dir und Colton? –
– Was soll mit ihm sein? –
– Was macht ihr denn heute Abend? –
– Keine Ahnung, wann er von der Raffinerie zurückkommt. Wir haben nichts abgemacht. Ich geh mir jetzt die Stadt anschauen. –
– Na dann, viel Spaß! –
– Danke! –

Ich steckte das Handy weg, trat vor das Hotel und sah mich um. Ich beschloss, einfach durch die Straßen zu schlendern. Dass mir dabei nur verliebte Pärchen auffielen, nervte mich jedoch bald. Also holte ich mein Handy wieder hervor und begann, die Häuser in der berühmten Bourbon Street zu fotografieren. Das war schon besser, aber ich hätte doch lieber die Stadt mit jemandem zusammen erkundet.

Natürlich nicht mit Colton, sondern mit Willa. Irgendwann würden wir das nachholen. Und dann auch eine Jazzbar besuchen. Aber warum sollte ich es heute Abend nicht einfach tun? Bestimmt erwartete Colton nicht, dass wir etwas zusammen unternahmen. Schließlich hatte er mir den Nachmittag freigegeben und somit konnte ich tun, was ich wollte.

COLTON

Meine Gedanken schweiften immer wieder zu Rebecca. Zu gerne hätte ich ihr New Orleans gezeigt, mit ihr Krabbenbrötchen geholt und sie mit dem Blick auf den Mississippi gegessen. Dann wären wir mit dem Raddampfer gefahren. Wahrscheinlich konnte Rebecca Mark Twain zitieren, dachte ich schmunzelnd. Den Abend hätten wir in den Ausgehvierteln verbracht. Ich liebte die Atmosphäre und die Musik in den Straßen, die die Lebenslust der Einwohner und Besucher gleichermaßen widerspiegelte.

»Wir können weitermachen«, bemerkte der Sicherheitsleiter und holte mich aus meinen Gedanken an Rebecca zurück. Ich hatte wohl kurzzeitig verdrängt, dass sie meine Assistentin war und nicht meine Freundin. Ich wollte auch keine, hatte ich das abermals vergessen?

Also los, ich war zum Arbeiten hier. »Gut, wir waren beim Schichtwechsel und den Checklisten. Wie viele Vorfälle gab es in den letzten drei Monaten und wie schwer waren diese Verstöße?«

Ich ging systematisch alle Fragen durch, die die Vertreter diverser Versicherungsgesellschaften, die nächsten Monat hier zu Besuch sein würden, brennend interessierten.

»Wir haben den Prozess verbessert und konnten die mittelschweren Verstöße um fünfzehn, die leichten um fünf Prozent reduzieren.« Er zeigte mir Tabellen und diverse Checklisten mit verschiedenen Farbcodes. Ich nickte zufrieden, während sich in meinem Unterbewusstsein bereits der Wunsch formte, Rebecca heute Abend in ein Restaurant mit Live-Musik auszuführen. Mit meiner Konzentration war es in letzter Zeit wirklich nicht gut bestellt.

Ich schickte ihr in der nächsten Pause eine entsprechende Nachricht.

Der restliche Tag verlief nach ihrer Zusage um einiges fokussierter. Entsprechend gut gelaunt traf ich Rebecca um neun in der Lobby unseres Hotels.

Sie trug ein Sommerkleid mit Blumenprint und hatte ihre Haare hochgesteckt. Dazu trug sie Keilsandalen und hatte die Fußnägel pink gestrichen.

»Maddies Lieblingsfarbe«, bemerkte ich amüsiert.

»Ich hoffe, es war okay, dass ich ihr die Nägel lackiert habe.«

»Auch davon redet sie ununterbrochen.« Rebecca lächelte und ich tat es auch. »Wie war dein Tag?«

»Sehr schön. Ich hoffe, deiner war erfolgreich.«

»Er war sehr gut. Falls du dich für den ›Faktor Mensch als wichtigstes Instrument in der Schadensvermeidung und -begrenzung‹ interessierst, kann ich dir den ganzen Abend davon erzählen.«

»Klingt auf jeden Fall sehr interessant.«

»Das ist es auch.«

»Wolltest du schon immer in die Fußtapfen deines Dads treten oder etwas ganz anderes machen? Von was hast du als Kind geträumt?«

Wir verließen das Hotel und ich ließ, zum ersten Mal heute, die Stadt auf mich wirken. »Die Frage ist gar nicht so leicht zu beantworten.«

»Du musst sie gar nicht beantworten. Ich meine, wenn es zu persönlich ist, kann ich das verstehen.«

Ich sah, wie sie verlegen wieder auf der Innenseite ihrer Wangen kaute, es merkte und genervt den Mund verzog.

»Wir müssen hier lang.« Flüchtig streifte ich sie am Ellbogen, damit sie mir folgte. Fast hätte ich ihre Hand ergriffen, ich habe mich gerade noch so zurückhalten können.

»Ich liebe die Häuser hier! Eines ist schöner als das andere. Das hier erinnert mich an Maddies Puppenhaus«, bemerkte Rebecca begeistert und lachte auf, als wir kurz darauf vor dem winzig aussehenden Gebäude stoppten. Es war eingeschossig, mit einem dieser typischen säulenförmigen Eingänge.

»Unser Restaurant für den Abend. Aber lass dich nicht täuschen, es ist viel größer, als du denkst.«

»Jetzt bin ich gespannt.«

Ich ließ sie vorgehen und beobachtete zufrieden, wie Rebecca der Mund leicht offenstand, als sie das Dekor auf sich wirken ließ. Es war sehr typisch im Südstaatenstil gehalten, sodass man augenblicklich ins vorletzte Jahrhundert katapultiert wurde. Fast erwartete ich, Rhett Butler oder Scarlett O'Hara zu begegnen. Ich verkniff mir eine entsprechende Bemerkung.

Ein Platzanweiser führte uns direkt in den großen Saal, der einer Orangerie in Frankreich nachempfunden worden war. Eine Seite war komplett verglast, so konnten wir in den Außenbereich sehen, der für private Anlässe gebucht werden konnte. Was heute genau der Fall war, und wenn mich nicht alles täuschte, würde die Frau heute noch einen Antrag bekommen. Ich verbot mir jegliche Gedanken in die Richtung, auch weil ich merkte, dass mein Lächeln erzwungen war, als Rebecca ihre Begeisterung kundtat.

»Es ist wundervoll hier. Ich mag das helle Grün der

Wände und der Schachbrettboden ist fantastisch.« Die Blumendekoration war heute auffällig, natürlich, es war der Tag der Verliebten.

Als wir uns gesetzt hatten, reichte uns der Kellner die Karte.

»Darf ich Ihnen einen Aperitif servieren?«

Rebecca schnupperte an dem Rosengesteck, das auf dem Tisch lag, und schien in ihren Gedanken versunken.

»Wir brauchen einen Moment, danke.«

»Sehr wohl.« Er zog sich zurück, während mir jetzt auffiel, wie lang Rebeccas dunkle Wimpern waren. Sie hielt die Augen geschlossen. Ein zartrosaroter Schimmer hatte sich auf ihre Wangen gelegt und sie seufzte leise, bevor sie die Augen wieder öffnete. Offenbar fiel ihr auf, wo sie sich befand oder mit wem, jedenfalls räusperte sie sich dezent und schenkte dann ihre Aufmerksamkeit der Speisekarte.

»Das Essen ist empfehlenswert.«

»Du warst also schon einmal hier? Irgendwie beruhigt es mich zu wissen, dass du nicht nur arbeitest. Ich meine, natürlich kümmerst du dich auch um deine Tochter. Also, was ich sagen wollte …«

»Ich verstehe schon, was du sagen wolltest. Möchtest du einen Aperitif?«

»Unbedingt!« Rebeccas Augen funkelten, als sie nach

der Getränkekarte griff. »Einen Satsuma Sunrise«, kam es nach einem kurzen Blick.

»Das ging ja schnell.«

»Ja, Cocktails sind meine Achillesferse.« Sie lachte etwas zu laut auf. »Wie das jetzt wieder klingt.« Sie wurde rot und klappte die Getränkekarte zu, nur um sie auf dem Tisch herumzuschieben. Als ihr auch das auffiel, schüttelte sie über sich selbst den Kopf. »Was wählst du?«

Ich öffnete meine Getränkekarte und setzte einen betont nachdenklichen Blick auf.

»Ein Bourbon würde jetzt viel zu langweilig klingen. Hier, was hältst du von dem: Down the Rabbit Hole. Ich verstehe bis heute nicht, warum Alice dem Kaninchen ins Loch gefolgt ist.«

»Ich auch nicht.« Rebecca lachte so herzlich, dass ich einstimmte. Ihre Verlegenheit hatte einer Unbefangenheit Platz gemacht, die mich sogleich vereinnahmte. So gelöst hatte ich mich eine Ewigkeit nicht gefühlt.

Als der Kellner unsere Bestellung aufgenommen hatte, vertieften wir uns in die Speisekarte. Rebecca kniff die Augen zusammen und studierte die verschiedenen Gerichte. »Ich bin ehrlich gesagt etwas überfordert. Das klingt alles so unglaublich lecker.«

»Wir können einfach einer der Empfehlungen der Küche folgen.«

»Das ist eine ausgezeichnete Idee.« Sie klappte die Karte wieder zu und überließ es auch mir, die Weine auszusuchen.

»Ich habe keine Ahnung, was ich gemacht hätte, wenn ich die Firma nicht übernommen hätte«, gestand ich, als wir auf den Kellner warteten. »Es hatte auch nie zur Debatte gestanden. Schätze, darum habe ich mir nie Gedanken darüber gemacht.«

»Ist plausibel.«

»Klingt irgendwie langweilig.«

»Nicht, wenn es dir Spaß macht. Und ich kann mir nicht vorstellen, dass dein Job langweilig ist. Ich meine, du musst den ganzen Tag wichtige Entscheidungen treffen und über den Faktor Mensch diskutieren.« Sie zwinkerte mir zu, lief abermals rot an. »Entschuldige, ich weiß nicht, was in mich gefahren ist. Ich kann nicht mal meinem Cocktail die Schuld dafür geben, dass ich dauernd vergesse, dass du mein Chef bist und ich nicht einfach meine Gedanken so frei teilen sollte.«

»Es ist sehr erfrischend, um ehrlich zu sein.«

Unsere Getränke wurden serviert. Im Gegensatz zu ihrem sah meiner etwas gewöhnungsbedürftig aus.

»Die Karottendeko ist niedlich.« Rebecca konnte sich das Lachen kaum verkneifen. Oder wie sollte ich ihre Hand vor dem Mund sonst deuten?

»Cheers.« Ich entfernte das Gemüse und nahm mutig einen Schluck. »Interessant.«

»Darf ich?«

Dankbar schob ich ihr das Getränk zu.

»Lecker! Mit Ingwer und Sellerie, oder? Ist da Gin drin?«

»Ich bin sicher, sie können dir das Rezept mitgeben.«

Ich plänkelte mit Rebecca herum und schien ebenfalls zu vergessen, dass ich ihr Chef war. Sie machte es mir mit ihrer unbekümmerten Art verdammt einfach, mich im Moment zu verlieren.

Sie hielt nicht mit ihrer Meinung hinter dem Berg, wenn ihr etwas gefiel oder nicht. Ich hätte sie den ganzen Abend beobachten können. Und ich nahm mir die Zeit, so lange sitzen zu bleiben, wie ich wollte.

Wir aßen uns einmal quer durchs Fischmenü. Es hätte mich nicht gewundert, wenn Rebecca wirklich nach den Rezepten gefragt hätte.

»Du kochst also gerne?«

»Ja, aber für mich allein macht es mir nicht so viel Spaß. Im Moment wohne ich zwar bei meiner Freundin Willa, aber da sie dauernd die Küche in Beschlag nimmt, habe ich noch nicht so viel Gelegenheit gehabt.«

»Was macht deine Freundin eigentlich? Ist sie auch so eine Literaturliebhaberin?«

»Nein, Willa ist Hochzeitstortenbäckerin. *Willa's Weddingcakes*. Sie backt aber auch für andere Anlässe. Für ihre Kunden backt sie in einem Ladenlokal mit Industrieküche. In der Wohnung kreiert sie Miniaturversionen, die wir dann zusammen essen. Wenn es so weitergeht, werde ich bald zehn Kilo mehr auf den Rippen haben.«

Wir hörten ein Jauchzen, das unsere Blicke automatisch in den Innenhof lenkte. Eine blonde Frau schien in Tränen aufgelöst zu sein, zeigte immer wieder auf ihre ausgestreckte Hand, während der Mann einen Schulterklopfer nach dem anderen erhielt und sich von einer älteren Frau herzen ließ.

In dem Moment klingelte mein Telefon und ich konnte nicht behaupten, dass es mich störte. »Entschuldigst du mich kurz?« Mein Blick fiel auf das Display. Maddie? »Schätzchen, warum bist du denn nicht im Bett?«

»Ich kann nicht schlafen und es ist niemand hier, der mir vorliest. Kannst du mir etwas vorlesen?« Sie gähnte, wahrscheinlich würde sie einschlafen, während wir telefonierten. »Was ist denn mit Tante Izzy? Wo ist sie?«

»Sie schläft. Außerdem verstellt sie die Stimmen beim Vorlesen nicht so gut wie du.«

Ich bezweifelte sehr, dass Isabella schon schlief. Aber dem jetzt nachzugehen, würde zu lange dauern, besser ich brachte Maddie so rasch wie möglich dazu, einzuschlafen.

»Ich bin noch im Restaurant, es ist heute etwas später geworden.«

»Hmm.«

»Was ist denn los?«, fragte mich Rebecca mit besorgter Miene.

»Maddie kann nicht schlafen«, erklärte ich leise und sagte an Maddie gewandt: »Was hältst du davon, wenn ich dir …«

»War das Becca?«, hörte ich sie aufgeregt fragen.

»Ja.«

»Wann kommt sie zum Spielen?«

»Das weiß ich nicht. Grandpa und Grandma wollten doch morgen mit dir spielen. Freust du dich nicht?«

»Becca kann mit uns in den Zoo. Du hast mir versprochen, dass wir hinfahren. Bitte, Becca soll mit, bitte.«

»Ich werde sie fragen. Aber nur, wenn du jetzt sofort schlafen gehst.«

»Ich schlafe.«

Belustigt schüttelte ich den Kopf, das konnte jetzt die nächste halbe Stunde so gehen. »Gute Nacht. Hab dich liebe, Maddie.«

»Ich dich auch, Daddy. Komm bald wieder nach Hause.«

»Versprochen.« Ich legte auf, ließ aber mein Handy auf dem Tisch liegen. »Wo waren wir?«, fragte ich automatisch.

»Ist alles in Ordnung? Wer passt denn auf Maddie auf? Ist die Kinderfrau zurück?«

»Nein, heute ist meine Schwester bei Maddie.

Morgen bleibt sie bei meinen Eltern. Maddie kann mich jederzeit direkt anrufen. Sie hat in ihrem Zimmer ein Telefon, mit dem sie per Kurzwahl nur mich erreichen kann. Nicht, dass du denkst, sie besitzt mit fünf Jahren ihr eigenes Handy.«

»Hey, ich habe dich nicht kritisiert. Es war nur eine Frage.«

»Und ich habe es erklärt.« Ich klang viel zu barsch, aber das konnte ich jetzt auch nicht mehr ändern.

»Danke für das schöne Essen, es war wirklich köstlich. Aber es ist schon spät, wir können gerne zurück ins Hotel.«

»Gut.« Ich winkte den Kellner ran, um die Rechnung zu begleichen. Natürlich würde ich Rebecca nicht fragen, ob sie mit in den Zoo käme. Das war völlig unangebracht, sie war nicht plötzlich Maddies Nanny und auch nicht eine Freundin. Sie war meine Assistentin, dieses Essen ein Dankeschön, nicht mehr und nicht weniger.

Bereits auf dem Weg zurück ins Hotel, begann meine Willenskraft zu bröckeln. Es war ein lauer Abend, von jeder Ecke aus schwappte pure Lebensfreude herüber. Ich ertappte mich wieder dabei, wie ich Rebeccas Hand ergreifen wollte, noch lieber einen Arm um sie legen. Es war so unangebracht, wie nur irgendetwas, aber gleichzeitig schien mich eine unsichtbare Kraft derart mächtig zu ihr zu ziehen, dass ich bereits meine Zähne zusammenbiss und meine Hände ballte, um ihr standhalten zu können. Besser ich entspannte mich wieder, bevor ich Rebecca mit meinem Verhalten noch mehr vor den Kopf stieß. Beinahe atmete ich laut auf, als ich das Hotel am Ende der Straße entdeckte.

Dass es keineswegs leichter wurde, als wir die Lobby betraten und Rebeccas Blick auf die Bar und die Musiker davor fiel, hätte ich ahnen können.

»Es ist schon spät«, erstickte ich jede unausgesprochene Frage bereits im Keim.

»Ja, ich bin auch müde.« Ihren wehmütigen Blick hatte ich gesehen, sie lächelte jedoch bereits wieder und folgte mir in den Aufzug. Nachdem sich die Türen geschlossen hatten, hörte ich sie summen. Ich wusste nicht, welches Lied, aber es gefiel mir. Noch mehr, dass sie sich offenbar so wohl fühlte, dass sie die Umgebung vergaß. Dass sie vergaß, wer ich war. Ich hätte nur meine Hand auszustrecken brauchen, um ihre Lippen zu berühren. Sie waren voll und zart, ich malte mir aus, dass sie so süß wie sommergereifte Erdbeeren schmecken würden.

Der Aufzug hielt, ich ließ Rebecca vorgehen, folgte dicht dahinter. Als sie abrupt stehen blieb, stießen wir zusammen. Offenbar war ich gerade am Träumen gewesen, hatte ich doch nicht einmal bemerkt, dass wir schon an ihrem Zimmer angekommen waren.

»Verzeihung.« Ein durch die Berührung elektrisierendes Gefühl durchströmte mich augenblicklich und ließ mich beinahe atemlos zurück.

»Wenigstens haben wir uns nicht nochmals den Kopf gestoßen.« Rebecca lachte leise, bis sie meinen Blick einfing. Ich konnte mich nicht rühren, mich nicht wegdrehen und ihr eine gute Nacht wünschen. Ich wollte Rebecca, das war mir in dem Moment sonnenklar, aber ich durfte nicht. Während ich innerlich einen Kampf ausfocht, sah ich, wie sie schluckte, meine Lippen fixierte und sich mit der Zunge über ihre strich. Sie war wie eine Sirene, die meinen Namen rief, obwohl sie ganz still dastand. Ich durfte nicht nachgeben.

Die Aufzugtür ging auf, das Pärchen torkelte laut lachend heraus, während ich endlich wieder atmen konnte. Ich räusperte mich leise, bevor ich laut und deutlich »Gute Nacht, Rebecca. Danke für den schönen Abend« sagte.

»Ich danke dir, Colton. Für alles.« Sie lächelte, drehte sich zu ihrer Tür, betätigte die Karte und verschwand ohne einen weiteren Kommentar oder Blick im Zimmer. Erst als sich die Tür schloss, kam Bewegung in mich. Das war ja gerade nochmals gut gegangen. Morgen würde Rebecca abreisen und im Büro würden wir wieder zur gewohnten Professionalität zurückkehren. Der Ausflug ins Privatleben war vorbei.

Wie sehr ich mich in diesem Punkt irrte, stellte ich

fest, als ich Mitte der Woche zu Hause eintraf. So wie immer hörte ich Maddies Schritte, noch bevor ich die Haustür richtig geschlossen hatte.

»Kommt Becca mit?«, war das erste, was mich meine Tochter fragte. Dabei blieb sie mit überkreuzten Armen und einem strengen Blick vor mir stehen.

»Was ist denn das für eine Begrüßung? Kriege ich keinen Kuss?« Ich ging in die Hocke, öffnete meine Arme und setzte das, was meine Schwester einen Hundeblick nannte, auf.

Maddie schüttelte den Kopf.

»Nicht mal einen klitzekleinen Kuss?« Ich zeigte mit meinem Zeigefinger und Daumen einen winzigen Spalt an.

Maddie schüttelte immer noch den Kopf, konnte das ernste Gesicht dabei aber nicht beibehalten. Sie kam jetzt auch auf mich zu und schlang ihre kleinen Arme um meinen Hals, während ich sie bereits in einer Bärenumarmung hielt. »Ich habe dich vermisst, Prinzessin.«

»Ich dich auch, Daddy.«

»Wollen wir mal in der Küche nachschauen, was Marie kocht? Es riecht köstlich.«

»Chili con Carne! Becca kann auch kochen, das hat sie erzählt. Kann sie mal für uns kochen? Kommt sie mit in den Zoo?«

Maddie löste sich von mir, um mir in die Augen zu

sehen. Sie hatte die gleichen wie ich. Vivians waren grau gewesen. Den Kloß im Hals spürte ich dennoch, als mich Maddie so wie ihre Mom ansah, wenn ich kurz davor gewesen war, sie zu verärgern. Oder noch schlimmer, sie zu enttäuschen.

Behutsam strich ich Maddie über die Stirn, um die Falte, die dort entstanden war, zum Verschwinden zu bringen.

»Prinzessin, Rebecca ist meine Assistentin, keine Kinderfrau. Sie hat nur einmal ausgeholfen, weil ich nicht zu Hause sein konnte. Sie ist auch nicht meine Freundin.«

»Aber Becca ist *meine* Freundin. Molly und Claire mögen sie! Ich will, dass sie mitkommt!« Maddie riss sich los und stampfte wütend mit dem Fuß auf. Sie presste ihre Lippen aufeinander, aber ich sah, dass sie bereits bedenklich zitterten. Verdammt, ich wollte sie doch nicht zum Weinen bringen.

»Ich rufe Rebecca nach dem Abendessen an. Aber ich kann nichts versprechen.«

Von einer Sekunde auf die andere strahlte Maddie, klatschte vergnügt in die Hände und rannte Richtung Küche. »Marie! Becca kommt mit in den Zoo!!!«

Kam es nur mir so vor, dass ich bei Maddie immer den Kürzeren zog? Amüsiert folgte ich ihr in die Küche. Mein Vorsatz, mit Rebecca ab jetzt wieder strikt geschäftlich zu verkehren, drohte bereits zu scheitern.

Aber das bedeutete ja nicht, dass wir uns nochmals so nahekommen würden wie in New Orleans. Und selbst da war im Grunde nichts passiert. Und ein Zoo war nicht mal romantisch. Also hätte ich auch keine Probleme, falls sie mitkommen würde. Klang eigentlich ganz logisch.

KAPITEL 9

REBECCA

»Hallo Colton, was kann ich für dich tun?« Seit ich aus New Orleans zurück war, hatte ich ihn nicht gesprochen, alle Nachrichten per E-Mail erhalten. Jetzt war es bereits nach acht Uhr am Abend. Ich zuckte die Schultern, als ich Willas fragenden Blick einfing, und zog mich in mein Schlafzimmer zurück.

»Hi Rebecca. Maddie möchte, dass du mit uns am Samstag in den Zoo kommst.« Wie immer kam er direkt zum Punkt.

»In den Zoo?«

»Ich habe ihr nichts versprochen, nur dass ich dich fragen würde. Also fühl dich nicht verpflichtet.«

Ich liebte den Zoo, aber wäre es nicht besser, weniger Zeit mit dem privaten Colton zu verbringen?

»Was sagst du? Hast du am Samstag Zeit?« Ich hörte es rascheln. »Maddie, ich hab sie gefragt. Nein, sie hat noch nicht zugesagt.« Trotz der gedämpften Stimmen hörte ich das Gespräch von Maddie und ihrem Dad. *»Du machst das falsch. Sie wird nicht kommen!«*

»Wieso mache ich es falsch? Ich habe Rebecca doch gefragt.« Die Stimmen wurden leiser, bis ich plötzlich wieder Colton klar und deutlich hörte. »Ich soll dir ausrichten, dass es auch ein Karussell gibt und Burger und Pommes. Offenbar magst du sowas?«

»Als ich klein war, mochte ich es sehr, also ich meine das Karussell. Burger liebe ich auch heute noch, Pommes sowieso.« Ich konnte mir einen Lacher kaum verkneifen. Dennoch lag mir auf der Zunge zu fragen, ob das so eine gute Idee wäre.

»Kommt Becca?!«

Colton seufzte. Vielleicht hörte ich mich »Ich würde sehr gerne mit euch in den Zoo kommen. Wann treffen wir uns?« sagen, weil er mir leidtat. Aber im Grunde verbrachte ich gerne Zeit mit ihm und seiner Tochter. Viel zu gerne.

»Wo wohnst du? Wir können dich abholen, so gegen neun?«

»Gut, ich schick dir meine Adresse. Dann grüß Maddie

ganz lieb von mir. Bis morgen?« Morgen wäre er wieder mein Boss und ich seine Assistentin und wir würden so tun, als ob dieses Gespräch nie stattgefunden hätte.

»Danke, bis morgen, bye.« Er hatte aufgelegt.

»Also, ich bin sicher, dass er auf dich steht«, behauptete Willa, als ich zu ihr zurück ins Wohnzimmer ging.

»Ach was. Maddie wollte, dass ich mitkomme«, spielte ich herunter, wie sehr es mich freute, dass wir am Samstag in den Zoo gingen. Zusammen. Also ich hoffte, dass Colton nicht plötzlich geschäftlich verhindert wäre.

»Nein, ich glaube, es steckt mehr dahinter. Und warum nicht? Du bist eine tolle Frau.«

»Ich bin seine Assistentin, schon vergessen?«

»Nein, natürlich nicht. Aber so wie du von eurem Abend schwärmst, klang das schon vertrauter. Außerdem kannst du Colton ja wohl nicht mit diesem Professorarsch vergleichen.«

»Tue ich gar nicht. Ich sage einfach, dass eine Affäre mich wie ein Flittchen dastehen lassen würde und ihn wie einen tollen Hengst. Das ist nun mal so und wird sich auch nicht ändern.«

»Du kannst nichts gegen Gefühle machen. Die folgen keinen Regeln. Und ihr habt euch nicht mal geküsst?« Willa ignorierte alle meine Einwände.

»Nein, wieso sollten wir?« Dass wir uns eine Ewigkeit vor meiner Zimmertür in die Augen geblickt hatten und ich die Funken nur so sprühen gesehen hatte, erzählte ich Willa nicht. Unter anderen Umständen hätten Colton und ich uns geküsst, das war sonnenklar. Aber ich war froh, dass wir diese Grenze nicht überschritten hatten. Und dann platzte aus mir heraus: »Ich finde ihn sehr attraktiv, aber wirklich, Willa, das kann nur schiefgehen.«

»Du hast ja recht und es tut mir leid, dass ich so dränge. Es ist nur so, dass ich mir für dich einfach einen guten Mann wünsche. Du bist schon viel zu lange allein.«

»Du bist auch allein.«

»Stimmt. Die Arbeit und … keine Ahnung. Zu viele Nieten in den letzten Jahren.«

»Irgendwann finden wir den Richtigen.« Selbst wenn ich allein blieb, wollte ich nie so verbittert wie meine Mom werden.

»Wer weiß, ob nicht schon am Freitag!«

»Genau, mal wieder auszugehen, wird uns beiden guttun.« Dass ich eigentlich gar keine Lust mehr darauf hatte, erwähnte ich nicht. Sobald wir im Club wären, würde es mir gefallen, da war ich mir sicher.

Am Freitagabend fuhren wir nach Downtown. Der Club war einer der größten und beliebtesten der Stadt, mit drei Tanzbereichen und entsprechend vielen DJs, die die unterschiedlichsten Musikrichtungen spielten: House, Dance, aber auch Hip-Hop, Latin oder die neuesten Hits. Dazu gab es ganze zehn Bars, die von den heißesten Typen bedient wurden, die ich je gesehen hatte. Das dachte ich jedes Mal.

»Warum waren wir schon so lange nicht mehr hier?!«, rief mir Willa über die Musik hinweg zu.

»Weil wir zwei vielbeschäftigte Frauen sind! Außerdem habe ich dich nicht sehr oft besucht.«

»Stimmt, aber diese Ausrede zieht jetzt nicht mehr. Guck dir mal die Kerle an!«

Das tat ich schon die ganze Zeit. Sie waren einfach unglaublich. Kein Wunder, dass der Laden brummte. Meine Fantasie lief auf Hochtouren, wenn ich den muskelbepackten Barkeepern zusah. Ihre enganliegenden T-Shirts überließen kaum etwas der Fantasie.

»Komm, wir holen uns jetzt einen Cocktail!«

Was Willa eigentlich meinte, war: Wir flirten jetzt mal ein bisschen. Und wenn mehr daraus entstand, umso besser.

Ich hatte allerdings nicht vor, jemanden abzuschleppen. Schließlich hatte ich versprochen, morgen mit meinem Boss und seiner Tochter in den Zoo zu gehen, da wollte ich einigermaßen ausgeschlafen sein. Willa befand sich jedoch ganz klar auf einer Mission.

Während ich den Beat in jeder Zelle meines Körpers spürte und gar nicht anders konnte, als meine Hüften zu schwingen, bahnte sich Willa ihren Weg zu einer der Bars. Wir rempelten beide die anderen Gäste an und wurden selbst geschubst, aber niemand störte sich daran.

An der Bar angekommen, stützte sich Willa auf und lehnte sich gleichzeitig etwas nach vorne. Ihre rote Lockenmähne und die großen, blauen Augen zogen alle Aufmerksamkeit auf sich und so war es nicht verwunderlich, dass auch der Barkeeper schon bald vor ihr stand und ihr ein sexy Lächeln zuwarf. Puh, seine Jeans saßen aber sehr tief. Mein Blick blieb automatisch am Bund kleben.

»Zwei Manhattan, bitte.«

»Kommt sofort.« Er spannte wohl seinen Bizeps extra an, als er zur Whiskeyflasche griff. Ein Kontrollblick, dass Willa ihm zusah, und dann ein wölfisches Lächeln.

»Ich wette, er gibt dir seine Nummer!«

»Kann schon sein!«

Der Typ war genau Willas Kragenweite. Sie mochte die großen, muskulösen Kerle. Die konnten mit ihren Kurven auch etwas anfangen, wie Willa immer betonte. Leider war keiner bis jetzt treu gewesen.

»So, bitte schön, Ladys.« In Rekordzeit waren unsere Getränke bereit. Während er meine Kreditkarte entgegennahm, sah ich, wie er Willa im Auge behielt. Auf der Serviette war eine Nummer aufgeschrieben.

»Wann hat er denn die beschriftet?«

»Keine Ahnung. Vielleicht macht er das im Voraus. Er heißt Andrew.«

»Hier, bitte schön. Bis später!« Dieser Andrew gab mir meine Kreditkarte zurück, tippte sich an die Stirn und wandte sich ab.

Willa hob ihr Glas und prostete mir zu.

»Auf uns.«

»Auf uns.«

Und eine heiße Nacht mit Andrew? Willa ließ sich nichts anmerken.

»Was machen denn zwei solch hübsche Ladys ganz allein?«, hörte ich hinter uns eine tiefe Stimme sagen. Ich drehte mich um und sah zwei riesige Kerle mit Bärten. Dass sie gut gebaut waren, war offensichtlich, nur verdeckte die Gesichtsbehaarung meiner Ansicht nach zu viel. Nicht mein Ding.

»Auf euch warten?«, flirtete Willa jedoch sofort zurück und störte sich offenbar überhaupt nicht an diesem doofen Anmachspruch.

»Sehr schön. Siehst du, Noah, ich habe nichts verlernt. Ich bin übrigens Ethan.« Er grinste und entblößte dabei blendend weiße Zähne.

»Willa und Rebecca«, stellte uns meine Freundin vor.

Ethans Händedruck war stark, was ich mochte. Noch mehr gefiel mir, dass dieser Noah die Augen verdrehte, wohl als Reaktion auf die peinlichen Sprüche von Ethan.

»Und wieso solltest du deine Anmachsprüche vergessen haben?«, hakte ich nach.

»Wir waren beide auf einer längeren Geschäftsreise und da gab es keine einzige Frau.« Er sah uns mit einem Dackelblick an, der mich bloß zum Kichern brachte.

»Du armer Kerl«, flötete hingegen Willa, nippte an ihrem Glas und klimperte mit ihren Wimpern.

»Eben. Sag ich doch.« Ethan fasste sich ans Herz und stöhnte theatralisch, was uns alle zum Lachen brachte.

»Könnt ihr tanzen?«, fragte ich in die Runde.

»Natürlich.«

Dass das nicht nur dahergeredet war, konnte ich kurze Zeit später überprüfen. Willa und Ethan tanzten sehr bald sehr eng, was mich eigentlich nicht erstaunte, ganz im Gegenteil. Die beiden tanzten so heiß, dass es durchaus als Vorspiel hätte gelten können.

Aber auch Noah wusste seine Hüften zu bewegen. Dass er keine Anstalten machte, mich anzufassen oder gar zu küssen, kam mir jedoch sehr gelegen. Dass er mich später sogar zum Taxistand begleitete und wartete, bis ich eingestiegen war, war das i-Tüpfelchen zu diesem gelungenen Abend. Es gab offenbar mehr Gentlemen, als ich gedacht hatte. Ich hoffte bloß, dass Ethan sich nicht als Arsch entpuppte. Dass Willa die Nacht mit ihm verbringen würde, war mir klar gewesen, selbst wenn sie mir nicht Bescheid gegeben hätte. Meine Gedanken schweiften bereits auf der Fahrt nach Hause zu Colton und Maddie, und ich konnte das Lächeln gar nicht abstellen, wenn ich daran dachte, einen Tag mit ihnen zu verbringen.

KAPITEL 10

COLTON

»Daddy, kommst du jetzt?«

»Gleich, Maddie, ich muss nur noch kurz was erledigen.«

»Das sagst du immer«, maulte sie und blieb abwartend in meinem Büro, das ich mir zu Hause eingerichtet hatte, stehen.

Ich war dabei, den Bericht von Ethan und Noah zu lesen. Sie waren zurück und das bedeutete, dass es einiges zu besprechen gäbe. Ich wollte auf jeden Fall über alle Informationen verfügen, bevor wir uns wieder mit Thomas Kinkade an den Tisch setzten. Er glaubte nicht, dass ich *Texas West Oil* in eine neue, grünere Ära führen wollte. Egal ob Jayden und Thomas' Tochter heirateten und wir dadurch unser langfristiges Ziel bekräftigten. Dass ich die Idee selbst total bescheuert fand, war mir hoffentlich nicht anzumerken. Aber dass Thomas in seiner Lage noch Forderungen stellte, war so dreist, dass ich ihn fast ein wenig dafür bewunderte. Wenn ich jetzt noch das Gefühl hätte, dass er all das auch für seine Tochter tat, die den Lebenstraum ihres Vaters weiterführen wollte und nicht nur, um mehr Geld für sich herauszuschlagen, hätte ich in manchen Punkten schon längst nachgegeben. Aber so einfach war es nicht. Die Emotionen kochten viel zu hoch und das war nie gut.

»Kommst du jetzt?!? Becca wartet doch!« Maddie stampfte mit dem Fuß auf. »Du hast es versprochen!«

Das hatte ich. Der Bericht musste warten.

»Du hast recht. Gib mir zwei Minuten und ich bin bereit.«

Statt schon mal vorzugehen, sah sie mir zu, wie ich den Bericht weglegte, mein Handy schnappte und aufstand. Maddie nicke zufrieden, rief: »Los jetzt!«, und rannte davon.

»Wir kommen zu spät«, jammerte Maddie die ganze Fahrt zu Rebecca.

»Ganz bestimmt nicht.«

»Doch, ich weiß es.«

»Du kannst doch keine Uhren lesen«, neckte ich sie.

»Kann ich sehr wohl!«

»Seit wann denn?«

»Du bist gemein!«

»Und du kannst mir vertrauen, wir kommen pünktlich an.«

Maddie blieb die restliche Fahrt still. Erst als wir in Rebeccas Straße einbogen, hörte ich sie triumphierend sagen: »Und warum wartet Becca vor dem Haus auf uns, wenn wir nicht zu spät sind?«

»Na, weil sie uns nicht warten lassen will?«

Ich hielt an und Rebecca stieg auch gleich ein.

»Daddy musste arbeiten. Wir sind zu spät«, bemerkte Maddie als erstes mit ernstem Gesicht. Sie war ein Sturkopf, was ganz sicher nicht in der Familie lag, dachte ich belustigt und konnte kaum ernst bleiben.

Rebecca verkniff sich ebenfalls ein Lachen, drehte sich zu Maddie und sagte: »Aber nein, ihr seid superpünktlich. Und auch die Tiere im Zoo denken das. Ich habe extra angerufen und gesagt, dass du heute kommst.«

»Du foppst mich. Tiere können doch gar nicht telefonieren!« Maddie lachte herzlich.

»Bist du sicher?«

»Ja!«

»Nun, wahrscheinlich hast du recht, aber du wirst staunen, was dich sonst erwartet!«

»Eine Überraschung?«, fragte Maddie atemlos. »Daddy, gibt es eine Überraschung?«

»Dein Daddy hat keine Ahnung. Ich weiß ja nicht, ob er Geheimnisse für sich behalten kann.«

»Nein, Daddy erzählt mir alles.«

Rebecca warf mir einen unbekümmerten Blick zu. »Guten Morgen.«

»Guten Morgen«, erwiderte ich. Was mir tatsächlich auf der Zunge lag, musste warten, bis Maddie abgelenkt war. Wohl bedachte ich Rebecca aber mit einem strengen Blick. Sie sollte Maddie nicht Dinge versprechen und sie dann nicht halten können.

»Was ist denn dein Lieblingstier?«, fragte Rebecca jetzt.

»Giraffen!«, kam es wie aus der Pistole geschossen. »Daddy mag Löwen und Tiger«, plapperte Maddie weiter. »Und Pinguine!«

»Pinguine?«, hörte ich Rebecca amüsiert nachfragen.

»Klar, sieh dir ihre Eleganz doch an, faszinierend«, erklärte ich ihr in gespielt lehrmeisterhaftem Tonfall. Wir waren angekommen, ich parkte den Wagen.

»Hmm, ja, jetzt wo du es sagst. Wer mag denn Spinnen oder Schlangen?«, fragte Rebecca nach.

»Ihhhh«, rief ich gleichzeitig mit Maddie und spürte im nächsten Moment ihre kleine Hand an meinem Nacken. Es schüttelte mich und Maddie lachte laut auf.

»Na warte, wenn ich dich erwische.«

Maddie lachte noch lauter und Rebecca stimmte mit ein.

»Dasselbe gilt für dich«, rutschte mir an Rebecca gerichtet heraus. Bevor ich mich entschuldigen konnte, antwortete sie: »Dann musst du mich erst fangen«, öffnete die Tür, sprang heraus und half Maddie.

»Mich auch!«, rief diese begeistert und lief mit Rebecca voraus. Ich ließ mir Zeit auszusteigen und holte die beiden erst wieder am Eingang zum Zoo ein, wo mich Maddie vorwurfsvoll ansah.

Bevor sie es sich versah, hob ich sie hoch und setzte sie auf meine Schultern. »Hab ich dich.«

»Ja! Jetzt bin ich so groß wie eine Giraffe.«

Ich rannte ein paar Mal im Kreis, bis Maddie begeistert in die Hände klatschte, und dann direkt zu Rebecca, die uns lächelnd zuschaute.

»Daddy, schneller, schneller.«

»Später wieder.« Ich ließ Maddie unter lautem Protest herunter.

»Komm, deine Überraschung wartet«, sagte Rebecca.

»Au ja, ich liebe Überraschungen!« Begeistert ergriff Maddie ihre Hand und folgte brav zum Eingang. Die Tickets hatte ich bereits besorgt, so dass wir nicht warten mussten. Rebeccas Überraschung war eine halbe Stunde hinter den Kulissen mit einem Okapi. Maddie war wie immer am Anfang etwas schüchtern, aber bald schon war das Tier ihr bester Freund.

»Daddy, siehst du, es frisst mein Blatt!« Ich hielt sie fest, damit sie auf Augenhöhe mit dem Tier war, das mich stark an eine Giraffe erinnerte und dann wieder an ein Zebra. Es war absolut faszinierend, wie zutraulich es war. Fast vergaß ich, dass es normalerweise im Regenwald in Zentralafrika zu Hause war und, wie uns einer der Zoowärter erklärte, vom Aussterben bedroht war. Maddie war kaum von dem Tier wegzukriegen.

»Es hat tolle Strümpfe an, ich will auch solche haben.« Sie strahlte, war schon jetzt im siebten Himmel angekommen. Dass Rebecca so aufmerksam gewesen war, Maddie eine zusätzliche Freude zu bereiten, rechnete ich ihr hoch an.

Zudem wirkte alles so echt. Die Freude, die ich auch in Rebeccas Gesicht las, war nicht gespielt. Selbst jetzt stand sie neben uns, streichelte über Maddies Haar und lauschte genauso gebannt dem Okapipfleger wie meiner Tochter.

»Daddy, krieg ich so tolle Strümpfe?«

REBECCA

»Nun ja, vielleicht kann dir Tante Izzy welche stricken. Ich kann sie ja fragen.«

»Au ja!«

»Maddie, hast du gewusst, dass die Weibchen größer sind als die Männchen, dafür haben die Männchen richtige Hörner und die Weibchen nur ganz kleine oder gar keine«, erklärte der Zoomitarbeiter. Colton ließ Maddie von seinem Knie runter und trat einen Schritt zurück.

Während Maddie gebannt zuhörte, nutzte ich die Gelegenheit, Colton zuzuflüstern: »Deine Schwester strickt?«

»Das letzte Mal in der Grundschule. Aber das verlernt man doch nicht.« Er grinste breit.

»Man sollte keine Versprechungen machen, die man nicht halten kann.«

»Wann habe ich das gesagt?«

»Du musstest es nicht aussprechen. Dein Blick vorhin im Auto war unmissverständlich.«

»Izzy wird es schon schaffen. Sie schuldet mir noch was.«

Er schien sich seiner Sache sicher zu sein und ich war die Letzte, die sich in dieses geschwisterliche Geplänkel einmischen würde.

»Danke, das war sehr nett, dass du diesen Besuch hier arrangiert hast.«

Ich wartete auf ein *Aber es war nicht nötig* oder sogar *Wie viel hat es gekostet*. Beides hätte mich beleidigt, schließlich hatte sich Colton um die Tickets gekümmert. Dass ich immer noch in einem Angestelltenverhältnis zu ihm stand, rückte in den Hintergrund, denn ich spürte, wie Colton den letzten Rest Reserviertheit abstreifte.

»Was ist?«, fragte ich, da er mich jetzt so ansah, als ob er mich entschlüsseln wollte.

»Ich bin selten jemandem wie dir begegnet.«

»Wie meinst du das?«

»Du machst dir um andere Gedanken. Wie du ihnen eine Freude bereiten kannst, ohne darauf bedacht zu sein, was für dich selbst rausspringt.«

»Ja?« Das war doch ganz normal, wenn man jemanden mochte.

Er schüttelte den Kopf, wirkte auf einmal sehr ernst. Dass sein Blick dabei über meine Lippen huschte, beschleunigte meinen Puls sogleich. Die Luft begann zu knistern. Colton zog mich magisch an, obwohl wir beide stillstanden. Ich wollte ihn küssen. Wie konnte das bloß sein? Ein Blick von ihm genügte und ich mutierte zum verliebten Teenager? Moment, Stopp!

»Schau mal, Daddy! Ganz zahm.«

Maddie holte mich ganz rasch wieder ins Hier und Jetzt zurück. Ich drehte mich zu ihr, auch um den Blickkontakt zu Colton zu unterbrechen.

»Das ist toll, Maddie«, antwortete ich und war froh, dass ich dabei ganz normal klang. Nur Coltons Präsenz, die ich überdeutlich hinter mir spürte, konnte ich nicht so leicht abschütteln.

. . .

Wir verabschiedeten uns bald vom Okapi und gingen gleich zu den Giraffen, den Zebras und den Elefanten, wobei ich aufpasste, dass Maddie immer zwischen uns lief. Ich musste Abstand zu Colton wahren, alles andere würde in einem Desaster enden. Zum Glück schien Colton denselben Plan zu verfolgen.

»Ich kann mich gar nicht erinnern, wann ich das letzte Mal im Zoo war. Der in Atlanta ist riesig, über sechszehn Hektar groß.«

»Vermisst du dein Zuhause?«, fragte mich Colton.

»Nein, Atlanta ist schon lange nicht mehr mein Zuhause.«

Vielleicht war es feige, weiteren Fragen, zum Beispiel auch denen nach meiner Mutter, aus dem Weg zu gehen, indem ich mich zu Maddie kniete, die hoffte, dass ein Zebra vorbeikäme, um sich streicheln zu lassen. Colton schnitt zum Glück auch kein privates Thema mehr an, weder während wir Burger und Pommes zum Mittagessen verdrückten, noch während wir die Karte des Zoos akribisch abarbeiteten, bis wir auch jede noch so winzige Attraktion gesehen hatten. Es herrschte eine merkwürdige Stimmung. Colton war nicht als mein Chef hier, aber wir waren auch keine Freunde. Vielleicht so etwas wie Bekannte. Im Grunde war es mir recht, dass er wieder emotional auf Abstand ging, mich nie anfasste, seine Aufmerksamkeit seiner Tochter schenkte, ohne mich dabei jedoch zu ignorieren. Aber ich fühlte mich irgendwann, als ob ich auf rohen Eiern lief, und war froh, dass Maddie das überhaupt nicht aufzufallen schien.

Da die Blicke, die ich von Colton ab und an auffing, freundlich, aber nicht mehr, waren, begann ich mich jedoch endlich wieder zu entspannen. Wahrscheinlich bildete ich mir auch viel zu viel ein. Colton war mein Chef. Punkt. Maddie wollte mich heute dabeihaben. Punkt.

Als Maddie jedoch zum Abschluss Karussell fahren wollte, war ich mir seiner Präsenz wieder sehr bewusst. Vielleicht weil wir wie alle anderen Eltern davor standen und Maddie zuwinkten.

»Danke, dass du heute dabei warst. Es hat Maddie viel Spaß bereitet, den Okapi wird sie so schnell nicht vergessen.« Colton lächelte mich von der Seite aus an und ich wollte nicht, dass der Tag jetzt endete. Aber das würde er und jeder würde wieder seines eigenen Weges gehen. Meine Emotionen fuhren Achterbahn, wenn mich Colton wieder so ansah wie beim Okapi. Ich durfte es nicht nochmals soweit kommen lassen. Deshalb antwortete ich heiter: »Mein Motiv war ganz eigennützig, ich geh wirklich gerne in den Zoo. Außerdem ist Maddie ein tolles Kind. Das hast du gut gemacht.« Ich meinte es ernst. Aber Colton schien peinlich berührt zu sein und ich hatte wieder eine Grenze überschritten. Nur konnte ich meine Worte auch nicht mehr zurücknehmen.

Als er mir jedoch gestand: »Ehrlich gesagt, denke ich, dass ich nicht genug Zeit mir ihr verbringe«, hätte ich ihn am liebsten in den Arm genommen. Er fuhr sich über den Nacken, sein Blick huschte mal zu mir, mal zu Maddie, dann wieder kurz auf den Boden. Es war ihm unangenehm, Schwäche zu zeigen. Und ich konnte mir vorstellen, dass er noch nicht vielen Menschen von seinen Ängsten erzählt hatte.

Wir standen so dicht, dass ich nur meine Hand zu heben bräuchte, um ihm die Sorgenfalten aus dem Gesicht zu streichen. Ich konnte mir beim besten Willen nicht vorstellen, dass es in den letzten Jahren leicht für ihn gewesen war. Sein Job beanspruchte unglaublich viel Zeit, der Druck war enorm und dann noch die tausend unbeantworteten Fragen und Zweifel, die das Elternsein mit sich brachte.

»Du machst, was du kannst. Und du bist für sie da. Sie liebt dich, sie ist glücklich. Sieh sie dir an.«

Maddie strahlte mit der Sonne um die Wette. Sie winkte und hüpfte jedes Mal, wenn sie an uns vorbeifuhr, auf und ab. So sah doch pures Glück aus.

Colton nickte, aber blieb nachdenklich. Wie gerne ich ein Stück von Maddies Glück abschneiden wollte, behielt ich ebenso für mich.

KAPITEL 11

REBECCA

Als mich Colton vor meinem Wohnhaus absetzte, war Maddie bereits auf dem Rücksitz eingeschlafen. Er wirkte in sich gekehrt, verabschiedete mich wie eine Bekannte und wünschte mir ein schönes Restwochenende. Es war merkwürdig, vielleicht war er mit der Situation genauso überfordert wie ich. Ich hätte nichts gegen einen gemütlichen Abend vor dem Fernseher gehabt, mit einem Glas Wein und viel Zeit, um darüber nachzudenken, wie ich mit Colton umgehen sollte. Wie ich mit meinen wachsenden Gefühlen für ihn umgehen sollte. Aber Willa war zu Hause, stand abermals in der Küche und buk.

»Hey, wie war dein Tag mit Sexyboss?«

»Sexyboss? Wirklich, Willa? Und was war mit Ethan? Das ist doch die viel interessantere Frage.«

»Was soll mit ihm sein? Er ist ein Kerl wie jeder vor ihm auch.« Die Enttäuschung war nicht zu überhören und so, wie sie den Teig malträtierte, war sie auch ganz schön verärgert.

»Was wird das?«

»Zimtschnecken.«

Für die ganze Nachbarschaft? »Dann koche ich uns ein Curry, hast du Lust?«

»Klar, klingt gut.«

Ich schenkte uns je ein Glas Wein ein, bevor ich mich daran machte, die Zutaten zusammenzusuchen. Dass ich dabei summte, merkte ich erst, als mich Willa darauf aufmerksam machte.

»*A beautiful day*? Bist du verliebt?"

»Was? Sicher nicht.«

»Wirklich nicht?«

»Es ist unmöglich, Maddie nicht zu mögen.«

»Und dein Boss?«

»Es fällt mir schwer, ihn als Boss zu sehen, wenn er mit seiner Tochter zusammen ist. Dann ist er einfach ein netter Mann.«

»Ein höllisch scharfer Kerl meinst du doch wohl?«

»Aber nicht mein Kerl. Ich bin gleich wieder zurück.«

»Brauchst du eine kalte Dusche? Deine Wangen glühen«, hörte ich Willa nachrufen.

»Ich steh nicht auf meinen Chef«, rief ich zurück. Was Willa daraufhin antwortete, verstand ich nicht mehr. Dass meine Wangen wirklich rot waren, sah ich im Badezimmerspiegel. Was wäre passiert, wenn wir uns heute wieder berührt hätten? Dass wir es beide vermieden hatten, bewies doch deutlich, dass wir eine unausgesprochene Grenze gezogen hatten. Und das war gut so. Denn ich war in San Antonio, weil ich mir überlegen wollte, wie und wo ich mich für ein Doktoratsplatz bewerben wollte. Ich durfte mein eigentliches Ziel nicht aus den Augen verlieren. Dass es mir unerwartet schwerfallen würde, San Antonio wieder zu verlassen, konnte ich jedoch nicht abstreiten.

Trotz leckerem Essen, Wein und einem Abend mit Dwayne Johnson in Action gingen Willa und ich früh zu Bett. Sie war genauso still wie ich. Zu gerne hätte ich gewusst, was denn mit Ethan gewesen war, nur wenn sie nicht reden wollte, war sie richtig stur. Als ich gefühlt eine Stunde an meine Decke gestarrt hatte und doch nicht einschlafen konnte, piepte mein Handy. Verwundert sah ich eine Nachricht von Colton auf der Anzeige.

– Hast du am Freitagabend schon etwas vor? Ich würde dich gerne ins Autokino einladen. Sie spielen »Ein Zimmer mit Aussicht«. –

Ich setzte mich auf und schaltete das Licht ein. Als ob sich dann die Nachricht von Colton ändern würde. Das war ein Date, oder? Natürlich war es das. Nur, was sollte ich jetzt tun? Ich liebte den Film, vor allem den ersten Teil, der in Florenz spielte. Aber das konnte er nicht wissen. Warum lud er mich überhaupt ein? Ich war total verwirrt, mein Herz hüpfte wie wild, freute sich über Coltons Aufmerksamkeit. Gleichzeitig wusste ich, dass ich dumm und naiv war, wenn ich die Einladung annahm, und doch schienen meine Finger ein Eigenleben zu entwickeln, denn ehe ich mich versah, tippte ich:

– Ja, gern. –

Aber ich hatte nicht mal die Chance, es abzuschicken, denn plötzlich klingelte das dumme Ding und Coltons Name stand auf dem Display.

»Hi.« Ich räusperte mich, als ich abnahm.

»Habe ich dich geweckt?«

»Nein, ich, äh, nein, alles gut.«

»Ja, ich wollte auch nicht lang stören. Jedenfalls, ich

wollte mich noch einmal bedanken. Dass du dir heute Zeit genommen hast. Für Maddie war es wie Weihnachten und Geburtstag gleichzeitig. Sie mag dich und es hat ihr viel bedeutet, dass du dich für sie interessierst. Und bevor du wieder sagst, dass es selbstverständlich ist – das ist es nicht. Also, danke.«

»Es hat mir sehr viel Spaß gemacht. Danke für die Einladung. Ich komme sehr gerne. Florenz steht ganz oben auf der Liste der Städte, die ich mir ansehen möchte. Wenn ich es denn einmal nach Europa schaffe.«

»Es würde dir gefallen.«

Natürlich war Colton schon dort gewesen. Dass ich dabei automatisch an seine Frau denken musste, war wohl nicht weiter verwunderlich. Italien verkörperte für mich Romantik pur. Aber ihn danach zu fragen, traute ich mich nicht. Und er selbst redete nie über sie, jedenfalls nicht in meiner Gegenwart und das brachte mich zurück zur Tatsache, dass wir hier viel vertrauter miteinander umgingen, als es angebracht war. Aber ich hatte schon zugesagt und es wäre jetzt mehr als merkwürdig, nach ein paar Minuten wieder abzusagen.

»Was hat dir denn in Florenz am besten gefallen?« Ich legte mich zurück ins Bett und schloss die Augen.

»Der Blick von der Piazza Michelangelo«, antwortete Colton. »Von dort hast du einen einmaligen Blick über die Stadt. Zur Linken siehst du die Ponte Vecchio. Heute sind die Läden ausschließlich Juweliere, so ist es mir jedenfalls vorgekommen. Geradeaus liegt die Kathedrale und davor der Palazzo Vecchio. Das Zweitschönste ist, ohne Ziel durch die Gassen zu schlendern und dabei Eis zu essen.

COLTON

»Das klingt schön«, hörte ich Rebecca murmeln. Kurze Zeit später wurde es still. Sie musste eingeschlafen sein.

»Gute Nacht.« Ich legte auf. Ich hatte sie aus einem Impuls heraus eingeladen und ganz bestimmt nicht erwartet, die halbe Nacht mit ihr zu reden. Aber sie ging mir nicht aus dem Kopf, obwohl ich natürlich wusste, dass ich mich auf sehr dünnem Eis bewegte. Als CEO von *Texas West Oil* hatte ich die Verantwortung über Tausende von Mitarbeitern, genauso wie Verpflichtungen unseren Investoren und meiner Familie gegenüber. Meine Glaubwürdigkeit aufs Spiel zu setzen, weil ich mich nicht von meiner Assistentin fernhalten konnte, war nur dumm.

Sie meiner Tochter vorzustellen, noch dämlicher. Maddie hatte noch nie eine meiner wenigen »Freundinnen« in den letzten Jahren getroffen. Ich führte keine Beziehung, ich wollte keine Beziehung. Und bis jetzt hatte ich mein Leben in ganz genau definierte Bereiche unterteilt und die Grenzen nie überschritten. Rebecca hatte sie nach kurzer Zeit verwischt und anstatt sie wieder zu ziehen und so weiterzumachen wie die letzten Jahre, hieß ich die Veränderung willkommen. Ich fühlte mich wie eine vertrocknete Pflanze, die endlich wieder einen Wassertropfen spürte.

Oder verwechselte ich Dankbarkeit mit Zuneigung? Das würde ich rasch herausfinden. Nancy war immer noch bei ihrer Mutter. Mich um ein neues Kindermädchen zu bemühen, das nur wenige Tage, vielleicht zwei Wochen auf Maddie aufpasste, missfiel mir. Ich wollte meiner Tochter ein stabiles Umfeld bieten, also beschloss ich, die nächste Zeit von zu Hause aus zu arbeiten.

Maddie stand am Montag mit einem sehr unzufriedenen Gesichtsausdruck in meinem Büro. Was ich bei meinem Plan, von zu Hause zu arbeiten, wohl verdrängt hatte, war, dass eine knapp Fünfjährige sich nicht selbst beschäftigen konnte, jedenfalls nicht stundenlang.

»Ich will spielen.«

»Maddie, Schatz, du weißt, dass ich arbeiten muss.«

»Arbeit ist doof! Ich will spielen. Meine Puppen wollen Tee trinken und Kuchen essen und es ist keiner da.«

Frustriert fuhr ich mir durchs Haar. Den Bericht vor mir hatte ich schon dreimal gelesen, ohne zu wissen, was darin stand. Das ging so nicht weiter. »Gib mir fünf Minuten, dann komme ich.«

»Versprochen?«

»Versprochen.«

Maddie verließ zufrieden mein Büro. Mein erster Gedanke war, Rebecca um Hilfe zu bitten, aber das hatte ich mir von vornherein verboten. Also rief ich stattdessen Ethan an. Er ging sofort ran.

»Colton, schieß los.«

»Ich habe im Moment keine Zeit, euren Bericht zu lesen. Lass Tyler darüber sehen und dann raus damit.«

Es blieb einen Moment still. »Gut, kann ich machen.«

»Danke. Und informier Isabella und Jayden, dass wir uns heute Abend um neun per Videokonferenz sprechen. Ansonsten nur, wenn es dringend ist.«

»Sicher, ich richte es aus.«

»Gut, bis später.«

Ich legte auf. Meine nächste Nachricht ging an Lauren und Rebecca. Sie bekamen dieselbe Anweisung: Dringende Nachrichten zustellen, ansonsten alle meine Termine auf nächste Woche verschieben. Es fiel mir nicht leicht, ich war ein Workaholic. Aber ich musste mich entscheiden und ich hatte es gerade getan … für meine Tochter.

»Miss Molly möchte noch ein Glas Milch«, sagte Maddie eine halbe Stunde später und schlürfte genüsslich ihre Tasse Tee.

»Natürlich, kommt sofort.« Ich schenkte der Puppe mit den blonden Haaren nach.

»Nein, das ist Claire, Molly ist die hier.«

Maddie zeigte auf eine Puppe mit dunklen Locken.

»Verzeihung. Möchte denn eine der Damen noch Kuchen oder vielleicht einen kleinen Imbiss?«

»Molly, Claire?« Maddie lehnte sich zu den Puppen und hörte ihnen zu. »Ich verstehe, ja, gut. Ganz bestimmt.« Sie richtete sich auf und meinte mit nasaler Stimme: »Ein Imbiss wäre sehr willkommen. Wir spüren ein leichtes Hungergefühl.«

Ich verkniff mir ein Lächeln, denn es klang, als ob sie einen Erwachsenen imitierte. Dazu noch der gespreizte kleine Finger, als sie die Teetasse an ihre Lippen führte. Maddie war komplett in ihrem Element.

»Komm, dann gehen wir in die Küche. Ich meine, darf ich die Damen zum Speisesaal führen?«

»Sehr gerne.« Maddie erhob sich und schritt mit durchgestrecktem Rücken zur Tür. Sobald sie diese erreicht hatte, rannte sie los. »Fang mich doch!«

Ich ließ ihr einen Vorsprung, holte sie erst in der Küche wieder ein. Heute war Maries freier Nachmittag. Die Küche lag blitzblank da, aber nicht mehr lange, denn Maddie hatte bereits den Kühlschrank aufgerissen und begann darin herumzuwühlen.

»Lust auf Käsetoast?«, fragte ich sie, griff über sie drüber und holte den Schinken und den Käse.

»Au ja!«

Sehr schön. Vielleicht würde ich auch meine Nervosität bald in den Griff bekommen. Meine Firma würde schon nicht ins Chaos stürzen, wenn ich mal ein paar Stunden weg wäre. Das hoffte ich jedenfalls.

REBECCA

»Kommt das öfters vor?«

»Nein, das kam noch nie vor.« Nachdenklich blickte Lauren auf ihre Mailbox. Colton hatte uns dieselbe Nachricht geschickt, somit waren wir auf dem gleichen Stand.

Ich hoffte, dass alles in Ordnung war. Aus seinen knappen Anweisungen konnte ich leider überhaupt nichts herauslesen. Ihn anzurufen und zu fragen, hätte ich zwar gerne getan, aber ich war im Büro und wenn er nicht gestört werden wollte, dann wäre ja mein Anruf das Gegenteil.

Es lag mir auf der Zunge zu sagen, dass er vielleicht wegen Maddie und der Situation mit der Nanny mehr

Zeit brauchte, aber ich wollte nicht als Tratschtante in Erscheinung treten. Also behielt ich diese Vermutung für mich und sortierte noch sorgfältiger die unzähligen Nachrichten, die täglich an ihn geschickt wurden. Lauren kümmerte sich um die Terminverschiebungen.

Wieder fiel mir auf, dass sie unglaublich souverän auftrat. Sie blieb immer sachlich und höflich, obwohl ich manches Mal ihren Anrufer laut werden hörte. Und sie kam nie in Erklärungsnot, ließ sich nicht in eine Ecke drängen. Sie würde ein großes Loch hinterlassen, wenn sie ging, und ich war mir nicht sicher, ob ich es füllen könnte oder wollte.

Das hier war nach wie vor nur eine Zwischenstation. Dass Colton und ich uns privat sahen, bekräftigte nur meine Entscheidung, mich bald nach einem Doktoratsplatz umzusehen. Denn was ich ganz bestimmt nicht wollte, war, eine Affäre mit meinem Boss anzufangen und als Goldgräberin oder Flittchen abgestempelt zu werden.

Besser ich ließ gar nicht erst Gerüchte aufkommen und noch besser, ich schickte heute Abend noch meine Bewerbungen los. Ich hätte das längst tun sollen, anstatt mich in meinem Selbstmitleid zu suhlen. Denn das war doch der Grund, warum ich untätig war, oder?

Dass es an einem Mann liegen könnte, der mich mit seinem Lächeln immer tiefer berührte, wollte ich gar nicht erst zulassen.

Die logische Konsequenz wäre es gewesen, Colton für Freitagabend abzusagen. Aber ich brachte es nicht über mich. Ich hatte ihn die ganze Woche nicht gesehen. Ich wollte wissen, was bei ihm los war. Somit quittierte ich seine Nachricht mit einem »Okay«, als er mir schrieb, dass er mich um acht bei mir zu Hause abholen würde. Mehr Infos hatte ich nicht. Zum Glück hielt das milde Wetter an, sodass einem Abend im Autokino nichts im Weg stand.

Zu meinem großen Erstaunen holte er mich in einem Oldtimer ab. Als er leger gekleidet in Jeans und dunklem Hemd ausstieg und den Wagen umrundete, trug er ein verschmitztes Lächeln. Mit den verwuschelten Haaren und dem Dreitagebart entsprach er nicht mehr dem strengen CEO, der ein Milliardenimperium leitete. Er sah viel jünger aus, zufrieden.

»Warst du etwa im Urlaub, während wir deine Termine jongliert haben?«, warf ich ihm gespielt empört vor.

»Nein, ganz bestimmt nicht.« Er schüttelte belustigt den Kopf, öffnete mir wie immer einladend die Beifahrertür. Sein Lächeln hielt an, als ich dankend einstieg, und auch noch, als er den Wagen wieder umrundete und selbst Platz nahm. Es konnte jedoch keinesfalls darüber hinwegtäuschen, dass er diese Woche wohl kaum geschlafen hatte. Denn jeden Morgen hatten Lauren und ich neue Anweisungen bekommen und alle

Pendenzen von seiner Seite aus waren abgearbeitet gewesen.

»Macht es dir etwas aus, mit offenem Verdeck zu fahren?«

»Nein, eine Jacke habe ich mit und wenn du mir noch kurz Zeit gibst, meine Haare zusammenzubinden, kann es gleich losgehen. Wann fängt der Film denn an?«

»Wenn wir da sind«, meinte er kryptisch.

»Was heißt das? Und wohin fahren wir überhaupt? Ich kenne mich hier nicht aus. Ist das Autokino in der Nähe?«

»Etwas außerhalb. Bereit?«

»Bereit.«

Colton fädelte sich in den Verkehr. Die Auffahrt zur Interstate 35 war nicht weit, der Verkehr mäßig. Jedoch ließ das offene Verdeck überhaupt kein Gespräch zu. Dafür konnte ich Colton beobachten und da er wie ein kleiner Junge im Süßwarenladen wirkte, bat ich ihn auch nicht, das Verdeck wieder zu schließen. Nein, ich atmete tief durch und schloss die Augen. Die Sonne war schon vor einer Stunde untergegangen. Es gab nichts zu sehen, wir fuhren durch die Einöde Richtung Osten.

Nach der nächsten Ortschaft verließen wir die Interstate. Hier gab es ein Outlet, ein paar Lagerhallen. Und dann sah ich in der Ferne Lichter auf einem Feld. Ich konnte drei Leinwände ausmachen, auf zweien lief bereits ein Film, auf der dritten noch nicht. Davor stand kein einziges Auto, aber Colton parkte genau dort.

»Wann kommen denn die anderen?« Erstaunt sah ich mich um, als ich einen Mann entdeckte, der irgendetwas trug.

»Moment.« Colton stieg aus, ging dem Mann entgegen. Sie redeten kurz, der Mann nickte und gab dann Colton den Gegenstand aus seiner Hand.

Als Colton zurückkam, sagte er: »Es geht gleich los. Wir können uns auf die Rückbank setzen.«

»Wir sind die einzigen Zuschauer?« Langsam dämmerte mir, was hier gerade passierte. »Du hast eine Privatvorstellung gebucht. Und was noch? Was hast du da?«

»Popcorn, Cola, Marshmallows und noch ein paar andere Sachen.«

»Du bist unmöglich, Colton.« Er war mein Boss und hatte sich so viel Mühe gegeben. Weil …?

»Und wenn schon.«

»Aber warum?«

Wir wurden von der Leinwand erhellt, *O Mio Babbino Caro* von Puccini erklang. Ich bekam bei diesem Lied immer Gänsehaut. Heute wurde sie durch Coltons Blick verstärkt. Wir standen beide vor dem Wagen, sahen uns an, anstatt uns auf den Film zu konzentrieren. Aber ich wollte eine Antwort. Würde mich Colton abspeisen? Oder wieder seine Dankbarkeit vorschieben?

Denn ich konnte mir langsam die Wand mit dem Wort *Danke* tapezieren, so oft hatte ich es in den letzten Wochen gehört.

Er legte den Karton mit dem Essen auf den Fahrersitz, kam auf mich zu und blieb dicht vor mir stehen. Ich spürte seine Hand an meiner Wange, das sanfte Kribbeln, so wie jedes Mal, wenn wir uns berührten. Als er mit seinem Daumen über meine Unterlippe strich, hielt ich den Atem an. Seine Augen huschten zu meinem Mund, bevor er meinen fragenden Blick auffing. Die Entschlossenheit, die ich in seinem Gesicht las, ließ mich aufseufzen. Obwohl er sich in dem Moment zu mir beugte, küsste er mich nicht, sondern wartete noch einen Augenblick. Als ich nicht zurückzuckte, spürte ich seine Lippen auf meinen und wie sich sämtliche Härchen auf meinem Körper aufrichteten. Eine Hand wanderte zu meinem Nacken, brannte auf meiner nackten Haut, die andere lag auf meinem Rücken und hielt mich so fest, dass ich keine Angst haben musste zu fallen. Denn meine Knie fühlten sich bereits sehr weich an, auch wenn der Kuss keusch war. Wie würde es mir erst gehen, wenn er mich richtig küsste, wenn meine Hände seine Haut berührten?

Colton löste sich langsam von mir, fuhr abermals mit seinem Daumen über meine Wange und sah mir tief in die Augen. »Du gehst mir nicht mehr aus dem Kopf. Ich weiß, dass es kompliziert ist, aber wir können heute Abend so tun, als ob es das nicht wäre. Was meinst du?«

Dass es ein großer Fehler war. Dennoch nickte ich. »Dann hätte ich gerne mein Popcorn, bitte.«

»Kommt sofort. Steig ein.«

Colton holte noch eine Decke aus dem Kofferraum, die er über uns ausbreitete. Mit dem Popcornbecher zwischen uns hatte er für einen Sicherheitsabstand gesorgt und ich begann, mich zunehmend zu entspannen. Es war nur ein Kuss gewesen. Außerdem würde er nichts machen, was ich nicht auch wollte. Dass ich mehr wollte, versuchte ich den ganzen Abend zu verdrängen.

KAPITEL 12

COLTON

Ich hatte nicht widerstehen können, Rebecca zu küssen, auch wenn ich wusste, dass es falsch war. Und ich wollte es wiederholen, richtig: sie schmecken, spüren, wie sie in meinem Armen weich wurde, und herausfinden, ob sie leise oder laut wurde, wenn sie sich ihrer Lust hingab. Ich war am Arsch und bedauerte es nicht einmal. Puh, dabei hatte ich Rebecca heute höchstens zum Abschied umarmen wollen. Aber kaum hatte ich sie vor ihrem Wohnhaus auf mich warten sehen, hatte sich meine Willensstärke in Luft aufgelöst.

Sie hatte in Jeans und einem schlichten Shirt, kaum Make-up, die langen Haare in wilden Locken, wie das Mädchen von nebenan gewirkt. Ihr Strahlen machte jedoch jede Straßenlampe überflüssig und es hatte mir gegolten. Mir, nicht dem CEO, Vater, großen Bruder oder besten Freund.

Wie gut es tat, einmal keine Rolle zu spielen, sondern ich selbst zu sein, hatte ich vergessen. Dabei hatte ich mich diese Woche bemüht, mein Leben umzugestalten. Verantwortung in der Firma abzugeben und so mehr Zeit für Maddie und mich zu schaffen. Es war erst der Anfang, denn ich musste mich selbst auch ändern, loslassen, und das fiel mir verdammt schwer.

Nur wenn ich nichts änderte, würde ich früher oder später kaputt gehen oder solche Abende wie heute verpassen. Und wie wichtig sie mir waren, war mir jede Nacht, in der ich das Liegengebliebene aufzuholen versuchte, bewusster geworden. Die Aussicht, Rebecca einen Abend für mich zu haben, war die Droge gewesen, die mich hatte durchhalten lassen.

Ich begann, Gefühle für sie zu entwickeln, etwas, das ich mir aus reinem Selbstschutz nach dem Tod von Vivian konsequent verboten hatte. Ich wollte keine Frau mehr in meinem Leben. Ich wollte mich nicht noch einmal verlieben und dann alles verlieren. Wenigstens war mir Maddie geblieben. Jedoch wollte ich noch weniger riskieren, dass sie verletzt wurde. Wie konnte ich ihr eine neue Mutter präsentieren? Und wie konnte ich sicherstellen, dass diese meine Tochter genauso lieben würde wie ich? Wie konnte ich überhaupt sicher sein, dass unsere Beziehung halten würde und nicht im Streit oder noch schlimmer mit dem Tod enden würde? Das konnte ich nicht. Es gab keine Garantien im Leben und darum war ich das Risiko gar nicht erst eingegangen.

Und jetzt saß ich neben meiner Assistentin im Autokino und konnte mir nicht vorstellen, das Risiko *nicht* einzugehen. Es war nicht nur Maddie, die Rebecca ins Herz geschlossen hatte, ich fühlte mich anders in ihrer Gegenwart, leichter, sorgloser. Dadurch, dass wir das Thema Büro mieden, fühlte es sich wie Urlaub von mir selbst an, wenn wir zusammen waren.

Mein Blick schweifte immer öfter zu Rebecca. Ich beobachtete sie, während sie gebannt auf die Leinwand starrte, nach dem Popcorn griff, es zu ihren Lippen führte, es sich in den Mund schob und leise seufzte. Abermals griff sie nach dem Popcorn, streifte dabei meinen Arm. Zu meinem großen Erstaunen bemerkte sie es, sah zuerst auf meinen Arm und dann mir in die Augen. Ein Lächeln zierte ihre Lippen, die ich wieder küssen wollte. Langsam nickte ich. Ja, ich hatte das elektrisierende Gefühl auch gespürt. Jedes Mal, wenn wir uns berührten. Und es nahm zu.

Ich streckte meine Hand nach ihr aus, fuhr ihr über die Wange. Ich hätte sie gerne auf meinen Schoß gezogen, sie richtig geküsst und mich in dem Kuss verloren.

Rebecca sah mich an und sagte: »Lass es mich nicht bereuen.«

Wir wussten beide, dass ich ihr so etwas nicht versprechen konnte. Dennoch schüttelte ich langsam den Kopf.

»Dann ist ja gut.« Als sie näherrutschte, packte ich sie an ihrer Taille und zog sie zu mir. Sie auf meinem Schoß zu spüren, gab mir fast den Rest. Wir stöhnten beide auf und es war der Startschuss, sie richtig zu küssen. Wir öffneten unsere Lippen gleichzeitig, im nächsten Moment tanzten unsere Zungen bereits wild miteinander, während ich dachte zu platzen. Ich versuchte, ihre Hüften ruhig zu halten, auch wenn ich die Hitze kaum aushielt. Sie schmeckte so süß und verboten, ich wollte mehr. Ich wollte alles von ihr. Meine Hände wanderten über ihren Rücken zu ihrem Kopf. Ich neigte ihn, um noch besser in sie eintauchen zu können. Da sie so den Rücken durchdrückte, spürte ich ihre aufgestellten Brustwarzen deutlich. Ihr Stöhnen schoss direkt in meine Lenden, ich war so hart, dass es schon weh tat. Ich musste stoppen, bevor ich noch in meiner Hose kam. Jetzt.

Schweren Herzens beendete ich unseren Kuss, legte jedoch meine Stirn auf ihre und hielt sie auch ansonsten dicht bei mir. Ich wollte sie nicht loslassen, wollte ihren Atem auf meiner Haut und ihren Herzschlag unter meinen Fingerspitzen spüren. Ich wollte nicht, dass die

Blase, in der wir uns befanden, platzte. Rebecca wollte es offenbar auch nicht. Sie küsste mich sanft auf die Lippen, bevor sie sich an mich kuschelte und sich den restlichen Film so ansah. Wir küssten uns zwischendurch immer mal wieder, aber es war ruhiger, als ob wir beide alle Zeit der Welt hätten. Es war eine stille Abmachung, dass das hier erst der Anfang und nicht bereits das Ende wäre. Und wie glücklich mich diese Erkenntnis machte, konnte ich daran erkennen, dass ich die ganze Zeit lächelte, während ich Rebecca ihm Arm hielt.

REBECCA

Colton bat mich nicht, bei ihm zu übernachten, auch wenn Maddie offenbar bei ihren Großeltern war. Er küsste mich zum Abschied und schickte mir auch einen Gutenachtkuss, als er zu Hause angekommen war. Es war perfekt. Eigentlich. *Lass es mich nicht bereuen.* Er hatte mir ein stilles Versprechen gegeben, dabei schämte ich mich, überhaupt danach gefragt zu haben. Ich war nicht so naiv zu glauben, dass mir Colton irgendetwas versprechen konnte.

Die alten Zweifel, was Männer und ihre Versprechen betraf, holten mich am Sonntag mit voller Wucht ein.

Willa hätte mich ganz schnell aus meinem Tief herausgeholt. Nur war sie nicht da. Und so tat ich das, was ich am besten konnte, meinen Kopf in den Sand stecken und so tun, als ob nichts passiert wäre. Oder in anderen Worten: Ich schrieb weitere Bewerbungen, arbeitete dabei von Florida bis Seattle jede Universität ab, die Doktoratsstudienplätze in englischer Literatur anbot. Und da sich Colton nicht meldete, war ich auch erfolgreich darin, mir weiter einreden, dass unser Kuss gar nichts zu bedeuten hatte.

Als das Wochenende jedoch vorbei war und ich ins Büro ging, bröckelte mit jedem Schritt, den ich näher kam, mein Entschluss, die Sache zu vergessen. Ich konnte nicht vergessen, was Colton in mir auslöste. Dennoch wappnete ich mich innerlich auf ein ernstes Gespräch. Enttäuschungen hatten meine Kindheit geprägt, sie waren mir so vertraut wie ein Paar alter Socken. Ich begann mich in etwas hineinzusteigern und konnte gar nichts dagegen tun, mich in der Abwärtsspirale zu verfangen. Nicht einmal ein Stopp bei meinem Lieblingscafé half. Meine Laune war im Keller und es war nicht einmal acht Uhr am Montagmorgen.

Lauren war noch nicht da, als ich mich mit meinem Becher Cappuccino an meinen Schreibtisch setzte und meinen Computer hochfuhr. Die Tür zu Coltons Büro war geschlossen. Ich wusste nicht, ob er da war. Ich entschloss mich abermals für die feige Variante und klopfte nicht an seine Tür, damit wir ein klärendes Gespräch führen konnten.

Bis Lauren um neun Uhr pünktlich wie ein Uhrwerk im Büro eintraf, hatte ich so immerhin schon die unwichtigen E-Mails aussortiert.

»Wie war dein Wochenende, Rebecca?«

»Ganz gut, danke. Und deines, Lauren?«

»Mein Sohn war zu Besuch. Du wirst ihn übrigens an meinem Abschiedsessen kennenlernen.«

Spielte Lauren Kuppelmeisterin? Automatisch glitt mein Blick zur geschlossenen Tür von Coltons Büro. Ich hatte dumpf seine Stimme darin gehört. Er war hier, nur schien seine Strategie dieselbe wie meine zu sein.

»Ich freue mich, deinen Sohn kennenzulernen.«

»Wie geht es mit deiner Häusersuche voran?«

»Ich habe mich noch nicht um eine eigene Bleibe gekümmert. Bei meiner Freundin zu wohnen, gefällt uns beiden. Wir quatschen die halbe Nacht«, gab ich zu. Außer im Moment, Willa schien ein paar Dinge mit sich selbst ausmachen zu müssen. Ich war mir sicher, dass es mit diesem bärtigen Prachtkerl vom Club zu tun hatte. Aber wenn Willa nicht reden wollte, würde ich sie nicht drängen.

»Das vermisse ich am meisten, seit mein Mann im Heim lebt. Jemanden zum Reden zu haben.« Lauren setzte sich, legte ihre Tasche in ihre Schublade und startete ihren Computer. Exakt fünfzehn Minuten später erhob sie sich und ging mit ihrem Schreibblock zu Coltons Bürotür, klopfte und trat ein. Bald schon wäre sie weg und ich mit Colton allein. Wie würde das überhaupt laufen? Außerdem wäre ich auch nur noch eine kurze Zeit da. Wäre es nicht besser, wenn ich Colton reinen Wein einschenkte und sich Lauren vielleicht noch um eine Nachfolge kümmern könnte?

Puh, jetzt kam ich mir wie eine Hochstaplerin vor, als die Tür aufging und Colton mit Lauren herauskam. Ich hatte darauf gewartet, hatte so oft auf meine Uhr geschielt, dass ich kaum mehr etwas geschafft hatte. Was ich gedacht hatte, das passieren würde, wenn ich Colton begegnete, wusste ich nicht einmal genau, aber ganz sicher nicht, dass er mir knapp einen guten Morgen wünschte und direkt zu den Aufzügen weiterging. Wie immer würde Lauren Protokoll führen, ich in der Zwischenzeit Telefonate entgegennehmen.

Colton konnte offenbar prima zwischen seiner Rolle als Chef und seiner Privatperson hin- und herwechseln. Ich konnte es nicht.

Bevor er in den Aufzug stieg und sich umdrehte, wandte ich den Blick ab. Er sollte nicht sehen, dass ich ihm nachstarrte. Jetzt musste ich nur noch meinen Körper dazu bringen, nicht so stark auf ihn zu reagieren, und mein Herz, nicht auf etwas zu hoffen, das ich nicht einmal in Worte fassen konnte.

COLTON

Wie tief ich im Schlamassel steckte, brauchte mir niemand zu erklären. Ich hatte so viele Tabus gebrochen, dass ich gar nicht wusste, wie ich das alles wieder geradebiegen konnte. Lauren als Puffer zwischen mir und Rebecca zu benutzen, war zudem ein feiger Akt. Ich sollte mit ihr reden, aber was sollte ich ihr sagen? Ich wusste selbst nicht, was hier gerade passierte, nur dass es unangebracht war. Dass ich es besser wusste, und doch konnte ich ihr nicht widerstehen. Wenn meine Geschwister davon Wind bekamen, würde zudem der Teufel los sein.

Sie warteten bereits auf mich, als ich mit Lauren in das Sitzungszimmer trat. Jayden starrte auf den Tisch, wirkte in sich gekehrt. Isabella war in ihr Handy vertieft, Noah, Ethan und Tyler standen um den Kaffeeautomaten herum und redeten leise. Wir standen so kurz davor, einen Jahrhundertdeal abzuschließen. Aber was wäre, wenn wir es nicht tun würden? Wenn wir den Merger abblasen würden? Wenn Jayden nicht heiraten würde und wir einen anderen Partner als *Kinkade Energy* suchen würden? Was spielte es schon für eine Rolle, ob wir heute oder morgen *Texas West Oil* ein grüneres Kleid verpassten? Aber wie würden die Aktionäre reagieren, wenn wir einen Schnäppchendeal abbliesen und stattdessen Milliarden für eine andere Firma ausgeben würden? Keiner würde es verstehen. Es wäre eine der dümmsten Geschäftsentscheidungen, die die Firma bis heute gesehen hätte.

Früher hätte ich mir nie so viele Gedanken gemacht, fiel mir auf. Früher hätte ich den Deal durchgezogen und mich nicht darum gekümmert, ob es zu Kollateralschäden käme. Jetzt begann ich alles zu hinterfragen und das hatte noch nie zum Ziel geführt.

»Guten Morgen!«, donnerte meine Stimme durch den Raum. Mit großen Schritten ging ich zum Kaffeeautomaten, um mir einen doppelten Espresso herauszulassen.

»Wie bist denn du drauf?«, fragte mich Ethan sogleich. Tyler hob nur fragend eine Augenbraue.

»Warum? Weil ich euer Kaffeekränzchen unterbreche? Für Plaudereien ist später Zeit, jetzt haben wir ein straffes Programm vor uns.«

»Sicher, dann lass uns anfangen.« Ethan schüttelte den Kopf und setzte sich. Mein jüngster Bruder hatte sich noch nie etwas von mir sagen lassen. Noah und Jayden hielten sich lieber im Hintergrund, observierten und analysierten, und aus Isabella wurde ich die meiste Zeit nicht schlau. Sie war in ihrem Job brillant, aber ich hatte das Gefühl, dass sie nur aus Pflichtgefühl hier arbeitete. Sie hätte überall Pressesprecherin sein können. Im Grunde war sie auch viel zu grün, um für einen Ölkonzern zu arbeiten, aber vielleicht kam sie darum so gut mit den Umweltschützern aus, sie wirkte glaubwürdig. Jetzt noch mehr, da wir *Kinkade Energy* aufkauften.

»Die Behörden sollten bis Ende des Monats ihre Entscheidung gefällt haben«, begann Jayden.

»Sehr gut, ich werde die Pressemitteilungen bereitmachen.« Isabella meinte die über die Verlobung von Jayden und Olivia Kinkade, aber das brauchte sie nicht auszusprechen. Ich behielt Jayden genau im Auge, wollte seine Reaktion darauf einfangen. Nur zuckte er nicht einmal mit der Wimper. Es konnte ihn doch nicht so kaltlassen. Ich sah meine Geschwister einen nach dem anderen an und fragte mich, ob ich der Einzige war, dem es etwas auszumachen schien, dass wir das Wohl unseres Bruders unter das der Firma stellten.

Ich hätte die Macht, alles zu stoppen. Aber ich tat nichts dergleichen. Zum ersten Mal jedoch überließ ich es meinen Geschwistern, die offenen Punkte durchzugehen, und hörte einfach zu.

»Was ist mit dir?«, fragte mich Ethan auch prompt, nachdem die Liste abgearbeitet war.

»Was soll mit mir sein? Wenn wir nichts mehr zu besprechen haben, schließe ich die Sitzung hiermit.« Da mir keiner widersprach, stand ich auf, um den Raum zu verlassen. Dass mir Ethan dicht auf dem Fuß folgen würde, hatte ich erwartet.

»Sag schon! Schwächelt mein tougher großer Bruder?«

Ich wusste, dass er mich nur provozierte, und doch fuhr ich ihn wütend an. »Das hättest du wohl gern, was?« Statt den Aufzug zurück in den obersten Stock nahm ich die Treppen. Als ob ich Ethan so würde abschütteln können.

Rebecca sah auf, als sie uns durch den Vorraum kommen hörte. Sie runzelte die Stirn und blickte dann hinter mich. Erstaunt riss sie die Augen auf, da dämmerte mir, dass sie wohl Ethan noch gar nicht kennengelernt hatte. »Rebecca, meine neue Assistentin, Ethan, mein jüngster Bruder. Halten Sie meinen nächsten Termin fünf Minuten hin. Danke.« Ich rauschte an ihr vorbei, in mein Büro und direkt zu meinem Schreibtisch. Als Ethan hinter mir eintrat und die Tür schloss, versuchte ich ihn gleich wieder loszuwerden. »Also, spuck schon aus, was du zu sagen hast.«

»Sie ist deine Assistentin?«, fragte er ungläubig und schüttelte amüsiert den Kopf.

»Was soll denn diese Frage?«

»Nichts. Nur, dass Noah und ich Rebecca und ihre Freundin letztens im Club getroffen haben. Sie gingen ganz schön ab.«

»Und was soll das jetzt heißen?«, fragte ich wütend.

Ich wusste, wie Ethan und auch Noah drauf waren. Keiner von beiden ließ etwas anbrennen, auch wenn ihre Masche komplett verschieden war.

»Boah, reg dich ab. Noah hat mit ihr getanzt und was weiß ich noch. Ich bin nicht sein Babysitter. Aber läuft da was zwischen euch?«

»Wie kommst du denn auf diese absurde Idee?«, wischte ich seine Bemerkung rigoros beiseite.

»Du reagierst ziemlich heftig. Also, es läuft etwas zwischen euch. Hätte nicht gedacht, dass ausgerechnet du auf dieses alte Klischee zwischen Boss und Assistentin reinfällst. Wenn mir das einer erzählt hätte … Verdammt. Colton, was ist eigentlich mit dir los? Hast du eine Midlife-Crisis? Wenn es nur das ist, können wir sie spielend mit einem Abend im Club kurieren.«

»Du kannst ein richtiges Arschloch sein, Ethan. Wenn du mich jetzt entschuldigen würdest, ich muss arbeiten.«

»Nicht bevor du mir nicht erklärst, was vorhin los war. Interessiert dich der Merger überhaupt noch? Ich habe ja Verständnis, dass dich die Situation zu Hause belastet. Das haben wir alle, wir waren dabei, als Vivian gestorben ist. Aber so wie jetzt hast du dich nicht mal damals aufgeführt.«

Meine Kiefer mahlten, ich hatte überhaupt keine Lust, hier und jetzt über Vivian zu reden und schon gar nicht daran erinnert zu werden, wie dreckig es mir damals ging. Nur weil die Arbeit mein Anker gewesen war, hieß das nicht, dass sie es mein ganzes Leben lang sein würde. Und nur weil ich einmal eine Woche von zu Hause arbeitete, hieß das auch nicht, dass ich mich in einer ähnlichen Krise wie damals befand. Nur würde ich mich nicht erklären. Aber etwas anderes wollte ich loswerden: »Schon mal überlegt, dass wir Jaydens Leben mit diesem Deal verpfuschen?«

»Daher weht der Wind? Du sorgst dich um Jayden?« Ethan lachte blöd und ich hätte ihn am liebsten geschüttelt. »Ist dir noch nicht aufgefallen, dass er erwachsen ist und durchaus für sich selbst entscheiden kann? Dass er sich gewehrt hätte, wenn es ihm nicht passen würde zu heiraten? Dass er gar nicht unglücklich wirkt? Nein, wohl nicht, dafür hättest du mal mit ihm reden müssen, anstatt dir etwas zusammenzureimen.«

»Und du denkst, er würde mit mir ehrlich über sein Gefühlsleben reden?«

»Warum nicht? Hast du es schon mal versucht?«

Nein, das hatte ich nicht und das wussten wir beide. Meinen Geschwistern gegenüber zeigte ich keine Schwäche und somit führte ich auch kaum tiefgehende Gespräche mit ihnen.

»Wir beißen nicht und du musst auch nicht immer den Starken spielen.« Ethan drehte sich um und rief, kurz bevor er die Tür öffnete: »Ich mag Rebecca.«

KAPITEL 13

REBECCA

Die Tür ging auf und Ethan kam herausgerauscht, als ob ihm die Welt gehörte. Er hielt auf meinen Tisch zu, beugte sich darüber und sah mir in die Augen. Sein wölfisches Grinsen ließ mich trocken schlucken.

»Schöner Zufall, dass wir uns in einem Club begegnet sind.«

»Natürlich, was denn sonst?« Die Verunsicherung in meiner Stimme war nicht zu überhören.

»Ich weiß es nicht. Aber wenn du oder deine Freundin hier eine Nummer abziehen, werde ich es herausfinden. Und dann rate ich dir, deine Sachen ganz rasch zu packen, bevor es unangenehm wird. Verstanden?«

»Sag mal, was fällt dir eigentlich ein?!« Ich sprang wütend auf, wollte mehr Abstand zwischen uns bringen. Er war mir viel zu nah. Jetzt richtete er sich jedoch zu seiner vollen Größe auf und verschränkte die Arme. Genau wie ich, fiel mir auf. Ich ließ sie wieder locker. »Ich kannte euch überhaupt nicht und Willa auch nicht. Und ich will auch ganz sicher von niemandem irgendetwas. Wenn du mich also jetzt entschuldigen würdest, ich habe zu tun.«

Ich setzte mich wieder und klickte auf die nächste Nachricht auf meinem Computer. Dabei spürte ich Ethans Blick. Ich wusste, dass er nicht nur meine zitternden Finger, sondern auch meine flache Atmung wahrnahm. Ich hätte gerne tief durchgeatmet, aber das verkniff ich mir. Langsam wurde es mir jedoch zu blöd. »Ist noch was?«, fragte ich schnippisch und schaffte es sogar noch, eine Augenbraue hochzuziehen.

»Gibst du mir die Nummer deiner Freundin?«

Wie bitte? »Geht's dir eigentlich noch gut? Nein!«

»Schade, aber ich krieg sie noch. Ciao.« Er tippte sich an die Stirn und ging zurück zum Treppenhaus, wobei er Laurens Weg kreuzte, die gerade aus dem Fahrstuhl stieg.

Sie lächelte, als sie zu ihrem Schreibtisch ging.

»Hast du Ethan kennengelernt? Er ist ganz harmlos«, bemerkte sie.

Harmlos? Gut, dass sie unser Aufeinandertreffen

verpasst hatte. Noch besser, wenn ich mich um meine Arbeit kümmerte. Denn ich wollte ganz bestimmt weder Ethan oder sonst wem einen Anlass geben, mich zu rügen. Dass er mir gerade heraus unterstellte, eine Goldgräberin zu sein, machte mich jedoch so wütend. Und es zeigte mir sehr deutlich, dass ich, was auch immer sich zwischen Colton und mir anbahnte, im Keim ersticken musste.

Was bedeutete, dass ich kurz mit Colton sprechen sollte. Meine Hände waren feucht, als ich an seine Tür klopfte und gleich hineintrat. »Colton, dein elf Uhr dreißig Termin ist zwar gleich da, aber kann ich dich kurz sprechen?«

»Natürlich, komm rein.«

Ich trat ein, zog die Tür hinter mir ins Schloss und wusste auf einmal nicht, wie ich beginnen sollte. Ethans Worte hallten in mir nach, gleichzeitig sah ich Colton, der mich wieder anlächelte und es mir so unglaublich schwer machte, das zu sagen, wozu ich hergekommen war.

»Setz dich.«

Colton deutete auf die Sofalandschaft, nicht zum Sitzungstisch. Ich setzte mich auf die Kante. Mein Herz hämmerte so laut, dass ich befürchtete, er würde es hören. Als er sich zu mir setzte, fiel mir das Atmen schwer. Nichts war mehr von der abweisenden Art von heute früh zu spüren. Wir waren wohl wieder oben auf der Gefühlsachterbahn angekommen.

»Hör zu, ich kann das nicht.«

»Was kannst du nicht?«

»Was auch immer sich zwischen uns entwickelt, muss aufhören. Ich weiß, ich greife vor, im Grunde hast du mich nur geküsst und ich habe dich zurückgeküsst, das ist eigentlich schon alles, aber …«

»Es ist doch mehr«, beendete er nachdenklich den Satz. Sein Blick fiel auf meine Lippen, bevor er sich abrupt abwandte und aufstand. »Ich will nicht, dass du dich im Büro unwohl fühlst. Es wird nichts passieren, ich bin nicht einer von den Chefs, die ihre Assistentin zu einer Sitzung bitten und damit Sex meinen.«

Ich konnte nicht verhindern, dass mir wieder ganz heiß wurde, wenn ich daran dachte. Welch schmutzige Idee, und ich konnte nicht behaupten, dass ich sie nicht mochte. Vielleicht nach Feierabend, für mehr war ich zu brav. »Gut, dann wäre das ja geklärt. Soll ich jetzt deinen Termin hochholen?«

»Was ich jedoch gerne tun würde, wäre, dich privat zu sehen, falls du es auch möchtest.«

Hatte ich nicht gerade eben gesagt, wir sollten uns nicht mehr privat sehen? Aber natürlich sah ich ihn jetzt wieder lächeln, wenn auch zaghaft. Meine Gefühle waren ein einziges Durcheinander.

»Ich muss darüber nachdenken«, lenkte ich ein.

»Gut. Dann kannst du meinen nächsten Termin hochschicken.«

Colton wandte sich ab. Ich wusste nicht, was ich erwartet hatte, zumal dieses Gespräch in der Arbeitszeit stattgefunden hatte, zwischen zwei Sitzungen, die sicher wichtig waren, und er mir im Grunde auch das gab, worum ich ihn gebeten hatte. Ein unbefriedigendes Gefühl blieb.

»Natürlich«, antwortete ich, bevor ich den Raum verließ, zum Telefon ging und bei der Rezeption anrief, dass sie den Gast hochschicken könnten. Als Mister Sanchez eingetroffen und ich für Kaffee und Wasser gesorgt hatte, ging ich zurück zu meinem Platz, wo ich Willa schrieb, ob sie in der Mittagspause kurz Zeit hätte.

Sie bejahte zum Glück. Als Colton mit Mister Sanchez zum Mittagessen aufbrach, schnappte ich mir meine Tasche und machte mich zum nächsten Café auf.

Noch bevor ich aus dem Gebäude war, hatte ich Willas Nummer gewählt.

»Was gibt es so Dringendes?«

»Du wirst es nicht glauben, Willa, aber dieser Ethan ist niemand Geringeres als Ethan West, Coltons Bruder. Und dann war natürlich Noah ebenfalls einer der Brüder. Ethan war heute im Büro. Frisch rasiert und im Anzug hätte ich ihn fast nicht erkannt. Aber er hat natürlich mich erkannt. Und dann hat er mir unterstellt, unser Treffen fingiert zu haben.«

»Was? Hat er sie noch alle? Er leidet wohl an Alzheimer, oder hat er schon vergessen, dass sie uns angesprochen haben?«

»Ach ja, er wollte deine Nummer.«

»Du hast sie ihm hoffentlich nicht gegeben.«

»Natürlich nicht.«

»Gut.«

»Warum wolltest du nichts von ihm?«

»Warum wolltest du nichts von Noah?«

»Es hat nicht gepasst.«

Ich glaubte nicht, dass Willa denselben Grund vorbringen konnte. Noah war nett, aber zwischen uns gab es überhaupt keine Chemie, während zwischen Ethan und Willa die Funken nur so gesprüht hatten.

»Und was ist jetzt mit Colton? Hat er etwas gesagt? Seht ihr euch wieder oder wird das etwa so ein Ding, wo du auf Abruf bereitstehst?«

»Er will mich privat sehen. Ich habe ihm gesagt, dass ich Zeit brauche, um darüber nachzudenken, was ich will. Wir verhalten uns im Büro professionell, das ist im Moment das Wichtigste.«

»Du klingst wie eine Beamtin. Ich dachte, ihr konntet nicht die Finger voneinander lassen, wieso musst du jetzt darüber nachdenken, was du willst?«

»Du weißt, dass es viel komplizierter ist. Ich muss zurück. Wir sehen uns später, okay?«

»Natürlich. Bis dann.«

»Bis dann.« Nachdenklich legte ich auf.

Wir steckten wohl beide gerade in einer Gefühlssackgasse. Und schon wieder hörte ich die eindringliche Stimme meiner Mom, mich besser gar nicht erst auf einen Mann einzulassen. Enttäuschungen waren vorprogrammiert. Es spielte offenbar keine Rolle, dass ich schon vor Jahren tausende Meilen weit weggezogen war, ich konnte nicht verhindern, dass mich ihre Worte immer wieder einholten.

Dass ich es überhaupt nicht einfach fand, im Büro so zu tun, als ob nichts wäre, merkte ich rasch. Ich war hypersensibel, was Colton anging. Ich roch ihn überall, zudem wartete ich fast wie besessen auf eine Reaktion. Dass er sein Wort an mich richtete oder mir eine Nachricht schrieb. Offenbar hatte er sich viel besser im Griff, denn die ganze Woche fiel kein persönliches Wort zwischen uns. Zugegeben, ich sah ihn auch nicht oft. Aber wie ich sehr deutlich an meinem Kalender erkannte, würde sich das bald ändern. Laurens Abschied rückte in großen Schritten näher und dann wäre ich Coltons Schatten.

»Ich bin froh, dass ich meinem Bauchgefühl trauen konnte«, bemerkte Lauren eines Tages. »Dich einzustellen, war genau richtig gewesen.«

»Danke für die Blumen. Gab es denn viele Kandidaten für die Position?« Bevor ich mich zügeln konnte, hatte ich die Frage bereits gestellt.

»Es gab unzählige Assistentinnen vor dir. Nur haben die bereits nach einer Woche das Handtuch geworfen. Sie kamen nicht mit Mister Wests Art zurecht. Ich kann ja jetzt auch zugeben, dass ich deinen potentiellen Vorgängerinnen etwas mehr von meinen Aufgaben zugeteilt hatte als dir.«

»Ich hatte mich schon gewundert …«, murmelte ich mehr zu mir selbst.

»Ich musste für eine Nachfolge sorgen, das war ich Mister West schuldig. Du bist anders als die anderen, ruhiger, nachdenklicher, sorgfältiger. Du lässt dich nicht von einem großen Namen und viel Geld blenden. Ein starker Charakter ist auf diesem Posten sehr wichtig. Du musst unter allen Umständen professionell bleiben.«

In diesem Punkt hatte ich schon versagt. Ich hatte meinen Boss geküsst und mir noch ganz andere Dinge mit ihm vorgestellt.

»Keine Angst, du wirst mit allen Aufgaben, die Mister West dir überträgt, zurechtkommen.« Lauren hatte meinen besorgten Blick wohl falsch gedeutet.

Jetzt wäre sicher nicht der richtige Moment, ihr zu sagen, dass ich gar nicht plante, länger zu bleiben. Im neuen Semester wollte ich mein Doktoratsstudium beginnen. Bis dahin waren es nur noch fünf Monate und ich musste mich in Universitätsnähe um einen neuen

Job kümmern, mich am besten vor Semesteranfang einarbeiten. Somit wäre ich in zwei Monaten, spätestens drei weg.

Das war von Anfang an der Plan gewesen, nur mein Bedauern darüber war neu.

KAPITEL 14

COLTON

Ich hatte mich die ganze Woche über in Zurückhaltung geübt. Hatte eine professionelle Distanz zu Rebecca gewahrt, obwohl ich sie am liebsten in mein Büro zitiert und wieder geküsst hätte. Und all die dreckigen Dinge getan hätte, die ich nicht einmal denken sollte.

Es machte mich verrückt, sie draußen sitzen zu wissen und sie nicht haben zu können. Aber ich war kein dummer Junge, ich konnte mich beherrschen. Bis jetzt jedenfalls. Es war Freitagabend und bevor sie noch einmal mit ihrer Freundin durch irgendwelche Clubs zog, wollte ich sicherstellen, dass sie verstand, dass ich mich aus professionellen Gründen so beherrschte und auch weil sie mich um Zeit gebeten hatte. Aber sie hatte meiner Meinung nach genug Zeit gehabt, jetzt wollte ich ihre Antwort hören.

Ich schickte Rebecca eine Nachricht mit der Bitte, in mein Büro kommen. Dann stand ich auf und setzte mich auf meine Tischkante, was hoffentlich weniger einschüchternd wirkte, als wenn ich sie hinter dem Schreibtisch sitzend empfangen hätte. Sie klopfte, trat ein und zog die Tür hinter sich zu. Nach wenigen Schritten blieb sie abwartend stehen. Heute trug sie ihre Haare hochgesteckt. Es wirkte wie eine Einladung, meine Fantasie, die ich auf dem Flug nach New Orleans gehabt hatte, umzusetzen und sie dort zu küssen. Einer Einladung, der ich kaum widerstehen konnte. Genauso sehr wollte ich sie aus ihrem dunkelblauen Etuikleid schälen, um zu sehen, welche Farbe ihre Unterwäsche hätte, bevor ich sie ihr auszog und ihren sündigen Körper erkundete.

»Du wolltest mich sprechen?«

»Ja, ich wollte hören, ob du dich entschieden hast. Maddie und ich backen heute Abend Pizza und schauen uns Disneyfilme an. Du bist herzlich eingeladen, dabei zu sein. Maddie würde sich freuen und ich auch.«

Sie sah mich lange an, ohne zu antworten. Ich hoffte, dass sie ja sagen würde. Dass sie sich auf mich einließ, auf das, was mit uns passierte. Ich hoffte auch, dass sie die Nacht bei mir verbringen würde, aber diese Einladung würde ich erst später aussprechen. Sah sie mir an, was ich dachte? Ein Lächeln schlich sich auf ihr ernstes Gesicht. Sie nickte und mir fiel ein Stein vom Herzen. »Wann soll ich da sein? Kann ich etwas mitbringen?«

»Wir fangen um sechs Uhr an. Falls du irgendetwas Ungewöhnliches für deine Pizza willst, kannst du es gerne mitbringen. Ansonsten sollten wir alles da haben.«

Obwohl ich einen vertrauten Ton angeschlagen hatte, hielt ich körperlich Distanz. Ich traute mir selbst nicht. Aber vielleicht wirkte ich dabei auch zu kühl, denn Rebecca bedankte sich und ging.

»Warte.« Ich sprang vom Tisch auf, bevor sie die Tür geöffnet hatte. Als ich vor ihr stand, zögerte ich nicht, sie zu küssen. Ich hatte nur einen kurzen Kuss geplant, um ihr zu zeigen, dass ich mich freute, dass ich wirklich nicht so kalt war, wie ich wirkte. Aber wie schon befürchtet konnte ich nicht stoppen, sobald ich sie wieder schmeckte, ihre Wärme spürte und mich im Rausch meiner Gefühle zu verlieren begann.

Sie bog sich mir entgegen, ich spürte ihre Hände in meinen Haaren und sie wohl meine Erektion an ihrem Bauch, denn sie stöhnte, rieb sich an mir und schickte damit eine neue Welle der Lust durch mich hindurch. Wenn wir nicht aufhörten, würde ich sie im nächsten Moment an die Wand drücken, ihren Rock hochschieben und in ihre Mitte eintauchen. Wenn ich mir vorstellte, wie feucht sie sein musste, wenn sie sich so lasziv an mir rieb. Mit Mühe löste ich mich von Rebecca, hielt sie jedoch immer noch nah. Ich wollte sie nicht von mir stoßen, ganz im Gegenteil. Eine Entschuldigung lag mir auf den Lippen, aber Rebecca sah mich so liebevoll an, als sie mein Haar glattstrich, dass ich die Entschuldigung herunterschluckte. Ihre Augen leuchteten und das zaghafte Lächeln war einem großen gewichen.

»Bis später. Ich habe keine außergewöhnlichen Wünsche. Aber ich mag es scharf.«

»Das sollte kein Problem sein«, antwortete ich heiser. Sie war mein Untergang. Aber in einem positiven Sinn. Ich küsste sie ein letztes Mal, bevor ich sie gehen ließ.

»Schokopudding!«, rief Maddie eine Stunde später begeistert, als ich sie gefragt hatte, was wir nach der Pizza als Dessert essen könnten.

Die Küche erinnerte mich an eine Winterlandschaft, nur statt Schnee lag überall Mehl und Maddie musste ganz dringend baden, um die Pizzateigreste aus ihren Haaren zu bekommen. Aber wir strahlten beide um die Wette. »Meinst du, Rebecca mag Pudding?«

Maddie sah mich mit gerunzelter Stirn an, das Kinn hatte sie nach vorne gereckt und einen Finger daraufgelegt. Wo hatte sie sich diese Geste bloß wieder abgeschaut?

»Besser Kekse? Ihr habt doch welche zusammen gebacken.«

»Deine schmecken aber nicht so gut wie Beccas.«

»Eiscreme. Damit können wir bestimmt nichts falsch machen.«

»Au ja! Eiscreme!«, rief Maddie begeistert.

»Sehr gut. Dann ab in die Wanne, ich räume hier auf. Und wenn wir beide wieder sauber sind, ist der Pizzateig auch fertig zum Ausrollen.«

Ich wischte den Tisch schnell ab, bevor ich Maddie in den oberen Stock folgte. Sie liebte es zu baden, vor allem in einer dieser kleinen Plastikdinger, die ich in die normale Wanne stellen konnte. Ich ließ die Tür vorsorglich offen, damit ich sie hören konnte. Das klappte immer ausgezeichnet, zumal ich auch in fünf Minuten fertig war. Jetzt durfte ich nur nicht an Rebecca denken und was ich gerne mit ihr in einer Wanne anstellen wollte. Mit dem letzten Resten Selbstbeherrschung und einer eisigkalten Dusche, die ich in Rekordzeit hinter mich brachte, stand ich kurze Zeit später in Maddies Bad. Sie planschte mit den Quietscheentchen, hatte die Fliesen vollgespritzt und Schaum auf der Nase.

»Komm, wir müssen uns beeilen, der Teig ist bald fertig und Rebecca sicher auch bald da.«

»Ja!« Patsch und die nächste Welle schwappte auf

den Boden. Jetzt sprang Maddie auf und ab, spritzte mit ihren Händen und jauchzte dabei ohrenbetäubend.

»Schätzchen, es reicht!«

»Ja, es reicht!« Sie sprang und sprang, sodass ich sie packen musste, um sie in die Dusche zu verfrachten. Dass ich selbst wieder patschnass wurde, war unvermeidlich. Ausgerechnet jetzt schellte die Türglocke, typisch, und gleichzeitig ein Wunder, dass ich sie überhaupt gehört hatte.

»Du wartest hier, verstanden? Ich bin gleich wieder zurück.« Ich wickelte ein großes Handtuch um Maddie, verließ das Bad und rannte die Treppen, immer zwei Stufen auf einmal nehmend, hinunter.

REBECCA

Nervös trat ich von einem Fuß auf den anderen. Ich hatte schon mehrmals geklingelt, aber keiner machte auf. Zudem wirkte das Anwesen verlassen, was ja nicht sein konnte. Als jetzt die Tür aufgerissen wurde und Colton dahinter zum Vorschein kam, konnte ich mir ein Lachen nicht verkneifen. Er fuhr sich verlegen durchs nasse Haar und zog dann kurzerhand sein durchnässtes T-Shirt aus. Mir blieb kurzzeitig der Atem weg. Er sah unglaublich aus. Ein Bild von einem Mann mit wohl definierten Brust- und Bauchmuskeln und diesem typischen V, das meinen Blick unweigerlich auf seinen Schritt lenkte. Und was ich da sah, ließ mich trocken schlucken. Ich hatte bereits zweimal gespürt, wie gut er bestückt war. Nur dass ich für seine Erektion verantwortlich war, war noch nicht ganz bei mir angekommen.

Aus seinem verlegenen Lächeln wurde ein wissendes. Als er noch machohaft eine Augenbraue hob, schlug ich ihm spielerisch auf die Brust. Statt mich ins Haus zu lassen, packte er meine Hand, zog mich an sich und küsste mich tief und innig. Wow, das war mal eine Begrüßung und seine Absichten für den Abend sonnenklar.

»Schön, dass du da bist. Ich muss mich kurz um Maddie und ein überflutetes Bad kümmern. Ich bin gleich wieder da.«

»Kann ich helfen?«

Er zögerte, schüttelte dann den Kopf. »Aber du könntest mal nach dem Teig sehen. Er müsste fertig sein. Wir kommen sofort.«

»Becca!« Maddie stand nur in ein Handtuch gewickelt am Treppenaufsatz.

»Maddie, zurück ins Bad. Du musst noch duschen, oder willst du, dass dir morgen Kekse aus den Haaren wachsen?«

»Das geht gar nicht! Du machst bloß Spaß!« Sie kicherte und schüttelte den Kopf.

»Meinst du? Was, wenn dann das Krümelmonster erfährt, dass hier ein kleines Mädchen wohnt, aus dessen Haaren Kekse wachsen?« Colton rannte die Treppen hoch, inklusive Monstergeräuschen. Maddie kreischte und flitzte davon. Wenn schon wären es kleine Pizzen gewesen, dachte ich belustigt. Oder hatten die beiden noch Kekse gebacken? Zuzutrauen wäre es ihnen.

In der Küche fand ich ein halb aufgeräumtes Chaos und eine Schüssel mit Pizzateig, der wundervoll aufgegangen war. Ein Zettel lag daneben. Darauf stand:

Maddie: Käse, Schinken

Rebecca: scharf

Colton: alles, was der Kühlschrank hergibt

Wow, wie sehr mich die Geste rührte, dass ich an Platz zwei stand, war schon besorgniserregend. Nur nicht sentimental werden. Ich beschloss, die Küche aufzuräumen und den Tisch sauber zu wischen. Wenn ich schon wartete, konnte ich mich nützlich machen.

Maddie und Colton stießen einige Zeit später dazu.

»Becca! Magst du Eiscreme? Oder Pudding? Oder Kekse?« Maddie, in einem pinken Shirt mit Elsa drauf und passender Hose, sah mich mit ihren großen, blauen Augen an. Ich ging in die Hocke, um mit ihr auf Augenhöhe zu sein, und konnte gar nicht anders, als ihr den

Haargummi, der reichlich schief saß, zu richten. »Eiscreme klingt köstlich.«

»Eiscreme, Daddy!«

»Zuerst Pizza. Danke fürs Aufräumen, Rebecca.«

»Keine Ursache. Maddie, zeigst du mir mal, was dein Dad unter ›alles, was der Kühlschrank hergibt‹ versteht.«

»Fisch und Gurken und scharfe Sachen.«

Das klang jetzt nicht sehr appetitlich, vielleicht taten sich hier Abgründe auf.

»Dann muss ich nicht teilen, ist doch super«, meinte er schulterzuckend.

»Ah, das ist der Trick.«

Während Colton den Teig erstaunlich professionell ausrollte, die Tomatensoße und den Käse verteilte, schnippelten Maddie und ich den Schinken und die Peperoni. Wie sich herausstellte, mochte Colton Sardellen, Kapern und Peperoncini. Genauso wie extra Käse, Schinken und Peperoni und Salami …

»Was? Ich bin hungrig«, rechtfertigte sich Colton, als Maddie und ich beide gleichermaßen verdutzt seine Pizza betrachteten. Er meinte wirklich *alles, was der Kühlschrank hergab*.

»Sieht sehr lecker aus. Ich heize mal den Ofen vor.« Die Pizzen wären bald fertig, mein Magen knurrte auch schon. Währenddessen holte Colton riesige Teller aus dem Küchenschrank und stellte unsere Bleche bereit.

Aßen die beiden gesittet am Esszimmertisch oder vor dem Fernseher?

»Wir gehen ins Kino«, beantwortete Maddie meine unausgesprochene Frage.

»Wir besitzen ein Hauskino«, erklärte mir Colton. »Möchtest du ein Glas Rotwein?«

»Gerne.«

Er verschwand kurz, bestimmt gab es in diesem riesigen Haus auch einen Weinkeller, und kam kurze Zeit später mit einem Barolo zurück. Ich mochte den Wein, er würde hervorragend zum Essen passen, aber er war auch sehr schwer. Das hieß, ich würde ein Taxi zurück in die Stadt nehmen. Oder bleiben?

Die Pizzen begannen herrlich zu duften, unsere Mägen knurrten jetzt abwechselnd. Als die Küchenuhr klingelte, sprangen wir alle gleichzeitig auf. Da Colton die Ofenhandschuhe trug, überließen wir es ihm, die Bleche herauszuholen und je ein großes Stück auf die bereitgelegten Teller zu verteilen.

»Komm mit.« Maddie balancierte ihren Teller geschickt, während sie zurück zum Eingangsbereich ging, dort eine Tür öffnete und dann in ein Untergeschoss stieg. Ich folgte ihr neugierig. Es gab offenbar einen Fitnessraum, eine Tür, die mit *Sauna* angeschrieben war, und eben das Kino, das bestimmt zwanzig Leuten bequem Platz bot. Es gab nicht nur riesige Sessel, sondern auch Tischchen.

Maddie setzte sich und stellte ihren Teller gleich darauf ab.

Ich setzte mich links neben sie, Colton rechts. »Ich bringe das Besteck und die Getränke.«

Bevor ich fragen konnte, ob er Hilfe bräuchte, war er schon wieder weg.

»Magst du Elsa? Ich finde Olaf toll. Er ist so lustig. Wir können auch etwas anderes gucken. Daddy hat ganz viele Filme.«

»Nein, die Eisprinzessin mag ich auch und ich kenne nur den ersten Teil.«

»Daddy! Becca kennt nur den ersten Teil von Elsa!«, rief Maddie aufgeregt, als Colton mit einem beladenen Tablett zurückkam.

»Was? Das geht ja gar nicht!«, empörte sich Colton gespielt.

»Na, wenn das so eine Bildungslücke ist, dann bin ich ja froh, sie heute schließen zu können.« Ich nahm ihm die Getränke und Gläser ab, während er das Besteck und die Servietten verteilte. Dass wir uns immer mal berührten und einen Blick auf die Lippen des anderen stahlen, konnte ich gar nicht vermeiden. Colton so nah zu sein, setzte ein Verlangen in mir frei, das ich so noch gar nie gespürt hatte. Meine Ex-Freunde hatten mich jedenfalls nie so unter Strom gesetzt.

Wir machten es uns gemütlich, aßen und schauten den Film. Maddie erklärte mir die ganze Handlung, sang mit, imitierte nicht nur Olaf, sondern auch Kristoff. Als der Film fertig war, schien auch jegliche Energie aus Maddie gewichen zu sein.

»Na komm, Zähneputzen und dann ab ins Bett.« Colton hob seine Tochter hoch und trug sie aus dem Kino.

»Kommst du mir Gute Nacht sagen?«, hörte ich Maddie dumpf fragen.

»Natürlich. Bis gleich.«

In den letzten Stunden waren wir wie eine Familie gewesen. Der Gedanke drängte sich förmlich auf, aber ich wollte gar nicht darüber nachdenken. Ich war nicht Maddies Mutter, ich war Coltons Assistentin und noch etwas anderes, dem wir keinen Namen gegeben hatten. Rasch begann ich, das Geschirr zusammenzustellen. Ich hatte nur ein Glas Wein getrunken und das war am Anfang des Filmes gewesen. Somit konnte ich selbst nach Hause fahren und das sollte ich auch tun.

KAPITEL 15

COLTON

Maddie wäre auf dem Weg nach oben fast eingeschlafen. Ich beschloss, sie in ihren Kleidern schlafen zu lassen, während ich ihr ausnahmsweise die Zähne putzte. Sie ließ es widerstandslos mit sich machen. Vergessen waren ihre sonst üblichen Proteste, dass sie ein großes Mädchen und kein Baby mehr sei.

Sie schlurfte anschließend zum Bett, legte sich hin und schlief auch gleich ein. Wie jeden Abend fuhr ich ihr durchs Haar und küsste sie auf die Stirn. »Schlaf gut, mein Engel.« Die Tür schloss ich nicht ganz, löschte jedoch überall das Licht, als ich zu Rebecca zurückging. Die Tür zum Kino stand offen, alles war aufgeräumt. Ich schaltete auch hier das Licht aus und ging in die Küche.

»Du hättest nicht alles aufräumen müssen. Lass mich wenigstens die Spülmaschine einräumen.«

»Das ist doch in Ordnung. Du hast gekocht, außerdem bin ich gleich fertig.«

Kaum hatte sie die Tür zur Maschine zugeschlagen und sich mit einem zufriedenen Lächeln zu mir umgedreht, zog ich Rebecca in meine Arme. Ich wollte nicht länger warten, sie zu küssen. Würde es sich jetzt jedes Mal so gut anfühlen, wenn ich sie in den Armen hielt und ihre Lippen auf meinen spürte, ihre Zunge mit meiner spielte? Die Stromstöße, die durch meinen Körper jagten, brachten mich wieder in Nullkommanichts in Wallung. Ich war süchtig nach der Frau in meinen Armen, dabei küssten wir uns nur. »Du bist unser Gast«, presste ich zwischen unseren Küssen hervor. Augenblicklich versteifte sich Rebecca, sodass ich mich zurückzog, damit ich sie ansehen konnte.

»Was ist? Habe ich etwas Falsches gesagt?«

»Wartet Maddie noch auf mich? Sonst sollte ich jetzt gehen.«

»Sie ist schon eingeschlafen. Aber das heißt nicht, dass du gehen sollst. Ich will nicht, dass du gehst.« Ich hielt sie immer noch, wenn auch mit etwas Abstand. »Bitte bleib.«

Ich sah ihr an, dass sie bleiben wollte, aber auch, dass sie sich Sorgen über die Konsequenzen machte. »Ich habe seit Jahren keine Frau mehr hierher eingeladen, außer sie gehört zur Familie.« Jetzt über Vivian zu reden, würde nur dazu führen, dass ich selbst einen Rückzieher machte. Nur war Rebecca die erste Frau seit Vivians Tod, die mich überhaupt interessierte, die eine Lust in mir regte, die weit über das Sexuelle hinausging. Ich hatte wieder Lust zu leben. Ich wollte, dass Rebecca verstand, wie einmalig das hier für mich war.

Sie seufzte, schmiegte sich dann an mich und hielt mich fest. Eine so simple Geste, die mich tiefer traf als alles, was sie hätte sagen können. »Möchtest du noch ein Glas Wein? Wir können es in der Bibliothek trinken.«

»Gerne.«

Ich ließ sie nur widerwillig los, damit ich zwei neue Gläser einschenken konnte, reichte ihr eines und ging dann in den übernächsten Raum. Rebecca blieb an den Regalen mit den Klassikern hängen, während ich mich auf das Sofa setzte und ihr dabei zusah, wie sie einzelne Bücher herauszog, darin blätterte und sie zurückstellte.

»Wir sollten mal zusammen nach England fliegen«, rutschte mir heraus.

Sie lächelte mir zu. »Du meinst, das volle Touristenprogramm machen? Shakespeares Geburtsort besuchen und die Grafschaften, die Jane beschreibt? Warum nicht. Aber wie passt es damit zusammen, dass du diese Bücher als Schund bezeichnet hast?«

»Da musst du etwas falsch verstanden haben.«

»Ach, ist dem so?« Sie zog eine Augenbraue hoch.

»Ich hatte mich geärgert, das ist schon alles.« Ich hob entschuldigend die Schultern, würde mich nicht noch mehr erklären. Sie kannte mich inzwischen, außerdem war ihr Schreibtisch ein Saustall gewesen. Ich ließ den Gedankengang fallen, ich wollte nicht über das Büro reden.

Auch Rebecca ließ es bei meiner flüchtigen Bemerkung bewenden, nippte an ihrem Glas und ging zum Kamin, auf dem die Familienfotos aufgestellt waren. Nachdenklich blieb sie davor stehen. Auch von Vivian waren welche dabei. Ich ließ Rebecca Zeit, sich alle anzusehen.

»Ist dies dein Lieblingsraum?«

»Ich glaube, die Küche ist mein Lieblingsraum. Und der Garten.«

»Hörst du Maddie, falls sie etwas braucht?«

»Sie schläft wie ein Stein. Sie war schon immer eine gute Schläferin. Es hat mir das Leben gerettet.« Rebecca nickte, kam langsam auf mich zu und beugte sich dann über mich. »Danke für den schönen Abend.« Ihre Lippen lagen nur wenige Zentimeter vor meinen. Ich sah ihr in die Augen, auf die Lippen und zurück und spürte die Spannung, die sich augenblicklich wieder aufbaute.

Rebecca stellte ihr Glas ab, ich tat es ihr gleich und zog sie im nächsten Moment auf meinen Schoß. Unsere Lippen lagen abermals aufeinander, jetzt gab es nur noch uns beide. Meine Hände wanderten zu ihrem Po, während sie mich so dicht hielt, dass ich dachte, ihr Herz schlagen zu spüren. Ich wollte sie Haut auf Haut erleben, ihren Körper erkunden. Meine Hände begaben sich auf Wanderschaft, schoben ihr Shirt aus der Hose. Sie stoppte mich nicht, vielleicht weil sie ihre Hüften gleichzeitig an mir zu reiben begann. Wir stöhnten beide. Noch mehr, als ich ihre zarte Haut unter meinen Fingerspitzen ertastete. Ihre Brüste drückten sich an mich, dabei hätte ich ihr den BH gerne ausgezogen und die restlichen Kleider gleich mit. Die Hitze zwischen uns war kaum auszuhalten.

»Bleibst du?«, fragte ich sie mit rauer Stimme. Egal was sie antwortete, es wäre mein Untergang, nur in anderer Form.

Sie zog sich wenige Millimeter zurück, sah mich fast ein wenig wehmütig an. Ich küsste sie als Antwort federleicht. Ich wollte, dass sie sich gut fühlte, egal, wozu sie sich entschied.

»Ich bleibe noch ein bisschen.«

»Sicher?«

»Sicher.«

»Lass uns nach oben gehen.«

»Wird uns Maddie nicht hören?«

»Nur wenn du nicht leise bist.«

Rebecca lief rot wie eine Tomate an, was mich noch mehr anheizte. »Komm.« Ich stand mit ihr zusammen auf, bevor sie zu Boden glitt. Leise gingen wir hoch. Als wir bei Maddies Zimmer angekommen waren, warf ich einen Kontrollblick hinein. Sie atmete tief und fest. Ich zog die Tür zu.

»Ich habe ein Babyphone in meinem Zimmer«, erklärte ich Rebecca, bevor ich sie in mein Schlafzimmer führte. Sie ließ ihren Blick über die eher karge Einrichtung schweifen. Ich wollte nicht, dass sie nachdachte, ich wollte, dass sie fühlte. Jetzt. Also zog ich ihr das T-Shirt und den schwarzen BH kurzerhand aus und begann ihre Brüste zu kneten und an ihren Brustwarzen zu saugen. Sie waren so hart wie kleine Kieselsteine. Rebecca klammerte sich an mir fest, keuchte und stöhnte im Wechsel. Wie sehr ich es genoss, sie in Ekstase zu versetzen. Langsam drängte ich sie zum Bett. Als sie darauf zu sitzen kam, küsste ich sie wieder. Zuerst auf den Mund, dann zog ich eine Spur von Küssen bis zum Bund ihrer Hose. Ich drängte Rebecca auf den Rücken, damit ich den Knopf und dann den Reißverschluss öffnen konnte, bevor ich ihr die Jeans langsam herunterzog. Die Spitzenunterwäsche folgte, während mich Rebecca unter gesenkten Lidern im Blick behielt. »Du bist wunderschön.«

»Und du hast noch viel zu viel an, findest du das fair?«

»Kommt darauf an.« Ohne mich zu erklären, kniete ich mich hin und vergrub meinen Kopf zwischen ihren

Schenkeln. Unser beider Stöhnen hallte durch den Raum, als ich in Rebeccas Feuchte eintauchte. Sie reagierte so stark auf mich, dass es mir schwerfiel, die Kontrolle zu behalten.

Obwohl mich ihre Hände um meinen Kopf in Position hielten, wollte sie mir gleichzeitig ihre Hüften entziehen. Aber das konnte sie vergessen. Ich ersetzte meine Zunge mit einem Finger, während ich ihre Klitoris zu umkreisen begann. Es folgte ein zweiter Finger und als ich über die raue Stelle in ihrem Inneren fuhr, bäumte sie sich bereits auf. Ihre Beine zuckten, sie stand kurz davor zu kommen. Ich erhöhte mein Tempo und spürte dabei, wie meine Hose viel zu eng wurde. Aber jetzt war keine Zeit, um mich auszuziehen. Jetzt wollte ich Rebecca zu einem Höhepunkt verhelfen, der sie hoffentlich Sterne sehen ließ. »Colton! Ich … kann … nicht, ahhh!« Sie drückte ihren Rücken durch, aber ich hielt sie fest und spürte, wie sie um meine Finger kontrahierte. Dabei behielt ich sie genau im Blick. Um nichts in der Welt wollte ich ihren Höhenflug verpassen.

REBECCA

Meine Haut prickelte immer noch von Coltons Berührungen, auch wenn sich mein Atem normalisiert hatte.

Ich beobachtete ihn, wie er sich zurückzog und zu entkleiden begann. Er sah mich die ganze Zeit mit solch einer Bewunderung an, dass ich mich unglaublich begehrt fühlte. Mein Herzschlag begann sich wieder zu beschleunigen, kaum dass er sein Shirt abgestreift hatte und mir damit abermals einen unverstellten Blick auf seine definierten Muskeln und seinen Sixpack lieferte. Wann hatte er sich denn solch einen sexy Körper antrainiert? Vielleicht lag ich gar nicht so falsch mit meiner Vermutung, dass er kaum schlief.

Er öffnete zuerst den Gürtel, dann seine Hosen und streifte sie ab. Ich konnte nicht aufhören, auf seine riesige Erektion zu starren. Als er mit einer Hand darüber fuhr, kam ich nicht umhin, mir über die Lippen zu lecken. Ich wollte ihm genauso viel Freude bereiten wie er mir. Bevor ich überhaupt zu ihm gehen konnte, stoppte er mich mit den Worten: »Ich will in dir sein.«

Er holte sich ein Kondom, stülpte es über und legte sich zu meinem Erstaunen auf den Rücken. Dann winkte er mich zu sich. Als ich auf ihm saß, küsste er mich leidenschaftlich, während ich ihn langsam in mir aufnahm. Seine Größe raubte mir kurzerhand den Atem. Froh, das Tempo selbst bestimmen zu können, ließ ich mir Zeit, genoss seine Küsse und Streicheleinheiten. Ich begann wie Wachs in seinen Händen zu werden. Der Moment war so intim, dass ich beinahe vergessen hätte, dass Colton nie die Kontrolle abgab.

In einer raschen Bewegung drehte er uns plötzlich und zog sich auch gleich zurück, nur um im nächsten Moment wieder tief in mich zu stoßen. Seine Zunge begann das gleiche Tempo einzuschlagen, langsam und schnell im Wechsel. Ich wollte ihn tief in mir halten, aber er ließ mich nicht. Sein Mund wanderte jetzt zu meinen Brüsten. Er heizte mich weiter mit seiner Zunge an, saugte abwechselnd an meinen Brustwarzen, während er mich mit seinen Hüftbewegungen hinhielt. Meine Haut kribbelte, mein Puls hämmerte, aber es reichte nicht. Wenn ich ihm entgegenkam, entzog er sich mir. Es war wie ein Katz- und Mausspiel und ich wurde dabei immer sensibler. Seine Finger spürte ich plötzlich überdeutlich. Als er über meinen Bauch strich, begann ich zu zucken, als er um meine Klit kreiste und sie dann berührte, wäre ich fast abgehoben. Ich zitterte jetzt so stark, dass ich ihn am liebsten weit weg geschubst hätte und gleichzeitig wollte ich meine Erlösung so dringend wie noch nie. Endlich beschleunigte Colton das Tempo. Dass er nur drei Stöße benötigte, um mich in den Orgasmusolymp zu katapultieren, hätte ich mir nicht träumen lassen. Dass er mir sogleich folgte, auch nicht.

Ich konnte mich nicht mehr regen, hielt die Augen geschlossen und versuchte mich zu beruhigen. Mein Körper war wie aus Gummi, mir war kalt und gleichzeitig hatte ich das Gefühl, innerlich immer noch zu brennen. Colton zog sich zurück, aber nicht ohne mich vorher zu küssen: auf meine Schläfen, meine geschlossenen Lider, meinen Mund. Als ich blinzelte, sah ich ihn ins Bad gehen. War das mein Moment, um meine Sachen zu packen und mich zu verabschieden? Colton kam jedoch sogleich zurück, hatte ein feuchtes Tuch mitgebracht und begann mich zu säubern, bevor er sich zu mir legte und mich mit seinem großen Körper umschloss. Ich hörte seinen regelmäßigen Herzschlag und drohte einzuschlafen. Wollte er wirklich, dass ich die ganze Nacht blieb? Und was wäre morgen?

KAPITEL 16

COLTON

Im Gegensatz zu Rebecca schlief ich nicht. Stattdessen hielt ich sie, streichelte über ihre Haare und küsste sie immer wieder sanft. Es beruhigte mich, denn mein schlechtes Gewissen meldete sich bereits. Ich versuchte es in Schach zu halten und irgendwann schlief ich wohl doch ein, denn als ich aufwachte, war ich allein. Auf dem Kissen neben mir lag ein Zettel.

Danke für den schönen Abend und die wundervolle Nacht. Rebecca, xxx

. . .

Sie war weg. Ein Blick auf meine Uhr zeigte mir, dass es erst halb sechs Uhr in der Früh war. Da ich nicht mehr würde schlafen können, holte ich mein Fitnessprogramm nach. Maddie würde um spätestens acht Uhr wach werden. Da sie wusste, dass ich morgens trainierte, würde sie mich automatisch dort suchen kommen. Rebecca hatte uns beiden einen Gefallen getan und doch fühlte es sich falsch an. So falsch, dass ich mir Geschichten zusammenzureimen begann. Dass sie es bereute, weil ich ihr Chef war. Dass sie dachte, dass ich sie ausgenutzt hatte. Dass sie *mich* ausgenutzt hatte. Dass ich zu viele Gefühle investierte und mich in etwas verrannte. Dass sie es nicht ernst meinte. Dass ich ihr nichts versprechen konnte.

Nach einem fünf Kilometerlauf und einem intensiven Hanteltraining kam ich zu dem finalen Schluss, dass uns beide die Situation überforderte und wir herausfinden mussten, wie es nun weitergehen sollte. Ich wischte mir mit einem Tuch den Schweiß von der Stirn, zückte mein Handy und schrieb Rebecca:

– Danke für deinen Besuch. Er war alles, was ich mir erhofft hatte, und noch viel mehr. Colton, xxx. –

Das war doch schon mal ein erster Schritt. Sie antwortete mir nicht, aber das war schon okay. Das redete ich mir jedenfalls ein. Denn es war praktisch unmöglich, am Montag im Büro so zu tun, als ob sich nicht noch mehr zwischen uns verändert hätte.

Statt mich wie immer in meinem Büro zu verschanzen, ging ich Rebecca begrüßen, sobald ich sie am Montagmorgen hörte. Ich hatte extra meine Bürotür offengelassen und da Lauren erst um neun Uhr anfing, waren wir sogar allein.

»Hi, wie war dein Wochenende?«

»Danke, sehr schön. Ich war mit Willa in Fredericksburg. Ein Auftrag.« Rebecca lächelte, schien jedoch nervös zu sein. Ich konnte es ihr nicht verdenken. Die Anziehung zwischen uns war bestechend.

»Fredericksburg ist sehr schön. Du solltest das nächste Mal wandern gehen. Oder warst du schon auf dem verzauberten Felsen? Ich bin mit Maddie hoch, als sie noch ganz klein war. Die Kuppel ist aus rosa Granit und die Aussicht über das Tal atemberaubend.«

»Das klingt wundervoll. Die Hochzeit fand auf einer Farm statt, mit unzähligen pinken und lilafarbenen Wildblumen. Maddie wäre ausgeflippt.« Rebecca leckte sich über die Lippen, die meinen Namen riefen, aber ich nicht küssen könnte. Jedenfalls nicht hier. Fehlte nur noch, dass einer meiner Geschwister reinplatzte. Ich räusperte mich. Stand immer noch wie bestellt und nicht abgeholt vor Rebecca. Mein Gehirn war wie leergefegt. Sie lächelte wissend und ich dachte, die Sonne würde aufgehen. Was war hier los? Ein weiteres Mal räusperte ich mich. Rebeccas Telefon klingelte, aber selbst als sie abnahm, hielten wir unseren Blickkontakt.

»Texas West Oil – Rebecca Gibson am Apparat. Wie kann ich Ihnen helfen?« Sie hörte zu, nickte. »Natürlich, ich schicke ihn gleich runter. Keine Ursache. Bis dann.« Sie legte auf.

»Dein Bruder Jayden sucht dich. Du sollst zu ihm runterkommen.«

»Danke, dann mache ich das besser sofort.« Ich konnte aber nicht gehen, ohne nicht wenigstens einen Kuss zu stehlen. Also umrundete ich Rebeccas Schreibtisch, drehte ihren Bürostuhl und beugte mich zu ihr. Sie sah mich gespannt an und war am Ende diejenige, die mich küsste. Es war nicht mehr als ein flüchtiges Berühren unserer Lippen und es genügte bei weitem nicht, aber es war besser als nichts. »Bis nachher.« Sanft strich ich ihr über die Wange, küsste sie noch einmal etwas länger und ging erst dann zum Treppenhaus. Es wäre nur eine Frage der Zeit, bis wir aufflogen. Also, was sollte ich tun?

Die Frage beschäftigte mich noch, als ich einen Stock tiefer an Jaydens Türe klopfte und dann eintrat.

»Colton, setz dich.«

»Warum? Was gibt's?«, fragte ich misstrauisch, schloss dennoch die Tür hinter mir. »Hast du mit Ethan geredet?«

»Ich rede andauernd mit Ethan, oder Noah oder Isabella. Auch mit unseren Eltern wechsle ich ab und an ein paar Worte. Ist gar nicht so schlimm, du solltest es auch versuchen.«

»Was soll das? Hast du mich herbestellt, um mir eine Predigt zu halten? Außerdem habe ich mit unseren Eltern geredet. Maddie hat vor einer Woche dort übernachtet.«

»Ihre Enkelin abzuliefern und gleich wieder abzuhauen, ist nicht das, was ein normaler Mensch unter Konversation versteht.«

Ich beschloss, mich nicht weiter zu erklären. Ich konnte den mitleidigen Blick meiner Mom einfach nicht ertragen und mein Dad nutzte jede Gelegenheit dazu, mich zu belehren. Danke, aber darauf konnte ich getrost verzichten.

»Willst du einen Kaffee?«

»Gern.«

Jaydens Büro war nur einen Bruchteil so groß wie meines, aber um das zehnfache gemütlicher eingerichtet. Er war Hobbyfotograph, liebte die Natur. Schon als Kind hatte er sich den ganzen Tag im Garten aufhalten können, um hundertmal ein und dieselbe Blume zu fotografieren. Ich ging mir seine neuesten Werke ansehen. Es sah genau so aus wie die Farm, die Rebecca beschrieben hatte. Hunderte von Wildblumen.

»Ist das Fredericksburg?«

»Nein, oben bei Austin. Ich erzähl dir gleich, was ich dort gemacht habe.«

Jayden reichte mir meinen Kaffee. »Aber zuerst: Ich möchte dich als meinen Trauzeugen haben.«

»Wie bitte?« Gut, dass ich noch nichts getrunken hatte, ich hätte mich glatt verschluckt. »Ich glaube nicht, dass das eine gute Idee ist«, lehnte ich bereits ab.

»Natürlich ist es das. Und es hat Symbolkraft.«

»Hör zu, ich denke nicht …«

»Wir haben dich bereits überstimmt.«

»Wie bitte?«, wiederholte ich mich.

»Noah, Ethan und Isabella halten es für eine gute Idee. Maddie wird natürlich das Blumenmädchen. Und nun, zur Info, warum ich oben in Austin war. Es gibt dort eine Hochzeitsranch: *Sophie's Country-Style Weddings and Other Adventures.* Ich habe mich bereits erkundigt, der April ist noch frei. Übernachtungsmöglichkeiten gibt es auf der Farm oder in der Umgebung. Wobei es nur eine Stunde entfernt liegt, also kein Problem, am Abend wieder nach Hause zu fahren.«

Ich war bei *Other Adventures* hängen geblieben. Laut sagte ich: »Du hast also alles schon durchdacht. Macht es dir überhaupt nichts aus, jemanden zu heiraten, den du gar nicht liebst? Ich meine, ich weiß, dass es arrangierte Ehen auch heute noch gibt, das ist ja genau das, was wir machen, aber …« Ich wollte nicht, dass Jayden um dieses berauschende Gefühl gebracht wurde, wenn die Frau seiner Träume auf den Altar zugeschritten käme. Ich konnte mich noch daran erinnern, als ob es gestern gewesen wäre. Ich dachte, vor Glück zu zerspringen, als Vivian am Arm ihres Dads auf mich zugeschritten gekommen war. Ich hatte mir die nächsten hundert Jahre mit ihr an meiner Seite ausgemalt. Dass ich bereits unseren ersten Hochzeitstag allein mit einem Neugeborenen verbringen musste, wünschte ich meinem ärgsten Feind nicht.

Vielleicht war Jaydens Weg der bessere. So konnte er wenigstens nicht verletzt werden. »Vergiss es. Ich muss wieder los. Ach, übrigens, die Freundin von Rebecca, meiner Assistentin, backt offenbar die tollsten Hochzeitstorten. Auch für andere Gelegenheiten, aber falls du oder ihr noch jemanden sucht …«

»Die Hochzeitsfarm stellt die Bäckerin, aber danke. Und mit Rebecca läuft es gut? Sie ist, außer Lauren, die erste, die es länger als eine Woche mit dir aushält.« Jayden sah mich auffordernd an.

Wieder räusperte ich mich. Offenbar hatte ich heute Mühe, meine Stimme zu finden. »Ja, sie ist ganz angenehm.«

»Na dann.« Jayden lachte und setzte sich an seinen Schreibtisch.

»Bis später«, antwortete ich verärgert und verließ sein Büro. Offenbar schienen meine Geschwister alle den Durchblick zu haben, nur ich gerade überhaupt nicht.

Mittlerweile war auch Lauren eingetroffen. Sie rief mich direkt zu sich, als ich in meinem Stockwerk eintraf.

»Guten Morgen, Lauren.«

»Guten Morgen, Colton. Schauen Sie mal, wie großartig die Torte aussieht, die Rebeccas Freundin Willa für mich backt. Ich habe eine mit Cognac- und Nougatfüllung bestellt.«

»Sieht wirklich toll aus.«

Lauren lächelte selig, während mir Rebecca einen fragenden Blick zuwarf. Sah ich so durch den Wind aus, wie ich mich fühlte? Ich konnte das Gefühl einfach nicht leiden, dass ich nichts mehr im Griff hatte. Dass mir alles zu entgleiten begann.

Das Thema Hochzeit ging mir immer an die Nieren, aber die Situation im Büro würde bald unerträglich werden. Spontan schrieb ich Tyler und verabredete mich für den Abend bei mir zu Hause. Er wohnte nicht weit entfernt, so war es kein großer Umweg für ihn.

»Schieß los, warum wolltest du mich sprechen?«

Wir befanden uns in der Bibliothek. Tyler hatte aber kein Interesse an meinen Erstausgaben, sondern wollte, dass ich zum Punkt kam. Ich reichte ihm einen Scotch, den er dankend annahm. Ich antwortete ihm erst, als ich mir ebenfalls einen genommen hatte. »Einfach so zusammensitzen, geht wohl gar nicht?«

»Das machen wir nie.«

Stimmt.

»Jayden will mich als Trauzeugen haben«, rückte ich mit der Sprache raus.

»Und du hast keine Lust.«

Ich antwortete mit einem Schnauben. »Natürlich habe ich keine Lust. Vor allem aber will ich kein Teil einer Farce sein. Und am wenigsten will ich, dass er sich um eine der großartigsten Erfahrungen im Leben bringt. Nur steht mir nicht zu, mich in sein Leben einzumischen, zumal die Hochzeit von allen anderen abgesegnet wurde. Ethan hat sogar behauptet, ich wäre der Einzige, der nicht bemerkt, dass es für Jayden kein Opfer darstellt. Was soll das eigentlich bedeuten? Er kennt doch diese Olivia gar nicht, oder habe ich etwas verpasst?«

»Ich weiß von nichts. Aber es ist doch verständlich, dass du dich sorgst. Als Ältester hast du dich schon immer um deine Geschwister gekümmert. Wieso solltest du das im Alter abstellen können?«

»Du klingst, als ob ich bald in Rente gehe. Ich bin noch lange nicht so alt, wie Dad damals war.«

»Nein, aber bald vierzig. Was erhoffst du dir noch vom Leben, Colton?«

Wie kamen wir jetzt auf dieses Thema und was sollte ich überhaupt darauf antworten? »Meist hoffe ich einfach, den Tag ohne größere Katastrophen zu überstehen.« Ich lachte aufgesetzt, wollte heute keinen Seelenstriptease hinlegen.

»Verständlich. Dennoch verlangt niemand von dir, auf ewig allein zu bleiben. Maddie wird groß werden und das Haus verlassen. Was machst du dann?«

»Hoffen, dass ich nicht zu viel falsch gemacht habe.«

»Stolz auf dich sein, dass sie ein so großartiger Mensch geworden ist«, berichtigte mich Tyler.

»Danke.« Peinlich berührt trank ich mein Glas aus und schenkte mir gleich nach. »Ich ertappe mich manchmal dabei, dass ich über irgendetwas lache, und erschrecke mich dann am Geräusch«, gestand ich. »Ich habe Vivians Stimme vergessen.« Das hatte ich noch niemandem erzählt. Also doch ein Seelenstriptease.

»Das ist doch normal, Colton. Aber mach dich nicht so fertig. Du musst nicht immer den Starken spielen.«

»Das hat mir Ethan auch schon geraten.«

»Ethan?! Oh Gott, hör bloß nicht auf ihn. Ich habe keine Lust, dich mitten in der Nacht aus dem Knast zu holen, weil du Ethans Ratschläge befolgst.«

»Keine Angst, das wird nicht passieren. Aber ich schätze, ich brauche wieder eine neue Assistentin.«

»Wieso, was ist mit Rebecca? Hast du sie etwa auch vergrault?«

»Nein, aber ich möchte mit ihr zusammen sein und das kann ich nicht, wenn sie für mich arbeitet.«

»So so, hatte ich es mir doch gedacht. Wenn du willst, kann ich mich mal in der Kanzlei umhören. Tüchtige Assistentinnen können wir auch brauchen.«

»Danke, das wäre nett. Das wird das merkwürdigste Entlassungsgespräch, das ich je geführt habe.«

»Vielleicht besser erst, wenn Lauren weg ist.«

»Auf jeden Fall, sie soll sich nicht aufregen und auch niemand Neuen mehr suchen müssen.«

»Auf dich und dein neues Herzblatt.« Tyler hob feierlich sein Glas, um mit mir anzustoßen. Ich nickte ihm zu und versuchte mich zu entspannen.

KAPITEL 17

REBECCA

Auf dem Nachhauseweg holte ich beim Inder Take-away für zwei Personen. Willa war wie versprochen da, als ich die Tür aufschloss.

»Na, wie sieht's im Paradies aus?«

»Dafür, dass du Hochzeitstorten kreierst, hast du in letzter Zeit einen ganz schön sarkastischen Ton drauf. Ist irgendwas? Hat es mit Ethan zu tun?«

»Nein, ganz bestimmt nicht. Entschuldige, ich bin wohl etwas überarbeitet.«

»Da bist du nicht allein«, rutschte mir heraus, als ich meine Tüte auf dem Küchentresen abstellte.

Willa war zu mir getreten und begann die in Alufolie gewickelten Schälchen auszupacken. »Versteckt sich

Colton wieder hinter seiner Arbeit und lässt dich links liegen?«

»Er hat immer viel Arbeit, und natürlich zeigen wir niemandem öffentlich, wie wir zu einander stehen. Im Grunde haben wir auch nur eine Nacht zusammen verbracht. Da jetzt mehr hineinzuinterpretieren, wäre dumm.«

»Scheint ja in der West-Familie zu liegen«, murmelte Willa vor sich her.

»Wie meinst du das? War doch etwas mit Ethan? Habt ihr die Nacht zusammen verbracht und er hat dich dann abserviert?« Ich kam richtig in Fahrt, sodass mir Willa ihre Hand auf den Arm legte, um mich zu stoppen.

»Ach, komm schon, ich habe gar nicht erwartet, dass so ein Kerl wie Ethan etwas mehr als einen One-Night-Stand sucht. Ich bin selbst schuld, wenn ich mir jedes Mal mehr erhoffe und jedes Mal wieder auf die Nase falle.« Sie zuckte mit den Schultern, als ob es ihr nichts ausmachte. Aber ich kannte Willa, sie stürzte sich immer dann besonders in die Arbeit, wenn sie Liebeskummer hatte.

»Wieso wollte er denn dann deine Nummer? Das klingt nach etwas mehr als einem One-Night-Stand.«

»Was weiß denn ich, was Ethan wollte. Aber zurück zu Colton«, wechselte sie das Thema.

»Ich kann es nicht, ganz einfach. Ich kann nicht im Büro hocken und so tun, als ob nichts wäre. Es macht mich wahnsinnig, ihn nicht anfassen zu können, nicht ein paar persönliche Worte zu wechseln. Ich bin einfach nicht so gestrickt, dass ich meine Gefühle nach Belieben an- und abstellen kann.«

»Aber Colton kann es?«

»Und ob! Er ist nicht mehr ganz so abweisend wie am Anfang, aber ich lege jetzt alles auf die Goldwaage. Heute habe ich mir überlegt, ob er schneller als gestern an meinem Schreibtisch vorbeigelaufen ist. Das ist doch verrückt, Willa!«

»Puh, ja, aber was willst du jetzt tun?«

»Ich weiß es nicht. Wir haben nicht darüber gesprochen, was er sich vom Leben noch erhofft. Nach so kurzer Zeit hätte ich das wohl mit keinem neuen Freund getan, aber bei keinem habe ich so viel zu verlieren.«

»Und noch keiner deiner Freunde war CEO, alleinerziehend und Witwer. Aber du magst ihn, mehr als alle deine Ex-Freunde zuvor, oder?«

Und wie ich Colton mochte. Genau so wie Maddie. Sie waren mir beide in kürzester Zeit ans Herz gewachsen. Aber reichte das? Vor allem reichte es, um meinen Lebensplan ein weiteres Jahr aufzuschieben, um herauszufinden, ob das mit Colton und mir etwas Ernstes sein könnte? Ich fand keine rasche Antwort.

»Ich soll dir von Lauren ausrichten, dass sie von der

Hochzeitstorte ganz begeistert ist«, wechselte ich das Thema.

»Sie hat mich bereits angerufen und meinte, wenn sie noch einmal heiraten würde, würde sie mich engagieren.«

»Nimm das doch als Testimonial.«

»Ja, das könnte ich.«

»Ich könnte mich nochmals um deine Homepage kümmern. Du hast sicher in den letzten Monaten wieder eine Menge Bildmaterial gesammelt und mit Laurens Aussage ergänze ich dir die Rubrik *Kundenstimmen*.«

»Warum nicht. Wenn du Zeit dafür hast.«

»Noch habe ich Zeit. In einer Woche, wenn Lauren weg ist, wirst du mich gar nicht mehr zu Gesicht bekommen, weil ich dann im Büro übernachten muss, um alles für Colton zu erledigen.« Es hätte ein Scherz sein sollen und doch war ich sicher, dass in dem Moment nicht nur mir wieder sehr bewusst wurde, wie unterschiedlich seine und meine Welt waren. War das vielleicht auch Willas Problem mit Ethan? Warum sie ihm ihre Nummer nicht geben wollte?

»Lass uns essen. Danke fürs Mitbringen.« Willa holte Teller und deckte den Tisch.

. . .

Die Nachricht aus Miami lag fünf Tage später, wenige Stunden vor Laurens Verabschiedung, in meiner Mailbox.

»Sehr geehrte Miss Gibson,

gerne laden wir Sie zu einem Kennenlerngespräch ein …«

»Darauf müssen wir anstoßen«, beschloss Willa, als wir uns zu Hause für das große Fest umzogen, und holte bereits eine Sektflasche aus dem Kühlschrank.

»Wann hast du denn die gekauft?«

»Ich bin gerne vorbereitet.« Sie lachte, was ihre Locken tanzen ließ. Im Gegensatz zu mir war sie fast fertig angezogen. Ich liebte das enganliegende dunkelblaue Kleid, das ihre Augen noch mehr zum Strahlen brachte. Ich hingegen hatte mich immer noch nicht entschieden, ob ich das dunkelrote mit ausgestelltem, knielangem Rock oder doch das kleine Schwarze anziehen sollte. Heute würde ich die gesamte Familie von Colton kennenlernen, ich wollte einen guten Eindruck hinterlassen.

»Hier, du solltest etwas trinken. So nervös wie jetzt kenne ich dich gar nicht.« Willa stand auf einmal vor mir und reichte mir ein Glas. Ich hatte nicht einmal bemerkt, wie sie die Flasche geöffnet und uns eingeschenkt hatte.

»Seine Familie wird da sein. Alle! Auch seine Mom und sein Dad.«

»Und ich dachte, die Aussicht auf einen Doktoratsplatz macht dich so hibbelig.« Willa hob feierlich ihr Glas. Obwohl sie wusste, dass ich wegen Colton so nervös war, lenkte sie mit ihrer Bemerkung meinen Fokus zurück auf meinen Lebenstraum.

»Wow, das ist DER Moment, oder? Jetzt kommt alles ins Rollen.«

»Es ist der Moment, auf den du dein Leben lang hingearbeitet hast. Und du bist bereit, Süße. Du bist sowas von bereit!«

Unsere Gläser klirrten, wir tranken beide einen großen Schluck. Meine Nerven flatterten immer noch, aber Willa hatte recht. Jetzt ging es also los. Wenn bei dem Gespräch alles gut ginge, könnte ich bereits nächstes Semester mein Doktorat beginnen. Mein Erspartes hatte ich dank Willa kaum anrühren müssen. Dazu das großzügige Gehalt bei *Texas West Oil* und ich hätte die Studiengebühren für das erste Jahr sicher. Wenn ich noch dazu eine günstige Bleibe finden könnte, müsste ich mit einem Nebenjob auskommen. Auf jeden Fall würde ich mich als freischaffende Texterin bewerben.

»Nicht, dass ich dich gerne gehen lasse, Süße.« Plötzlich fand ich mich in einer Umarmung mit Willa wieder.

»Es fällt mir auch nicht leicht.«

»Und du musst mit Colton reden, das ist dir klar, oder?«

»Natürlich.« Ich seufzte schwer, denn es bedeutete, dass ich beenden müsste, was kaum angefangen hatte. Denn, dass wir so etwas wie eine Fernbeziehung führen könnten, glaubte ich nicht. Nicht nur waren unsere Leben komplett unterschiedlich, ich stand auch an einem ganz anderen Ort als er. Was Karriere und Familie betraf. »Ich rede am Wochenende in Ruhe mit ihm. Denn jetzt ist …«

»Partytime!«, beendete Willa meinen Satz, drehte sich dabei im Kreis und schüttete fast ihren Sekt über ihr Kleid. Und wie ich die verrückte Nudel vermissen würde.

COLTON

Ich stand vor unserer Eingangstür und wartete mit Maddie, dass die Limousine, die gerade die Auffahrt hochkam, hielt. Maddie hielt ein Plakat in ihren Händen, auf dem *Nancy, willkommen zurück* draufstand. Ich hatte mir sogar überlegt, das Haus festlich zu schmücken, einfach, weil ich so verdammt erleichtert war, dass meine Nanny zurückkam. Da sie ein solches

Verhalten von mir jedoch nicht kannte, hatte ich es bleiben lassen.

Als der Wagen hielt, die Tür aufging, und Nancy ausstieg, sah ich jedoch auch gleich in ihrem Gesicht, dass es sie erstaunte und gleichermaßen rührte, dass wir auf sie warteten.

»Nancy!«, rief Maddie, riss sich los und lief auf ihre Nanny zu, um sich an sie zu klammern. Diese bückte sich, um Maddie sanft über den Kopf zu streichen. Nancy war befangen, ging mir durch den Kopf. Lag das an mir? Natürlich, an wem sonst. Ich hob das Plakat auf, das Maddie achtlos zu Boden geworfen hatte, und ging damit auf die beiden zu. »Nancy, willkommen zurück. Ich hoffe, Ihr Flug war angenehm. Wie geht es Ihrer Mutter?«

»Mister West. Ja, vielen Dank. Es war sehr nett, dass Sie mir die erste Klasse spendiert haben. Also, ich hatte es nicht erwartet. Auch nicht diesen Empfang. Meiner Mutter geht es schon viel besser, danke der Nachfrage.«

»Sehr schön.«

»Kommst du mit spielen? Molly und Claire haben das Puppenhaus festlich geschmückt. Und dann spielen wir Fußball. Becca hat mir alles beigebracht und ich bin richtig gut.«

»Schätzchen, lass Nancy doch erst einmal auspacken.«

»Aber nein, das passt schon. Komm, Maddie, gehen

wir Tee trinken. Ich bin schon sehr gespannt, was Molly und Claire mir zu erzählen haben. Und wer ist Becca? Sie kann also Fußballspielen?«

»Becca ist Daddys Freundin! Sie ist so toll! Sie war mit uns im Zoo und dann hat sie Kekse gebacken und sie mag Elsa. Sie kann voll gut zeichnen. Spielen wir Friseurladen, ich will Zöpfe haben. Daddy kann es schon viel besser, aber heute wollte er nicht.«

Bevor Nancy ins Haus trat, drehte sie sich zu mir um und warf mir einen Blick zu. Sie lächelte mich an und ich lächelte zurück. Etwas, was wir wohl noch nie getan hatten, denn ich konnte mich nicht daran erinnern.

Kurz darauf verschwanden sie im Haus. Das chaotische Zwischenspiel hatte ein Ende. Die Erleichterung darüber, dass jetzt wieder alles in geordneten Bahnen verlaufen würde, war greifbar. Dennoch war mir sehr schnell klar, dass ich mein altes Leben gar nicht mehr zurück wollte. *Becca ist Daddys Freundin.* Dieser Satz hörte sich verdammt gut an, noch besser, weil ich genau das wollte und meine Tochter es jetzt schon so sah.

KAPITEL 18

REBECCA

Eine Stunde später kamen wir bei Laurens Feier an. Sie hatte den Festsaal eines Luxushotels gebucht und nahezu zweihundert Gäste eingeladen. »Ich beende eine beispiellose Karriere, das will ich ordentlich feiern«, hatte sie mir gesagt und dabei gleichzeitig gelacht und geweint und sich auch gleich entschuldigt, dass sie keine Zeit haben würde, lange mit mir zu reden.

Das konnte ich am Abend hautnah miterleben. Lauren wurde wie ein Star gefeiert. Sie strahlte so sehr, dass wir die Beleuchtung hätten ausschalten können. Wie sehr sie auch von der West-Familie geschätzt wurde, konnte ich jetzt mit eigenen Augen sehen. Es waren wirklich alle gekommen, das schloss auch

Coltons Eltern mit ein. Ich kannte sie nur aus der Zeitung. Dass Coltons Vater der Patriarch der Familie war, sah man ihm sofort an. Er war fast so groß wie seine Söhne, verfügte über eine sonore Stimme, die die Menschen anlockte und an seinen Worten lauschen ließ.

Ich hörte ihn reden, verstand aber nicht, was er sagte. Doch das machte nichts, so wie er Lauren immer wieder berührte, war es ein Lobgesang auf die letzten fünfunddreißig Jahre. Es war schön zu sehen, wie sehr sie es genoss. Ihr Sohn stand stolz daneben, er wirkte nett, aber mehr als ein paar Worte hatten wir bis jetzt nicht gewechselt. Vielleicht weil er kaum von der Seite seiner Mutter wich.

»Sie leben in einer ganz anderen Welt als wir«, bemerkte Willa, die sich neben mich gesellt hatte. Genau wie ich nippte sie an einem Cosmopolitan.

Willa hatte recht, die Wests verkehrten in Kreisen, in die ich ganz bestimmt nicht gehörte. »Dein Bruder würde hier reinpassen«, sagte ich.

»Maxwell? Weil er jetzt das nötige Kleingeld besitzt? Das täuscht. Er ist derselbe Nerd geblieben, den du kanntest.«

»Immerhin hat er es aufs *Forbes Magazine* geschafft.«

»Ins *Forbes Magazine,* das ist nicht dasselbe. Hat dich Colton bereits vorgestellt?«

»Nein, ich denke auch nicht, dass er das tun wird. Höchstens als seine Assistentin.«

»Und warum hast du dir dann solch einen Kopf gemacht? Du hast mehr erwartet, stimmt's?«

»Vielleicht. Aber im Grunde ist es besser so, ich bin ja bald weg.« Nicht mal ich selbst glaubte mir. Ich war wirklich komplett durch den Wind, wenn ich mir wünschte, als Coltons Freundin hier zu sein, und gleichzeitig Bewerbungsgespräche vorbereitete. Was stimmte bloß nicht mit mir?

»Ach, sieh an. Rebecca und ihre kleine Freundin. Beehrst du uns mit deiner Anwesenheit?« Ethan war von hinten zu uns getreten, spie den letzten Satz praktisch vor Willas Füße.

Diese drehte sich halb zu ihm um, und bedachte ihn nur mit einer hochgezogenen Braue.

»Was ist? Gefällt dir die Party etwa nicht?« Er war ganz klar betrunken.

»Die Party war bis jetzt toll«, bemerkte Willa und drehte sich dabei wieder zurück. So leicht würde sie Ethan nicht loswerden. Aber wollte er wirklich hier eine Szene machen? Offenbar schon, denn er baute sich jetzt vor Willa auf und musterte sie durchdringlich. Willa hielt seinen Blick, sie war gut in solchen Sachen, aber dann sah ich, wie sich Ethans Blick veränderte – liebevoll wirkte.

»Ich geh mir die Nase pudern, bin gleich zurück«, hörte ich Willa sagen und schon war sie weg.

Ethan sah ihr durch zusammengekniffenen Augen

hinterher, bevor er sein Glas auf ex austrank und Willa hinterherstürmte. Sollte ich ihnen nachgehen? Bevor ich es mir überlegte, sah ich Noah in dieselbe Richtung davongehen. Der würde mit Ethan schon klarkommen.

Aber ich sollte hier auch nicht wie bestellt und nicht abgeholt herumstehen. Ob ich doch Willa hinterher sollte? Oder zu Colton? Oder mich zu Lauren gesellen? Ich konnte mich nicht entscheiden und so nippte ich weiter an meinem Glas.

»Wie lange bleiben wir noch?« Willa war schon zurück? Ihre Wangen waren gerötet, ansonsten deutete nichts auf einen Streit oder eine heiße Versöhnung in den Waschräumen hin.

»Wenigstens bis deine Torte angeschnitten wird. Die Häppchen sind auch nicht schlecht.«

»Oder wir könnten Tapas essen fahren. Ein paar Margheritas trinken. Und morgen backe ich dir zum Frühstück ein paar Muffins. Wie klingt das?«

»Um ehrlich zu sein, klingt es sehr gut. Gib mir fünf Minuten, dann bin ich bereit.«

»Ich warte draußen.«

Auf dem Weg zu den Waschräumen stellte ich mein halbvolles Glas an der Bar ab. Ich hatte kein Bedürfnis, meinen Cocktail auszutrinken, wenn der beste Mexikaner der Stadt meinen Namen rief. Ob ich mich von Colton kurz verabschieden sollte? Vorhin war er genauso von Menschen umringt gewesen wie sein Dad, auch wenn sie an verschiedenen Enden des Raumes standen. Ich wusste nicht, wie ihr Verhältnis zueinander war. Besser ich platzte nicht in seine Gespräche, richtig verabschieden konnte ich mich sowieso nicht, ohne dass ich uns outen würde. Ich zog meinen Lippenstift nach, der Rest passte. Also dann, ich sollte Willa nicht länger warten lassen. Als ich aus dem Hotel trat, sah ich jedoch als erstes Coltons Dad. Er rauchte in Seelenruhe eine Zigarre, obwohl ich mir sicher war, dass es dafür extra einen Bereich gab und der sich sicher nicht vor einem Luxushotel befand.

Vielleicht war Willa ungeduldig geworden und zurück ins Innere gegangen. Ich zückte mein Handy, um sie anzurufen, und war bereits wieder auf dem Weg in die Lobby, als ich die dunkle Stimme hinter mir hörte.

»Sie sind die neue Assistentin meines Sohnes, nicht wahr.«

Es war keine Frage, sondern eine Feststellung. Augenblicklich fragte ich mich, was er sonst noch alles von mir wusste. Ich drehte mich zurück und begegnete dem kühlen Blick von John West.

»Genau. Rebecca Gibson, sehr erfreut, Sie kennenzulernen.«

Er paffte weiter, musterte mich von oben herab.

»Wenn Sie mich entschuldigen würden, ich ...«

»Es haben schon ganz andere versucht, sich ein Stück vom Kuchen zu sichern. Manche waren erfolgreich, andere nicht. Aber alle hatten mehr zu bieten als Sie. Ein guter Rat: Sie sind noch jung, verschwenden Sie nicht Ihre Zeit, indem Sie die falschen Ziele verfolgen.« Er drehte sich um, sodass ich seinen breiten Rücken anstarrte. Das Gespräch war beendet. Was für ein Arsch!

»Ach, da bist du. Los, lass uns gehen.« Willa hakte sich bei mir unter und wir liefen direkt zum Taxistand. Währenddessen spürte ich den bohrenden Blick von John West im Rücken. Ich konnte es kaum erwarten, ins Taxi zu steigen und unseren feuchtfröhlichen Abend zu starten. Tequila eignete sich wunderbar dazu, alles zu vergessen.

Wir fuhren zum ältesten mexikanischen Restaurant der Stadt. Es stammte aus dem Jahr 1932. Viel beeindruckender war jedoch das leckere Essen. Ich bestellte als erstes zwei Margheritas und dazu Nachos, damit wir nicht gleich nach dem ersten Glas von den Stühlen kippen würden.

»Auf uns!«, rief Willa, kaum waren unsere Getränke und das Essen serviert. »Die Männer können uns gestohlen bleiben.« Auf jeden Fall John West. Es brannte mir unter den Nägeln, von meinem Gespräch mit Coltons Dad zu berichten und meinen Ärger rauszulassen. Aber ich wollte mir nicht den Abend von so einem Idioten verderben lassen und wenn ich ihm noch mehr Aufmerksamkeit schenkte, dann würde ich genau das tun. Also schluckte ich meine Wut hinunter.

»Und nein, ich will jetzt nicht über Ethan reden.«

»Gut, worüber willst du denn reden?«

»Ich werde dich vermissen, Süße, du bist meine beste Freundin.«

Und Willa war wohl auch schon etwas betrunkener, als ich dachte, wenn sie so rührselig wurde.

»Du bist auch meine beste Freundin, Willa. Ohne dich … Ich weiß gar nicht, was aus mir geworden wäre. Du warst immer für mich da, jetzt auch wieder nach dem Mist mit der Uni …«

»Kein Gedanke an diesen Professorenarsch! Auf uns!«

»Auf uns!« Willa war zu ulkig, wenn sie betrunken war. Ich schob ihr die Nachos hin und nahm ihr das Glas aus der Hand. Eine Pause wäre nicht verkehrt.

»Was ist eigentlich aus deinem Buch geworden?«

»Ich mache eine kreative Pause.«

»Du bist seit der Highschool dran. Du hast doch bestimmt schon tausende Rezepte gesammelt. Ich wollte dich schon lange drauf ansprechen, es aber immer wieder vergessen.«

»Wenn du bleibst, könnten wir es zusammen schreiben.« Sie wedelte sich über das Gesicht, aber ich sah bereits ihre glasigen Augen.

»Ach, Schatz, was ist denn los?« Ich nahm sie in den Arm.

»Keine Ahnung, meine Emotionen tanzen offenbar gerade Rumba. Wird schon wieder«, hörte ich sie sagen.

Ich ließ sie los, um ihr besser in die Augen sehen zu können. Sie hatte sich verliebt.

»Love is a bitch. Trinken wir darauf«, meinte sie spöttisch.

»Nimm lieber einen Nacho.«

»Ja, Mommy. Miami klingt übrigens sehr gut, besser als Upstate New York. Ich werde dich öfter besuchen kommen.«

»Und dann arbeiten wir an deinem Backbuch. Ich organisiere eine Fotografin, das wird ein Spaß.«

»So machen wir es.«

Ob wir überhaupt Zeit dafür haben würden, stand in den Sternen. Aber es tat gut, mit Willa diese Projekte zu planen. Es lenkte uns gleichermaßen von unserem verkorksten Liebesleben ab.

»Sag mal, willst du nicht rangehen?«

Mein Handy vibrierte schon länger, ich hatte es ignoriert. Jetzt zog ich es hervor und sah drei verpasste Anrufe von Colton.

– Wo bist du? –, hatte er geschrieben.

Ich legte es umgedreht auf den Tisch. »Colton will wissen, wo ich bin.«

»Aber du willst es ihm nicht sagen? Hast du ihm denn schon von Miami erzählt?«

»Nein. Ich wollte es am Wochenende machen, aber im Grunde gibt es nichts zu erzählen, es ist nur ein Bewerbungsgespräch. Solange ich die Stelle nicht habe, muss ich nicht kündigen.« Dann dämmerte mir, dass ich besser klärte, ob Colton morgen meine Dienste benötigte, bevor ich meinen feuchtfröhlichen Abend startete. »Ich rufe ihn besser kurz zurück. Bin gleich wieder da.«

»Mach das.« Willa nippte wieder an ihrem Glas und wippte jetzt zur Gitarrenmusik im Hintergrund.

Ich trat aus dem Lokal, damit ich etwas Ruhe hatte. Colton ging nach dem ersten Klingeln ran. »Hey, entschuldige, ich habe dich nicht gleich gehört. Was gibt's?« Wow, ich klang ja sogar noch höflich. Dabei kam die Wut von vorhin mit voller Wucht zurück. Völlig unbegründet, denn sein Vater war der Arsch und nicht Colton. Nur konnte ich das im Moment nicht trennen und so bekam Colton meine Verärgerung ab.

»Wo bist du?«

»Ich bin gegangen, warum?« Dass er noch bei der Feier war, hörte ich deutlich. Das hämische Grinsen seines Dads trat wieder vor mein geistiges Auge, mit meiner Höflichkeit war es definitiv vorbei.

»Du bist gegangen? Warum hast du nichts gesagt?«

»Entschuldige, ich wusste nicht, dass ich mich abmelden müsste«, antwortete ich schnippisch.

»Bist du betrunken?«

»Wie bitte? Brauchst du mich noch, oder kann ich meinen Feierabend genießen?«

»Ich weiß nicht, was los ist, aber du verhältst dich ganz schön kindisch.«

Ich biss mir auf die Zunge, um nichts darauf zu antworten, er war immer noch mein Boss. »Bis Montag. Schönen Abend noch.« Ich legte auf und schaltete das Telefon aus. Er brauchte meine Dienste nicht. Und ich hatte heute sehr deutlich gesehen, wo mein Platz war. Ganz bestimmt nicht an der Seite von Colton.

Als ich zurück zu unserem Tisch ging, hatte Willa bereits für Nachschub gesorgt. Wer brauchte die Männer, wenn eine beste Freundin immer wusste, was einem guttat?

KAPITEL 19

COLTON

»Was machst du hier?«

»Telefonieren, siehst du doch.« Ich drückte mich an Ethan vorbei. Auf seine blöden Sprüche konnte ich verzichten. Mein Plan, den heutigen Abend mit Rebecca zu verbringen und mit ihr über uns zu reden, hatte sich gerade in Luft aufgelöst. Auf der Feier zu bleiben, kam jedoch auch nicht in Frage. Verdammt, da stimmte doch etwas nicht. Oder hatte ich mich wirklich in Rebecca so getäuscht und sie zeigte mir jetzt ihr wahres Gesicht?

Ich tat das, was ich immer tat, wenn ich nicht weiterwusste, ich suchte Tyler. Nur der stand gerade mit Isabella und Jayden zusammen und sie schienen sich sehr angeregt zu unterhalten. Ich spürte einen Arm, der sich von hinten um mich legte, und roch im nächsten Moment den Alkohol. »Komm schon, sie haben uns doch beide verarscht. Halbes Leid ist geteiltes Leid, oder so.«

»Lass mich los, Ethan. Außerdem weiß ich nicht, was du meinst.«

»Rebecca und ihre kleine Freundin. Halten sich für etwas Besseres.«

Ethan hielt sich normalerweise für das Gottesgeschenk an die Frauen. »Hat sie dir einen Korb gegeben und dein hochhausgroßes Ego verträgt es nicht?«

Er richtete sich zu seiner vollen Größe auf, versuchte mich zu fokussieren und schwankte dann doch wieder bedenklich. »Sie hat keine Ahnung, was ihr entgeht. Aber sie wird es noch bereuen, sag ich dir. Ich werde es ihr schon zeigen.«

»Komm, ich bring dich nach Hause. Warte hier, ich bin gleich zurück.« Vom Buffet holte ich ein Stück Torte und ließ es mir einpacken.

Ethan schien sich kaum bewegt zu haben. »Was ist das?«, fragte er skeptisch.

»Im Gegensatz zu dir gebe ich nicht so rasch auf. Kennst du nicht den Spruch, Liebe geht durch den Magen?«

»In diesem Fall passt wohl eher: Kenne deinen Feind.«

»Und kenne dich selbst. Aber besser wir verschieben die Diskussion auf morgen. Lass uns gehen.«

Da Nancy zurück war und sie mich nicht vor morgen früh erwartete, konnte ich genauso gut bei Ethan abhängen und meine Wunden lecken. Vielleicht würde ich mit seiner Hilfe ja auch herausfinden, was ich übersah.

Am nächsten Tag war ich verkatert, aber kaum schlauer. Das wenige, das Rebecca und ihre Freundin im Club Noah und Ethan erzählt hatten, wusste ich bereits. Dass Ethans Mission ganz klar gewesen war, diese Willa abzuschleppen, ebenfalls. Was jedoch genau passiert war, hatte er mir nicht erzählt. War mir auch ganz recht.

Jetzt hatte ich mehrere Möglichkeiten: Ich könnte bei Rebecca zu Hause auftauchen und darauf bestehen, dass sie mit mir sprach. Ich könnte Maddie mitnehmen, um mehr Druck auszuüben. Ich konnte bis Montag warten. Varianten zwei und drei verwarf ich gleich wieder. Also bei ihr aufkreuzen und um ein Gespräch bitten.

Zuerst sollte ich aber nach Hause, duschen, mich umziehen und Zeit mit Maddie verbringen. Auf dem Weg überlegte ich mir, Rebecca zum Abendessen einzuladen, aber auch das passte mir nicht. Oder ich versuchte, Willa für mich zu gewinnen? Ich war wohl doch noch betrunken. Und was Ethan zu diesem Plan sagen würde, konnte ich mir auch ausrechnen.

In meinem Gefühlschaos rief mich mein Vater an.

»Dad, was gibt's?«

»Das wollte ich dich auch schon fragen. Du fickst deine Assistentin? Ich bitte dich, mach es wenigstens subtiler oder willst du mit deinen Eskapaden noch die Aktionäre verärgern? Ich dachte, wenigstens *du* hättest dich im Griff.«

Obwohl mir das Blut in den Adern gefror, ließ ich mir nichts anmerken. »Ich weiß nicht, wovon du sprichst«, antwortete ich kühl.

»So? Deine kleine Freundin hat mich sofort verstanden.«

»Was hast du zu Miss Gibson gesagt?«

Er lachte hämisch. »Miss Gibson. Mach dich nicht noch mehr zum Gespött, ich will nicht bereuen, dich zum CEO gemacht zu haben.«

Er hatte aufgelegt. Jetzt verstand ich jedoch Rebeccas Verhalten gestern besser. Nur, warum sie damit nicht zu mir gekommen war, verstand ich nicht.

KAPITEL 20

REBECCA

Ich bekam noch von zwei weiteren Universitäten eine Einladung zum Bewerbungsgespräch. Eine davon war Berkeley in Kalifornien, die andere in Knoxville, Tennessee. Hier war die Studiengebühr am höchsten, aber ich könnte meinen Doktortitel bereits in drei Jahren in der Tasche haben. Miami war zehn Prozent billiger, würde mich aber fünf Jahre kosten, Berkeley sogar sieben, bei nur einem Drittel der Jahresgebühr. So oder so müsste ich nebenher arbeiten.

»Ich sollte so offen wie möglich die Bewerbungsgespräche bestreiten. Besser ich fixiere mich nicht auf eine Doktoratsstelle, vielleicht bekomme ich auch keine.«

»Natürlich werden sie dich nehmen. Davon hast du geträumt, seit ich denken kann.«

»Ja, das stimmt.« Nur war das leider keine Garantie. Dennoch war ich meinem Ziel schon so nah gekommen. Und aufgeben war sowieso keine Option, egal, wie schwer es mir fallen würde, San Antonio wieder zu verlassen. Dass ich damit nicht nur Willa, sondern auch Colton meinte, brauchte mir niemand zu buchstabieren. »Was ist jetzt mit den Muffins, die du mir gestern versprochen hast? Ich mache den Kaffee dazu.«

»Kommen sofort. Und warum setzen wir uns dann nicht mal an mein Backbuch? Was meinst du? Hättest du Lust?«

»Natürlich! Und wie. Wollen wir rüber in den Park und picknicken?«

»Perfekt.«

Als wir am Abend zurück zur Wohnung gingen, war Willas Skizzenblock vollgekritzelt. Ich hatte mir unzählige Textideen aufgeschrieben, die ich aber zuerst auf ihrer Webseite und den sozialen Medien testen wollte, bevor wir uns für eine Handvoll entschieden. Und natürlich würde Willa ihre Kunden um ein Testimonial bitten.

Coltons Auto sah ich sofort vor unserem Wohnhaus stehen.

Auch er hatte uns entdeckt, stieg aus, verriegelte den Wagen und kam uns entgegen. Er wirkte sehr entschlossen. Automatisch straffte ich meinen Rücken und versuchte gleichzeitig, mein hämmerndes Herz in den Griff zu bekommen.

»Hi.«

»Colton, was machst du hier? Willa, das ist Colton. Colton, Willa.«

»Wir haben uns gestern flüchtig gesehen«, bemerkte Willa.

Davon hatte ich gar nichts mitbekommen.

»Kann ich dich sprechen? Allein?«

Willa sah mich abwartend an.

»Geh schon mal hoch, ich komme gleich nach«, sagte ich.

»Soll ich deine Sachen mitnehmen?«

»Danke.«

Ich sah ihr nach, bevor ich meine Aufmerksamkeit zurück auf Colton lenkte. Gut, dass wir mit etwas größerem Abstand zueinander standen, so konnte mir sein Duft nicht bereits die Sinne vernebeln. Colton hatte jedoch andere Pläne, denn bevor ich auch nur zu Wort kam, trat er dicht vor mich und überraschte mich mit: »Vergiss, was mein Vater gesagt hat. Er will dich manipulieren. Es ist seine Spezialität und er ist ein Meister darin.«

»Er hat nichts dergleichen versucht.«

»Nicht?«

»Nein, er hat mir ins Gesicht gesagt, dass ich ein Flittchen wäre und mir besser jemanden suchen soll, der zu meinem niedrigen Niveau passt.« Es waren nicht seine genauen Worte gewesen, aber eben so verletzend. Ich trat einen Schritt zurück, überkreuzte meine Arme. Ich brauchte Abstand. Coltons Miene versteinerte sich, seine Hände ballten sich zu Fäusten.

»Es tut mir leid. Ich gehe ihm bestmöglich aus dem Weg, nur heißt das leider nicht, dass es nicht zu solchen unschönen Episoden kommt. Tja, wenigstens können wir uns unsere Freunde aussuchen, wenn schon nicht unsere Familie.« Colton schüttelte den Kopf, atmete tief durch und sah dabei zu Boden. Dann schien ein Ruck durch ihn hindurchzugehen, denn auf einmal wurde sein Gesichtsausdruck ganz weich. Er kam mit einem liebevollen Lächeln wieder näher, ergriff meine Hand und sah mir dabei tief in die Augen.

»Ich will, dass du weißt, dass nichts, was mein Vater sagen könnte, irgendeinen Einfluss auf mich hat. Diese Zeiten sind längst vorbei.«

Ich wollte erklären, dass so ein mächtiger Mann wie John West immer Einfluss ausüben würde und einem das Leben sehr schwermachen könnte. Aber sobald ich meinen Mund öffnete, legte Colton einen Finger darauf. Er sah einen Moment aus, als ob er mich küssen wollte, nahm dann seinen Finger weg und strich stattdessen sanft über meine Unterlippe und weiter zu meiner Wange. In seinen blauen Augen lag ein Versprechen, das mich nervös werden ließ.

»Zum ersten Mal seit einer sehr langen Zeit, habe ich das Gefühl, nicht nur einfach zu funktionieren. Du berührst etwas tief in mir, von dem ich glaubte, dass es längst tot wäre. Ich will das nicht mehr aufgeben. Ich will dich nicht aufgeben. Mir ist bewusst, dass wir uns kaum kennen, aber ich will das ändern.«

»Ich weiß nicht, was ich sagen soll. Ich meine, ich mag dich auch, Colton, sehr sogar, nur ich bin nicht für eine Affäre gemacht. So stelle ich mir mein Leben einfach nicht vor.«

»Keine Affäre. Ich will dich in meinem Leben, richtig und nicht nur für ein paar wenige Stunden. Ich will, dass wir uns eine echte Chance geben.« Er überbrückte die letzten Zentimeter, die uns noch trennten, und küsste mich sanft. Ich spürte seine Zuneigung in jeder Faser meines Körpers. Es wäre so leicht nachzugeben, ihm zu sagen, dass ich es auch wollte. Er löste sich ein wenig von mir.

»Ich will dich an meiner Seite, ganz offiziell. Was natürlich bedeutet, dass du nicht als meine Assistentin arbeitest. Wenn es nach mir ginge, müsstest du überhaupt nicht arbeiten, nur verstehe ich, wenn du deine Unabhängigkeit nicht aufgeben willst. Ich habe bereits mit Tyler gesprochen. Sie können immer tüchtige Leute in seiner Kanzlei gebrauchen.«

»Moment, stopp. Das geht mir jetzt zu schnell.« Ich trat nochmals einen Schritt zurück, sodass mich Colton loslassen musste. »Du hast mit Tyler über uns gesprochen? Wann? Und wieso denkst du, ich will für ihn arbeiten? Und überhaupt, was wäre an der Situation besser, als für dich zu arbeiten? Außerdem hättest du mir dann noch den Job verschafft. Da käme ich vom Regen in die Traufe.«

»Dann finden wir eine andere Lösung.«

Er hatte doch schon alles ohne mich beschlossen. So ging das nicht, mir wurde alles zu viel.

»Du kennst mich doch gar nicht, Colton. Was dir vorschwebt, hat nicht nur auf mich, sondern auch auf deine Tochter Auswirkungen. Es ist einfach zu früh, als deine feste Freundin aufzutreten. Dafür sind meine Gefühle nicht tief genug. Das muss sich entwickeln, verstehst du?«

Dass er nicht verstand, sah ich ihm an. Oder er war in seinem Stolz verletzt, dass ich ihn abwies.

»Und wie soll es dann deiner Meinung nach funktionieren? Du arbeitest weiterhin für mich und wir treffen uns mal zum Kaffee oder am Abend für ein paar Stunden? Das reicht mir nicht.«

»Ich weiß es nicht, ich war noch nie in solch einer Situation.«

»Vielleicht denkst du einfach mal über mein Angebot nach.« Er nickte mir zu, drehte sich auf dem Absatz um und ging zu seinem Auto. Ich wartete, bis er losgefahren war, ehe ich die Stufen zu Willas Wohnung erklomm.

Ich war komplett durcheinander: Mein Kopf versuchte alles zu ordnen, mein Herz wollte zu Colton, und mein Bauch sagte mir, dass sich im Moment alles falsch anfühlte.

Willa stand in der Küche. Ich schloss die Haustür und gesellte mich zu ihr.

»Was wollte Colton?«

»Er will mit mir zusammen sein, ganz offiziell. Hat sich schon um eine neue Stelle für mich bei seinem Anwalt gekümmert.«

»Er hat was? Und was hast du gesagt? Hast du ihm von deinen Bewerbungsgesprächen erzählt?«

»Nein, habe ich nicht. Er war auch so nicht sehr begeistert, dass ich ihm nicht gleich um den Hals gefallen bin. Ich denke, er hat nicht verstanden, dass es keinen Unterschied macht, ob ich für ihn oder seinen Freund arbeite. Ich werde immer diejenige sein, die sich hochgeschlafen hat.«

»Tja, das kannst du nicht mehr ändern. Denn dafür ist es zu spät.«

Ich vergrub mein Gesicht in meinen Händen und stöhnte. »Ich bin so dumm.«

»Hey, so habe ich das nicht gemeint.«

»Also sollte ich von mir aus gehen und die Zeit hier abhaken?«

»Wenn du das willst und kannst. Aber offenbar hegt er Gefühle für dich, sonst hätte er sich nicht so viele

Gedanken gemacht. Und das ist schon mal sehr außergewöhnlich. Ich kann mich nicht daran erinnern, dass er nach dem Tod seiner Frau jemals ernsthaft eine neue Beziehung in Betracht gezogen hat. Jedenfalls ist nichts davon in der Presse aufgetaucht.«

»Wir haben uns nicht einmal gestanden, dass wir ineinander verliebt wären. Und jeder redet schon von Beziehung. Das ist doch verrückt!«

»Bist du denn in ihn verliebt?«

»Nein, so schnell geht das doch nicht.«

»Es geht mitunter sehr schnell, Rebecca.«

Bei mir aber nicht. »Ich geh mich auf meine Bewerbungsgespräche vorbereiten.«

»Ich kümmere mich um das Abendessen.«

»Danke, ich wasche nachher ab.«

Hauptsache, ich könnte ein paar Minuten das Gefühlschaos vergessen, in dem ich mich befand.

Ich hatte alle Bewerbungsgespräche für die Abende ausmachen können, was mir sehr recht war. Den Anfang machte Miami. Der Schwerpunkt lag auf literarischen, kulturellen und sprachlichen Studien und sollte den Weg für eine akademische Karriere ebnen. Eigentlich nichts, was ich in Betracht zog, auch weil ich schon zu lange außerhalb einer Universität gearbeitet hatte. Aber das sollte kein Hindernis sein, denn der Rest passte meiner Meinung nach, und darum war Miami auch mein Favorit.

Die Videokonferenz startete pünktlich, ich hatte alle meine Fragen aufgeschrieben. Das Gespräch wurde von einem zukünftigen Kollegen geführt. David Gomez war sehr offen, plauderte ein bisschen aus dem Nähkästchen und lud mich auch gleich ein, mir den Campus anzusehen.

»Vielleicht mache ich das sogar.«

»Das wäre toll. Gib mir auf jeden Fall Bescheid, ich kann dich rumführen. Deine Bewerbung muss bis April eintreffen. Ich denke, du passt wunderbar ins Team.«

»Danke, das ist nett.«

Wir verabschiedeten uns. Das war schon mal nicht schlecht gewesen.

Die nächste Universität, die ich ausgesucht hatte, lag in Knoxville, Tennessee. Hier lag der Schwerpunkt auf Kinder- und Jugendliteratur. Auch das Gespräch war gut, aber der Funke sprang nicht über. Hier hätte ich nur noch eine Woche Zeit mich zu bewerben, ich strich die Uni jedoch mental bereits von meiner Liste.

Berkeley hingegen war das komplette Gegenteil und ich war mehr als positiv überrascht.

»Wir sind hier wie eine große Familie. Du kannst auf dem Campus wohnen oder außerhalb. Viele mieten sich auch Studioapartments. Dadurch, dass die Studiengebühren erschwinglich sind, bleibt genügend Geld übrig, um ein angenehmes Leben zu führen. Wir treffen uns auch regelmäßig mit den Studenten für Spanische Literatur und Kulturen. Wenn du es gesellig magst, bist du hier genau richtig«, erklärte mir Jackson. Er war Assistenzprofessor und sah mit seiner dunkel umrandeten Brille, dem Lockenkopf und dem verschmitzten Lächeln nach einem Typen aus, mit dem man ernsthaft debattieren und gleichzeitig ziemlich viel Spaß haben konnte.

»Klingt toll. Der ›lebendige Ort für die Erforschung von Literaturen und Kulturen‹ ist also nicht nur ein Werbespruch?«

»Nein, obwohl ich nicht sicher bin, was zuerst da war, die Beschreibung oder der bunte Haufen Kommilitonen.«

»Danke für deine Ausführungen.«

»Ich hoffe, ich habe dich nicht zu lange aufgehalten. Wir haben etwas überzogen.«

»Nein, wenn dann muss ich mich entschuldigen. Danke nochmals.«

»Komm doch am Samstag rauf und schau dich um. Ich kann dir alles zeigen und dich ein paar Leuten vorstellen.«

»Diesen Samstag?«

»Warum nicht?«

Ja, warum eigentlich nicht? Denn auch Berkeley hatte eine knappe Bewerbungsfrist. Ein Wermutstropfen waren die sieben Jahre bis zum Abschluss, allerdings könnte ich dann wirklich bequem nebenher arbeiten. In San Francisco gäbe es dafür sicher Möglichkeiten.

»Also gut, du hast mich überredet.«

»Super. Hier, das ist meine Telefonnummer.« Er schrieb sie in den Chat und auch gleich seine Anschrift mit dazu.

»Danke. Dann bis Samstag.«

Das Letzte, was ich sah, bevor der Chat zuging, war Jacksons verschmitztes Lächeln. Jetzt war nur die Frage, ob ich Colton davon erzählen sollte oder nicht.

KAPITEL 21

COLTON

Wütend knallte ich den Kugelschreiber auf mein Pult, erhob mich, während ich mein Jackett zuknöpfte, und marschierte durch mein Büro, um doch wieder kurz vor der Zimmertür stehen zu bleiben. Ich ballte die Fäuste, ließ sie wieder locker und versuchte, auch meinen Kiefer zu entspannen. Meine Konzentration war, wie bereits die ganze Woche, nicht vorhanden.

Während ich beinahe wahnsinnig wurde, verhielt sich Rebecca absolut professionell. Ich verstand einfach nicht, warum sie mich abblitzen ließ. Denn das war es doch, sie sagte nein zu allem, was ich vorgeschlagen hatte. Ich konnte mir einbilden, dass es an meinem Dad lag. Dass er sie so vor den Kopf gestoßen hatte, dass sie nichts mit mir oder meiner Familie zu tun haben wollte. Aber dann hätte sie doch gekündigt. Stattdessen erledigte sie eine Aufgabe, die ich ihr gab, nach der anderen, hatte immer ein freundliches Wort auf den Lippen, war zuvorkommend und höflich.

Nichts erinnerte mehr an die leidenschaftlichen Momente, die wir geteilt hatten. Aber ich konnte mir doch nicht eingebildet haben, dass sie Gefühle für mich hegte. So eine gute Schauspielerin war sie nicht. Also sollte ich ihr weiterhin Zeit geben. Aber wie sollten wir uns so besser kennenlernen? Ich steckte in einer Sackgasse. Abermals Tyler um Rat zu fragen, widerstrebte mir jedoch. Sollte ich zu Isabella? Einen Rat von einer Frau einholen?

Es klopfte, im nächsten Moment trat Jayden ins Zimmer, sah mich im Raum stehen und schloss verdutzt die Tür hinter sich. »Was machst du da?«

»Nachdenken?«

»Ach ja? Worüber denn? Und hilft es dabei, ein Loch in den Boden zu starren?« Amüsiert ging er zur Einbauküche, schaltete den Kaffeeautomaten ein und bereitete sich wohl einen Espresso zu.

»Und wer oder was sorgt für deine gute Laune?«

»Meine Hochzeit natürlich. Jedenfalls fahren Olivia und ich am Wochenende rauf nach Austin. Du und Maddie sollten mitkommen. Ich überlege auch, diese Willa, die Freundin deiner Assistentin, mitzunehmen.«

»Wozu?«

»Na, um uns besser kennenzulernen. Wie soll sie sonst eine Hochzeitstorte für uns kreieren? Nullachtfünfzehn kann jeder.«

»Hast du nicht erzählt, dass die Location die Torte übernimmt?«

»Wir können auch jemand eigenen bringen. Was ist? Keine Lust auf einen Ausflug? Oder steckt etwas anderes dahinter? Was ist mit Rebecca und dir?«

»Was soll mit uns sein?«

»Das frage ich dich. Sie sitzt draußen und bläst Trübsal und du machst dasselbe hier drinnen. Und was ist mit Ethan? Den scheinst du damit angesteckt zu haben.« Belustigt schüttelte Jayden den Kopf.

Ethan interessierte mich nicht. Er würde sich in wenigen Tagen das nächste Betthäschen suchen, egal wie laut er jetzt jammerte. Aber Rebecca blies Trübsal? Wieso hatte ich nichts davon mitbekommen? »War sonst noch was?«

»Nein, sonst nichts. Wir fahren Samstag gegen zehn Uhr los.« Er trank seinen Espresso aus, stellte die benutzte Kaffeetasse ins Spülbecken und nickte mir zu.

Ein Ausflug war gar keine schlechte Idee und wenn ich Rebecca überreden könnte, mit uns und nicht ihrer Freundin zu fahren, könnten wir unerwartet etwas Zeit zusammen verbringen.

REBECCA

Jayden kam gut gelaunt aus Coltons Büro. Ich hatte ihn zugegebenermaßen auch noch nie schlecht gelaunt erlebt. Eindeutig war er von seiner bevorstehenden Hochzeit ganz beseelt. Jedem das seine, nur weil ich mich nie an einen anderen Menschen hatte binden wollen, bedeutete es nicht, dass es anderen Menschen ebenso erging.

»Rebecca, kannst du mir bitte die Nummer von deiner Freundin, der Kuchenbäckerin, geben? Und habt ihr beide am Samstag schon etwas vor? Meine Verlobte und ich fahren nach Austin zu der Hochzeitslocation, die wir gebucht haben. Wäre toll, wenn ihr mitfahren könntet.«

»Nun, Willa hat am Wochenende ein paar Termine. Am besten besprichst du alles direkt mit ihr. Und ich habe auch schon etwas vor.«

Ich nahm einen Zettel und schrieb Jayden Willas Telefonnummer und Homepage auf. Ich hatte sie über das Wochenende wie besprochen ergänzt und konnte mit Stolz behaupten, dass sie jetzt noch mehr hergab als zuvor.

»Gut, ich ruf sie gleich an. Schade, dass du keine Zeit hast. Dann vielleicht ein anderes Mal.«

Er tippte sich an die Stirn und verließ das Stockwerk durch das Treppenhaus. Colton ließ sich hingegen nicht blicken, ich wusste nur, dass er an einer Telefonkonferenz teilnahm. Mein Arbeitspensum hatte massiv zugenommen, seit Lauren weg war, für private Worte war kaum mehr Platz, geschweige denn für mehr.

Aber das war gut so, wir passten nicht zusammen, es war offensichtlich, das brauchte mir sein Dad nicht zu erklären. Das hieß leider nicht, dass ich Colton nicht vermisste und nichts lieber getan hätte, als ihm von Berkeley zu erzählen. Einfach weil ich so aufgeregt war und es teilen wollte. Nur würde er mich nicht verstehen. Wie sollte er auch? Er wollte eine Beziehung und ich freute mich über die Möglichkeit, zweitausend Meilen weit wegzuziehen.

Kurz vor der Mittagspause ging die Tür auf und Colton kaum heraus. Er blieb vor meinem Schreibtisch stehen, sein kühler Blick hatte mich früher frösteln lassen. Heute wusste ich, dass es nichts zu bedeuten hatte, er einfach Distanz hielt.

»Was kann ich für dich tun?«, fragte ich und schenkte ihm ein Lächeln.

Er räusperte sich, seine Gesichtszüge wurden etwas weicher. »Hat dir Jayden erzählt, dass wir ihn am Samstag nach Austin begleiten sollen?«

»Ja, hat er.«

»Gut, wenn du möchtest … Also, es wäre schön, wenn du mit Maddie und mir hochfährst.«

»Ich habe abgesagt, weil ich schon etwas vorhabe.«

»Verstehe. Gut.«

Er warf mir noch einen Blick zu, den ich nicht deuten konnte, und verschwand dann wieder hinter verschlossenen Türen. Das war doch so kein Zustand.

Vielleicht sollte ich kündigen, anstatt zuerst auf eine Zusage der Unis zu warten. Sowieso würde ich nur noch zwei oder maximal drei Monate hier bleiben und ich hatte genug Geld gespart, dass ich schon früher umziehen könnte. Falls ich mich für Berkeley entschied, wäre das gemäß Jacksons Erklärungen eine gute Idee.

Ich wusste, dass ich mir schönredete, San Antonio zu verlassen, nur damit ich nicht darüber nachdachte, dass mich die Situation mit Colton belastete. Ich mochte nicht, wie es jetzt zwischen uns war. Aber ich hatte auch keine Alternative parat. Vielleicht war es am Ende das Beste, dass wir nicht noch mehr Gefühle in etwas investiert hatten, das am Ende doch wieder gescheitert wäre.

Ich flog bereits am Samstagmorgen mit dem ersten Direktflug nach San Francisco. Jackson erwartete mich zur Mittagszeit am Kunstmuseum in Berkeley. Ich wusste, dass die Universität jährlich von fast fünfzigtausend Studenten besucht wurde und der Campus nicht nur entsprechend riesig, sondern auch wunderschön war. Das betraf den ländlichen Stil genauso wie die Gebäude, die noch aus dem neunzehnten Jahrhundert stammten und erhalten worden waren. Entsprechend aufgeregt hatte ich meine Reise angetreten. Während des über vierstündigen Fluges begann ich meine Zukunft konkreter zu skizzieren, mit der Ausgangslage, dass ich den Platz bekommen würde.

Es wäre ein Neuanfang in einem anderen Staat und mit ganz neuen Menschen. Ich kannte in Kalifornien keine Seele. Maxwell, Willas Bruder, lebte in Seattle. Das war nicht ganz so weit weg. Vielleicht sollte ich ihn anrufen. Er hatte viele Kontakte, würde mir bestimmt auch mit einem Job helfen können. Diese Alternative beruhigte mich und ich fühlte mich schon weniger verloren. Ich hatte mich im Grunde in meinem Erwachsenenleben immer allein durchgeschlagen. Aber die wenigen Wochen mit Willa hatten mir deutlich vor Augen geführt, wie einsam ich gewesen war. Ich mochte es, zu jemandem nach Hause zu kommen. Ich mochte es auch, dass ich jemanden hatte, der mich verstand. Der mich nicht sofort kritisierte oder bevormundete. Aber dies hier war mein Traum. Ich konnte ihn so kurz vor dem Ziel nicht aufgeben.

. . .

Jackson wartete bereits auf mich, als ich am vereinbarten Treffpunkt ankam. »Willkommen in Berkeley, Rebecca.« Er grinste von Ohr zu Ohr, bevor er seine Sonnenbrille hochschob, auf mich zukam und mich umarmte.

Ich war so perplex, dass ich mich gar nicht wehrte. Da war es auch schon vorbei. »Hast du gut hergefunden? Wann musst du eigentlich wieder zurück?«

»Ja, alles bestens. Ich übernachte hier, war schon kurz am Hotel, meine Tasche abgeben.«

»Sehr gut! Denn das bedeutet, dass ich dir kurz den Campus zeige und wir dann zu Marta und Javier fahren. Heute ist Paella-Abend und somit wirst du die meisten aus dem engeren Kreis gleich kennenlernen. Was sagst du?«

»Das ist sehr nett. Also wenn es keine Umstände macht, komme ich sehr gerne.«

»Natürlich macht es keine Umstände. Wir sind eine Familie, das habe ich schon gesagt.«

Wir begannen unseren Rundgang, bei dem mich Jackson nur so mit Informationen bombardierte. Ich beschloss, einfach die Umgebung auf mich wirken zu lassen. Es gab so viel zu sehen. »Es wird dich sicher interessieren, dass die Universität vierundzwanzig Bibliotheken beheimatet. Sie stehen allen Studenten offen. In der Moffitt kannst du sogar ein Nickerchen halten, wenn dir danach ist.«

Jackson wackelte anzüglich mit seinen Augenbrauen. Ich hätte wetten können, dass der Schalk in seinen Augen blitzte, die Sonnenbrille verdeckte es jedoch.

»Bist du von hier? Ich meine aus der Gegend?«

»Von der anderen Seite der Bucht.«

»Wo bist du denn aufs College gegangen?«

»Hier. Ich gehöre quasi zum Inventar.«

»Wolltest du nie woandershin? Ich meine, ich kenne kaum jemanden, der an seinem Heimatort studiert hat.«

»Ist eine lange Geschichte, mit der ich dich nicht langweilen will. Sagen wir einfach, es hat Familientradition, in Berkeley zu studieren.«

»Auch Literatur?«

Jackson lachte hell auf. »Nein, ganz bestimmt nicht. Komm, ich zeig dir die Abteilung für klassische Literatur aus dem 19. Jahrhundert. Die interessiert dich bestimmt am meisten.«

Eigentlich interessierte mich jetzt Jacksons Geschichte. Da er keine Anstalten machte, mir mehr zu erzählen, ließ ich es dabei bewenden. Am Abend war jedoch Marta sehr gesprächig. Jackson war der Sohn eines der reichsten Investmentbankers der USA. Der Firmenhauptsitz lag in San Francisco. Wenn ich Jackson und die anderen ein Dutzend Literaturstudenten, die gemütlich in Martas und Javiers Zweizimmerwohnung zusammen saßen und sich lautstark unterhielten, ansah, konnte ich ihn mir so gar nicht in einem Finanzumfeld vorstellen. Auch wirkte er überhaupt nicht so, als ob er mit einem goldenen Löffel geboren worden wäre.

»Jackson hat mir erzählt, du bist aus Atlanta? Ich hätte nichts dagegen, in den Süden zu ziehen. Hier ist es mir die meiste Zeit zu kalt und nass.«

»Warum bleibst du dann?«

»Javier gefällt es hier und außerdem sind wir im letzten Jahr. Jetzt noch zu wechseln, macht auch keinen Sinn.« Ich folgte ihrem verliebten Blick. Obwohl Javier an einem lebhaften Gespräch teilnahm, schien er zu spüren, dass Marta ihn ansah, denn er hob seinen Kopf plötzlich in unsere Richtung und lächelte sie an. Marta seufzte leise. »Ich würde mit ihm auf den Südpol ziehen. Ganz schön verrückt, oder? Zum Glück hat er das nicht vor.«

Unweigerlich fragte ich mich, was er denn für sie tun würde.

»Ich bitte zu Tisch«, rief da eine Frau, an deren Namen ich mich nicht mehr erinnern konnte. »Ich hoffe, du magst Paella, Javier hat den ganzen Nachmittag dafür in der Küche gestanden.«

»Javier kocht?«

Sie stöhnte und hielt sich den Bauch. »Wenn ich nicht so viel Sport machen würde, würde ich schon längst in keines meiner Kleider mehr passen. Kochen ist seine zweite große Leidenschaft. Ich kann ausgezeichnet abwaschen.« Sie lachte herzlich. Wie auf Stichwort kam

Javier auf uns zu, nahm Marta bei der Hand und führte sie an den Kopf eines langen Tisches. »Freunde, ich danke euch allen, dass ihr gekommen seid. Lasst es euch schmecken.«

Ich setzte mich neben Jackson, der mir ganz selbstverständlich einen Platz freigehalten hatte. So einfach war es hier offenbar dazuzugehören. »Schön, dass du hier bist«, bemerkte er und schenkte mir wieder sein Grübchenlächeln. Vielleicht unter anderen Umständen und wenn mein Herz nicht in San Antonio geblieben wäre, hätte ich es ohne Bedenken erwidern können.

»Danke für die Einladung und dass du dir so viel Mühe gibst. Der Tag war unglaublich.«

Mein Handy piepte, aber ich ignorierte es.

Stattdessen nahm ich eine großzügige Portion entgegen, die mir gereicht wurde, und kostete neugierig.

»Meine Güte, ist das lecker! Ich weiß nicht, wann ich das letzte Mal Paella gegessen habe, und dann noch so gute.«

»Javier, du hast einen neuen Fan!«, rief Jackson einmal quer über den Tisch, was mir sofort die Röte in die Wangen schießen ließ.

»Das freut mich!« Er hob sein Glas und ich tat es ihm gleich. »Bienvenido a la familia!«

Mein Handy piepte abermals. »Muchas gracias!«, rief ich zurück, bevor ich vom Rotwein probierte. »Wow, der schmeckt ja ebenfalls köstlich!«

»Danke, ist von einem Kumpel von mir.«

»Dein Freund ist Winzer?«

»Er hat viele Talente.«

Mein Handy piepte nochmals. Genervt stellte ich mein Glas ab, und griff nach meiner Tasche, um zu sehen, was denn so dringend war. Die Nummer kannte ich nicht. Also besser gleich löschen? Während ich es mir überlegte, traf eine Nachricht ein:

– Daddy und ich vermissen dich. –

Das war von Maddie?! Ich entriegelte mein Handy und klickte auf die anderen Nachrichten.

»Du hast mir noch gar nicht viel von dir erzählt. Was macht dich glücklich, außer englischer Literatur natürlich? Also falls du Lust hast, können wir mal ein paar Berge in der Gegend besteigen. Die Aussicht ist phänomenal. Oder magst du das Meer? Wir könnten die Küste nach Monterey runtersegeln.«

Ich hörte Jackson reden, konnte aber nur auf die Bilder starren, die auf meinem Handy eingegangen waren. Maddie im Elsa-Kostüm mit Krone, Maddie mit verschmiertem Mund beim Plätzchenbacken und dann war da ein Video.

»Die ist ja niedlich. Wer ist das? Deine Nichte? Sie ist sicher ganz aufgeregt, dich mal in Berkeley besuchen zu kommen. Sie sieht aus, als ob es ihr im Märchendorf gefallen könnte. Kennst du das Fairy-tail Village?« Jackson griff nach seinem Handy, tippte und hielt es mir dann hin. »Hier, so sieht es aus. Es gab einen Brand, ungefähr vor hundert Jahren, der viele Häuser im Norden zerstört hat. Die Häuser, die du jetzt siehst, wurden von einem Einundzwanzigjährigen entworfen und gebaut.«

Ich sah Häuser, die wirklich wie im Märchen aussahen, mit Strohdächern, Erkern, Torbögen, Holztüren und geschwungenen Außentreppen.

»Wow, das ist ja wunderschön. Und das ist in Berkeley?«

»Ja, die Stadt hat mehr zu bieten, als du denkst. Deine Nichte wird es hier lieben.«

Maddie war nicht meine Nichte. »Ja, also, wenn du mich kurz entschuldigen würdest.«

»Klar.«

Die Wohnung besaß einen kleinen Balkon, zu dem ich jetzt ging. Als ich nach draußen trat, fröstelte es mich. Ich hätte meine Jacke holen sollen, nur hatte ich die Geduld nicht mehr. Ich drückte stattdessen auf das Video:

»Nochmal, Daddy! Du schaffst es.« Maddie lachte und war wohl auch diejenige, die das Handy hielt. Ich wusste nicht, wessen es war, nur dass Colton versuchte, einen Fußball zu balancieren.

Eine Frauenstimme lachte mit. *»Kommen Sie, Nancy, jetzt sind Sie dran. Ich brauche eine Pause.«*

Nancy? Die Welle der Eifersucht schwappte so unerwartete über mich, dass ich glaubte zu torkeln.

»In meinem Alter? Mister Colton, ich bitte Sie.« Es tauchte eine korpulente Frau mit streng nach hinten gekämmten grauen Haaren im Bild auf. Erleichtert atmete ich auf, das war bestimmt die Nanny oder eine der Haushaltsangestellten, die ich noch nicht kennengelernt hatte. Außer der Köchin hatte sich mir niemand vorgestellt.

»Jeder muss mal ran«, meinte Colton mit gönnerhaftem Unterton.

»Jaaaaaa!«, rief Maddie.

»Also gut.« Diese Nancy griff nach dem Ball und ich konnte schon jetzt erkennen, dass sie es nicht zum ersten Mal tat. Sie balancierte den Ball auf dem Knie und dann ging es los, eins, zwei, drei … Je länger Nancy den Ball hochwarf und wieder auffing, desto lauter lachte Maddie. Aber ich hörte auch das gespielte Stöhnen von Colton.

Nancy stoppte, lachte erfreut und sagte: *»Ich war als Kind im Fußballteam. Das hätten Sie nicht gedacht, Mister Colton, nicht wahr? Ist schon lange her, aber ich habe es geliebt.«*

»Weil es wie eine Familie war?«

»Ganz genau! Woher wissen Sie das?«

»Von Rebecca«, hörte ich ihn sagen, obwohl es nicht sehr laut war und wohl auch nicht Nancy galt. *»Ich kann es mir denken. So, jetzt muss ich aber zurück zur Arbeit und du, Maddie, gibst Nancy ihr Handy zurück.«*

»Wie schade! Wann kommt Becca uns wieder besuchen, Daddy? Sie ist so lustig, ich mag sie.«

Das Bild wackelte, jetzt sah ich einen Boden. Bevor das Bild komplett verschwand, hörte ich Colton antworten. *»Ich mag sie auch, sehr sogar, das weißt du doch, Spätzchen, aber …«*

Was das Aber war, hörte ich nicht mehr, das Video war zu Ende. Und jetzt? Wusste Colton, dass Maddie mir die Bilder von sich und das Video geschickt hatte? Wohl mit Hilfe von dieser Nancy. Aber wieso hätte Nancy das tun sollen? Sie kannte mich überhaupt nicht.

»Hey.« Jackson trat auf den Balkon. »Ist zu Hause alles in Ordnung?«

»Was meinst du?«

»Mit deiner Familie? Ist mit deiner Nichte alles in Ordnung?«

»Äh, ja. Sie hat sich verkleidet und gespielt und wollte es mir unbedingt zeigen.« Jackson zu erklären, wer Maddie wirklich war, war zu kompliziert, also ließ ich es bleiben.

»Wie alt ist sie denn?«

»Maddie ist fast fünf.«

»Ein tolles Alter. Mein Patenkind ist auch so alt. Fällt

mir nach jedem Besuch schwerer mich zu verabschieden. Es gibt gleich Crema Catalana. Soll ich dir noch was von der Paella warmstellen? Du hast nicht besonders viel gegessen.«

»Nein, danke, es war wirklich lecker, aber ich bin nicht sehr hungrig. Ich komme gleich.«

»Klar. Bis gleich.«

Ich wartete, dass Jackson mich wieder allein ließ. Ich brauchte ein paar Minuten für mich, bevor ich zurückging. Die Party war noch lange nicht vorbei. Ich hörte Gitarrenklänge und ein Gejohle, im nächsten Moment sangen alle zusammen. Es dauerte nicht lange, da erkannte ich die Melodie von *Despacito*. Ich hatte noch nie mit Colton getanzt, fiel mir ein. Aber es war nicht das Einzige, was ich in dem Moment bedauerte.

KAPITEL 22

COLTON

Unser Ausflug nach Austin war abgesagt, was mir mehr als recht war.

»Aufgeschoben ist nicht aufgehoben«, belehrte mich Jayden, als er mir Bescheid gegeben hatte. Ich hatte ihm ein schönes Wochenende gewünscht und aufgelegt. Auf weitere kluge Bemerkungen konnte ich verzichten. Außerdem wollte ich keine Zeit verlieren, denn jetzt musste ich mich um eine viel wichtigere Angelegenheit kümmern: Rebecca. Ich wusste nicht, was sie heute vorhatte, vielleicht begleitete sie Willa wieder zu einer Veranstaltung. Jedoch könnte ich sie morgen abfangen, auch wenn es bedeutete, dass ich wie ein Stalker vor ihrer Wohnung auf sie warten würde.

Besser ich fuhr einfach am Abend vorbei, in der

Hoffnung, dass sie mir nicht die Tür vor der Nase zuschlagen würde. Aber ich wollte direkt mit ihr reden und nicht am Telefon. Vielleicht sollte ich Blumen mitbringen, nur wusste ich nicht mal, welche sie besonders gerne mochte. Die Wildblumen fielen mir wieder ein. Sollte ich welche besorgen? Nur, was nützten schon Blumen, wenn ich nichts von dem, was uns im Weg stand, ändern konnte. Aber warum nicht Willa um Rat fragen? Es war einen Versuch wert. Sobald Maddie am Abend im Bett war, fuhr ich zu Willa.

Immerhin öffnete sie mir sogar die Tür. »Colton? Was machen Sie hier? Rebecca ist nicht da, falls Sie sie suchen.«

»Ich wollte zu Ihnen.«

»Zu mir? Warum?«

»Kann ich reinkommen? Es dauert nicht lange.«

»Na schön.« Widerwillig ließ sie mich eintreten. Ich erfasste den Wohn- und Essbereich mit einem Blick. Auf dem großen Küchenblock lagen Backutensilien. Ein süßer Geruch lag in der Luft.

»Möchten Sie etwas trinken?«

»Nein, im Moment nicht, danke.«

»Also, wie kann ich Ihnen denn helfen?«

»Es geht um Rebecca. Ich bräuchte einen Rat.«

Sie lachte hell auf. »Von mir? Ausgerechnet!« Kopfschüttelnd ging sie in die Küche, schaltete das Backofenlicht ein und warf einen Kontrollblick hinein.

»Warum nicht von Ihnen? Sie kennen Rebecca doch gut. Ich weiß nicht, was ich machen soll.«

»Besser keinen Job für sie suchen. Hat Ihnen noch niemand erzählt, dass Frauen durchaus in der Lage sind, selbst für sich zu sorgen?«

»Natürlich. Ich wollte nur helfen, ist das jetzt schon ein Verbrechen?«

Sie seufzte. »Was hat Ihnen denn Rebecca von sich erzählt?«

»Nun, ich weiß, dass ihre Kindheit nicht so rosig war. Sie hat mir erzählt, dass ihr Dad sie verlassen hat, als sie noch klein gewesen ist. Dass sie beide sich sehr nahe stehen und auch von ihrem Dad und ihrem Bruder hat sie erzählt. Und dass Rebeccas Mom viel gearbeitet hat. Und natürlich weiß ich, dass Rebecca englische Literatur mag. Worauf wollen Sie hinaus?«

»Das alles hat sie Ihnen erzählt?«

Willa schien überrascht zu sein.

»Als wir in New Orleans waren.«

Offenbar hatte ich irgendeinen Test bestanden, denn Willa taute auf.

»Rebecca mag nicht einfach nur englische Literatur. Sie geht darin voll auf. Es ist ihr Traum zu promovieren. Den hat sie, seit ich sie kenne, darauf arbeitet sie ihr Leben lang hin. San Antonio ist nur ein Zwischenstopp. Sie plant nicht zu bleiben. Ich bin ehrlich gesagt erstaunt, dass sie überhaupt so lange geblieben ist. Es tut mir leid. Sie hatte bestimmt ihre Gründe, warum sie das nicht erzählt hat.«

Wow. Hatte sie mich darum auf Armlänge gehalten? Die Wut, die in mir aufkeimte, erstickte ich sogleich wieder. Sie hatte mir nichts versprochen. Aber ich konnte Rebecca nicht einfach aufgeben. »Wo ist sie jetzt?«

»In Berkeley, für ein Bewerbungsgespräch.«

Ein Bewerbungsgespräch war noch keine Zusage.

»Wann ist sie zurück?«

»Morgen Abend.«

»Danke, Willa, ich will Sie nicht länger stören.«

»Keine Ursache.«

Meine Entschlossenheit, Rebecca dazu zu bringen hier zu bleiben, schwand bereits auf dem Nachhauseweg. Als mir die Aussage von Willa richtig bewusst wurde: Ich würde mich zwischen Rebecca und ihren Lebenstraum stellen, wenn ich sie aufhielte. Natürlich ging ich, als ich zu Hause angekommen war, sofort in mein Büro, um nach Doktorandenstellen an den nahegelegenen Universitäten zu suchen, ohne Erfolg.

Mit jeder Minute, die verging, wuchs mein Frust. Rebecca wäre weg. In wenigen Wochen, vielleicht Monaten wäre sie endgültig weg. Hatte ich nicht genau das befürchtet und mich darum auch nie auf eine Frau eingelassen? »Verdammt!« Ich konnte kaum Atmen, der Druck auf meiner Brust wurde nicht weniger. Besser ich hörte auf, meine Haare zu raufen, bevor ich sie mir noch büschelweise ausriss.

»Daddy?« Mein Blick schnellte zur Tür. Maddie stand dort in ihrem Pyjama, ihre Lippen zitterten. Hatte ich ihr etwas Angst gemacht?

»Schätzchen, ich habe dich nicht gehört. Warum schläfst du denn nicht?« Mit einem hoffentlich beruhigenden Lächeln ging ich auf Maddie zu und nahm sie direkt in den Arm. Im nächsten Moment hörte ich sie leise weinen. »Ich wollte dir keine Angst machen.«

»Warum bist du wütend? Auf mich?«

»Nein, natürlich nicht. Wie kommst du denn auf so etwas?« Ich strich Maddie über den Rücken, damit sie aufhörte zu weinen. Aber in Wirklichkeit diente es dazu, dass ich mich selbst wieder in den Griff bekam.

»Weil ... Becca mag mich auch nicht mehr.« Jetzt weinte sie herzzerreißend.

»Shhh ... Maddie, warum sagst du denn so etwas? Natürlich mag sie dich. Und ich liebe dich von ganzem Herzen. Du bist das Wertvollste, das ich im Leben habe. Das darfst du nie vergessen. Versprochen?«

Ich spürte, wie sie nickte und sich beruhigte.

»Sie hat ... *hicks* ... mir ... *hicks* ... nicht geantwortet.« Maddie löste sich von mir und sah mich todtraurig an. Vorsichtig wischte ich ihr übers Gesicht.

»Rebecca ist verreist. Vielleicht hat sie deine Nachricht noch gar nicht bekommen. Wann hast du ihr denn eine geschickt und wie?«

»Nancy hat mir geholfen.«

»Nancy?«

Maddie nickte. »Als du weg warst. Bist du böse?«

»Nein, wirklich nicht. Komm, ich bringe dich ins Bett.«

Maddie ließ sich ohne Protest zurück ins Bett bringen.

»Was hältst du davon, wenn wir morgen zusammen in die Stadt fahren? Burger am Fluss essen? Nur du und ich, wie klingt das?«, fragte ich Maddie, als ich sie zudeckte.

»Au ja! Kriege ich auch Pommes?«

»Natürlich.«

»Danke, Daddy.« Ich drückte sie noch einmal an mich, ihre kleinen Arme hielten mich genauso fest. »Hab dich lieb, Daddy.«

»Ich dich auch, mein Engel. Und wie.« Ich vergrub meine Nase in Maddies Haaren und atmete tief durch. Wir hatten es immer alleine geschafft und das würden wir auch jetzt wieder.

KAPITEL 23

REBECCA

Es war mir unangenehm gewesen, auf eine fremde Telefonnummer zu antworten, darum hatte ich nur ein paar Emojis geschickt. Am Flughafen in San Francisco ging ich jedoch eine Grußkarte kaufen, adressierte sie und warf sie auch gleich ein.

Es war ein anstrengendes Wochenende gewesen. Am Sonntag war ich durch Berkeley spaziert und hatte versucht, meine Gefühle zu sortieren. Herauszufinden, ob ich hier glücklich werden könnte. Ob ich die Melancholie, die mich erfasst hatte, abschütteln könnte. Aber ich hatte es nicht geschafft. Meine Gedanken kreisten um Colton und Maddie, aber auch um Willa und wie gut mir die Zeit mit und bei ihr getan hatte. Im Grunde hätte ich noch ein Jahr warten können, um mit meinem Doktorat anzufangen. Noch etwas mehr Geld verdienen. Aber dann wäre ich schon einunddreißig und ich glaubte nicht, dass ich es dann noch durchziehen würde. Immer noch würden mich sieben Jahre von meinem Doktortitel trennen. Nein, entweder jetzt oder nie.

Da Willa offenbar schon im Bett war, als ich spät abends in San Antonio ankam, und auch am nächsten Morgen noch nicht wach, konnte ich nicht mal mit ihr über alles reden.

Wie so oft legte ich auf dem Weg zur Arbeit einen Stopp in meinem Lieblingscafé ein. Ich hoffte, dass ein leckerer Cappuccino meine Laune heben würde. Denn leider hatte ich die halbe Nacht wachgelegen und die Vor- und Nachteile in Berkeley abgewägt, ohne zu einem endgültigen Schluss zu kommen. Was ich jedoch nicht weiter aufschieben wollte, war, mit Colton zu reden. Also klopfte ich direkt an seiner Tür, als ich im Büro war.

»Herein!«

Rasch wischte ich mir die Hände an meiner Hose ab und trat ein. Aufgeregt konnte nicht mal annähernd meine Gemütsverfassung beschreiben. Meine Kehle fühlte sich wie zugeschnürt an, so als ob ich gleich den größten Fehler meines Lebens begehen würde. Das war doch absolut lächerlich. Denn eines war ganz sicher, hier konnte ich nicht länger arbeiten.

Colton saß an seinem Schreibtisch und sah mich mit eiskalten Augen an. Seine Miene wirkte wie eine Maske. Mich fröstelte, obwohl ich gleichzeitig schwitzte.

Ich schloss die Tür, ging ein paar Schritte, bevor ich bei den Besucherstühlen stehen blieb. Die ganze Zeit über hatte er mich stumm gemustert.

»Guten Morgen. Ich … äh, ja also … Ich kündige.«

Colton sah mich immer noch mit diesem undurchdringlichen Gesichtsausdruck an, sagte aber kein Wort.

»Ich kann bleiben, bis du eine Nachfolgerin gefunden hast.«

»Das wird nicht nötig sein, du kannst sofort gehen.«

Ja, dann …

»Danke. Ähm, also dann.« Das war's also? Er hielt mich nicht zurück? Er fragte nicht einmal, warum ich ging? War es für ihn nach unserem letzten Gespräch der logische Schritt? Aber wieso war er so kühl?

Ich warf ihm einen letzten Blick zu, der mich nicht weiterbrachte, und wandte mich dann ab, um zu gehen. Noch bevor ich die Tür erreicht hatte, hörte ich ihn sagen:

»Weißt du, ich hatte wirklich gedacht, dass du mit offenen Karten spielst. Dass dir klar sein muss, dass es nicht nur um dich oder mich, sondern auch um Maddie geht. Aber nein, du ziehst dein Ding durch, ohne nach rechts oder links zu schauen.«

»Wie meinst du …«

»Geh, ich will nichts mehr hören.«

Moment mal, ich durfte mich nicht einmal erklären? »Warum gibst du mir nicht die Chance …?«

»Die hattest du! Mehr als einmal, wenn ich dich daran erinnern darf! Aber du hast sie nicht genutzt. Und jetzt habe ich ein weinendes Kleinkind zu Hause, das die Welt nicht mehr versteht. Geh endlich! Hau ab!«

Er war so aufgebracht, dass ich die Sehnen an seinem Hals hervortreten sah. So wütend hatte ich ihn noch nie erlebt. Da er jedoch aufstand und sich mit dem Rücken zu mir ans Fenster stellte, verzichtete ich darauf, mich zu erklären. Er würde mir sowieso nicht zuhören.

Ich machte auf dem Absatz kehrt und verließ Coltons Büro. Die wenigen privaten Dinge hatte ich rasch eingepackt. Niemand vom Sicherheitsdienst begleitete mich hinaus. So gab ich meinen Zutrittspass am Empfang im Erdgeschoss ab. Alles andere hatte ich an meinem Schreibtisch zurückgelassen. Ich wollte hier nur noch weg.

Willa fand ich in ihrem Laden. Sie öffnete mir mit tiefen Ringen unter den Augen. Wenn sie ihre Haare nicht zurückgebunden hätte, wären die wohl ganz verstrubbelt. »Hast du hier geschlafen und gar nicht zu Hause?«, fragte ich sie verdutzt.

»Und du? Warum bist du nicht im Büro? Und warum siehst du so aufgelöst aus? Ist etwas passiert?«, antwortete sie mir mit Gegenfragen.

Ich folgte ihr zum Kaffeeautomaten, wo sie sich einen doppelten Espresso und mir einen Cappuccino machte. »Ich habe gekündigt und bin gegangen. Colton war so wütend, du kannst es dir gar nicht vorstellen.« Meine Hände zitterten immer noch. »Er hat mir gesagt, dass Maddie völlig außer sich ist, und ich weiß nicht, ob ich zu ihr soll oder nicht. Ich hoffe, sie bekommt wenigstens meine Karte.«

»Deine Karte? Moment, jetzt verstehe ich gar nichts. Colton war am Samstag bei mir, hat dich gesucht. Ich habe ihm von deinem Bewerbungsgespräch erzählt.«

»Du hast was?!«

»Komm schon, es war höchste Zeit, dass er davon erfährt. Immerhin hast du ihm ziemlich persönliche Dinge erzählt. New Orleans? Klingelt da etwas bei dir?«

»Das war mir alles so herausgerutscht.«

»Und deine Bewerbungsgespräche? Wieso hast du ihm nicht davon erzählt?«

»Ich weiß es nicht. Am Anfang fand ich es nicht so wichtig und zum Schluss …« Ich zuckte mit den Schultern.

»Du hattest Angst, dich auf ihn einzulassen. Ganz und gar, oder?«

Willa kannte mich viel zu gut. Sie seufzte, als ich nicht antwortete. »Wie war Berkeley überhaupt?« Sie hatte sich mittlerweile an einen der Tische gesetzt, an denen sie sonst ihre Kunden bediente.

»Hast du überhaupt Zeit für eine Pause?«

»Ich nehme sie mir. Bin auch fast fertig.«

Neugierig ging ich zur Schwingtür und stieß sie einen Spalt auf. »Wow, die ist ja der Wahnsinn!«

In der Mitte der großen Arbeitsfläche prangte eine siebenstöckige Torte in Weiß mit unzähligen rosafarbenen Rosen. Dazwischen sah ich Perlen und statt einem Hochzeitspaar lag ein Blumenbouquet auf der Spitze.

Drumherum waren Cupcakes aufgereiht. Es mussten über hundert sein.

»Ein Eilauftrag, den ich nicht ablehnen konnte.«

»Du bist unglaublich, Willa. Und dann noch ganz allein.«

Ich ging zu ihr und setzte mich.

»Ja, das war schon ziemlich heftig. Ich überlege, jemanden einzustellen. Das denke ich immer mal wieder und dann kommt eine Flaute und ich bin froh, nur die Miete vom Laden und meine Unkosten zahlen zu müssen.«

»Das kommt davon, dass du dich nicht mit Werbung beschäftigst, sondern auf Mundpropaganda setzt. Du könntest viel mehr aus deinem Geschäft herausholen. Sogar ein Café aufmachen und Laufkundschaft abgreifen. Ich bin sicher, die Leute würden in Scharen kommen.«

»Das schaffe ich niemals allein. Und die Zeit

jemanden zu suchen, der mir hilft und am besten noch etwas Kapital mitbringt, habe ich einfach nicht.«

»Was wäre denn … Also, Berkeley war toll, absolut gigantisch. Die Uni ist … Ich kann es nicht einmal in Worte fassen, wie fantastisch sie ist. Und die Leute, die ich getroffen habe, waren so nett, offen, interessiert. Es war alles, was ich mir erträumt hatte. Alles, wofür ich die Jahre über so hart gearbeitet habe.«

»Das freut mich sehr.«

»Danke. Aber dann ist mir aufgefallen, dass ich mir fremd vorkomme.«

»Ist das nicht normal? Ich meine, du warst noch nie in Berkeley, immer nur an der Ostküste.«

»Kann sein. Kann auch sein, dass ich mich nicht bereit fühle, oder Schiss habe, dass sie mich am Ende doch wieder ablehnen. Ich habe mir überlegt, noch ein Jahr zu warten und mich in der Zwischenzeit wieder um Freelancerjobs zu kümmern. Wieder mehr auf eigenen Beinen zu stehen, das habe ich immer gemocht, und ich war womöglich in meiner Angestelltentätigkeit einfach zu bequem geworden.«

»Aber? Da kommt doch noch was, oder?«

»Maddie hat mir geschrieben. Fotos geschickt und einen kleinen Film. Es muss das Handy ihrer Nanny gewesen sein, ich kannte die Nummer nicht. Und ich … Mein Traum hat sich aufgelöst. Ich will nicht noch viele Jahre an der Hochschule verbringen. Der Doktortitel bedeutet mir nichts mehr. Das bin nicht mehr ich. Ich will etwas Eigenes. Das wollte ich im Grunde schon immer. Und ich will endlich meine eigene Familie, mit einem Mann, der mich liebt, und Kinder.« Ich wischte mir rasch übers Gesicht. Wie sehr ich es wollte, war mir vorher nie klar gewesen. »Und solange ich das nicht habe, möchte ich mehr Zeit mit Menschen verbringen, die ich liebe und die mich lieben, und da stehst du ganz oben auf der Liste, was bedeutet, ich gehe nicht. Ich bleibe, hier in San Antonio.«

»Wow, ich weiß nicht, was ich sagen soll.« Willa sprang im nächsten Moment auf und mir um den Hals. »Ich liebe dich auch, Süße.« Wir heulten und drückten uns und heulten noch etwas mehr.

Irgendwann holte uns Willa Taschentücher. Als wir wieder einigermaßen passabel aussahen, fragte sie mich: »Du hättest nicht vielleicht Lust, meine Partnerin zu werden? *Willa's Weddingcakes* zur ersten Adresse in San Antonio zu machen?«

»Ist das dein Ernst?«

»Ernster geht es nicht. Wir verstehen uns gut, und falls es nicht klappt, wenn wir uns andauernd in die Haare kriegen, müssen wir ehrlich genug sein und es aussprechen. Versprochen?«

»Versprochen!« Wir stießen feierlich mit unserem kalten Kaffee an.

»Und Colton? Ist es wirklich aus?«

»Wir leben in verschiedenen Welten. Es wäre nie gut gegangen.« Sein Vorwurf betreffend Maddie nagte jedoch an mir. Ob ich einen Brief schreiben sollte? Oder sie besser in Ruhe lassen? Ich hatte leider keine Ahnung. Willa ließ das Thema zum Glück fallen.

»Ich geh mal duschen, bevor ich die Torte ausliefern fahre.«

»Ich kann dir helfen.«

»Danke, Partnerin.« Wir grinsten beide wie Honigkuchenpferde, bevor Willa im winzigen Bad neben der Küche verschwand. Arbeit war die beste Medizin gegen Liebeskummer, was bedeutete, dass *Willa's Weddingcakes* in kürzester Zeit in der ganzen Stadt, wenn nicht im ganzen Staat bekannt sein würde.

KAPITEL 24

COLTON

Ich konnte mich kaum beruhigen, stand komplett neben mir. Alles in mir hatte geschrien, Rebecca aufzuhalten, aber ich hatte dieses Gefühl erstickt, denn ich konnte nicht vergessen, wie mitgenommen Maddie auch gestern noch gewesen war. Dass es überhaupt nicht zu Rebecca passte, sie ganz sicher nie Maddie verletzen würde, spukte mir im Kopf umher. Dass ich Rebecca hatte erklären lassen sollen … Jedoch war es jetzt zu spät, denn sie war weg.

Ich fühlte mich beschissen, aber das würde schon vergehen. Ich hatte bis jetzt jedes Drama überstanden, so etwas Lächerliches wie ein paar romantische Gefühle würden mich nicht in die Knie zwingen. Eines war klar, ab jetzt würde ich nie mehr eine Frau mit nach Hause bringen. Denn das würde ich Maddie nie wieder zumuten. Und ab jetzt würde mein Leben auch wieder in geregelten Bahnen verlaufen.

Als nächstes rief ich in der Personalabteilung an, damit sie sich um eine neue Assistentin kümmerten. Bis dahin konnte Jaydens hier aushelfen. Sie war erfahren genug, dass sie auch mein Pensum wenigstens für ein paar Tage übernehmen konnte.

Offenbar war Jayden da anderer Ansicht, denn er kam wenig später bereits in mein Büro gerauscht.

»Rebecca ist weg? Echt jetzt?«

»Was willst du? Für Small-Talk habe ich keine Zeit.«

»Tja, dann komme ich gleich zum Geschäft.« Er setzte sich in einen der Besucherstühle vor meinem Tisch, legte den Fuß über sein Knie, verschränkte seine Finger und sah mich nachdenklich an.

»Was wird das, Doktor Freud? Ich dachte, es geht ums Geschäft?«

»Kinkade will nach dem Merger CEO von seiner maroden Firma sein.«

»Dreht der alte Kerl jetzt komplett durch? Er sauft den ganzen Tag, beleidigt uns immer noch öffentlich und will jetzt in die Geschäftsleitung?«

»Nicht Thomas, Olivia!«

»Nochmals von vorne.«

»Olivia Kinkade will Kinkade Energy leiten. Als

Mitglied der Familie steht ihr eine leitende Position zu. So steht es im Vertrag.«

»Und da will sie die CEO-Position, alle Achtung. Gut, gib sie ihr.«

»Wie bitte?«

»Gib sie ihr und dann schließe diesen verdammten Deal endlich ab! Wir haben noch anderes zu tun, als uns jeden Tag mit den Kinkades zu befassen.«

»Sie kriegt den Posten so einfach? Weißt du etwas, was ich nicht weiß?«, fragte Jayden misstrauisch nach.

»Wenn es so wäre, würdest du es in Kürze auch erfahren, und jetzt kümmere dich um den Job, dafür wirst du bezahlt.«

Jayden seufzte, erhob sich zum Glück, ohne mir weiter auf die Nerven zu gehen, und zog die Tür hinter sich ins Schloss. Ab jetzt würde hier wieder ein anderer Wind wehen, ich hatte die Zügel lang genug schleifen lassen.

Dass ich Rebecca vermisste, ignorierte ich. Solange, bis ich am Abend das Büro verließ und von einer ganz aufgeregten Maddie zu Hause empfangen wurde.

»Was ist denn los?«

»Ich habe eine Karte bekommen. Schau mal.« Sie zeigte mir die Vorderseite, auf der Elsa prangte. Die Eiskönigin hielt die Hand auf, darauf tanzte eine Schneeflocke und in der Schneeflocke stand: Für meine liebe Freundin Maddie.

»Und jetzt!« Maddie öffnete die Karte, ein Bild von Elsa faltete sich auf. Sie sah aus, als ob sie auf einem See dahingleiten würde. Ihre Arme hielt sie ausgestreckt, ein strahlendes Lachen im Gesicht.

»Hier steht … Nancy hat es mir vorgelesen«, bemerkte sie ernst. »Die Karte ist von Becca.«

Ich riss sie ihr fast aus der Hand, bremste mich gerade noch, mit dem Worten: »Kann ich sie genauer ansehen?«

»Aber nicht kaputtmachen.«

»Nein, natürlich nicht.«

Liebste Maddie

Vielen Dank für die schönen Fotos und das Video. Ich habe mich sehr darüber gefreut. Ich würde dich und deinen Daddy auch sehr gerne bald wieder besuchen. Im Moment bin ich verreist. Ich bin in Kalifornien und es ist ganz schön kalt hier, aber Schnee liegt keiner. Bis wir uns wiedersehen, möchte ich, dass du nicht vergisst, dass du ein ganz tolles Mädchen bist und immer einen Platz in meinem Herzen haben wirst. Pass gut auf deinen Daddy auf.

In Liebe
Becca

Ich schluckte schwer, als ich die Karte zuklappte und sie Maddie zurückgab.

»Sie hat mich nicht vergessen«, bemerkte Maddie glücklich.

»Natürlich nicht, mein Schatz. Ich geh mich kurz umziehen und dann können wir essen.«

Noch bevor ich die Treppe erreicht hatte, hörte ich Maddie fragen: »Wann kommt uns denn Becca besuchen?«

»Ich weiß es nicht. Sicher bald.«

»Sonst fahren wir nach Kalifornien zu ihr.«

Der Fall schien für Maddie erledigt, denn ich sah sie jetzt in die Küche gehen. Wäre es so einfach? Zu Rebecca nach Kalifornien fliegen? Ach Quatsch! Das wäre überhaupt nicht einfacher, für eine Fernbeziehung hatte ich überhaupt keine Zeit! Es war aus, ganz einfach!

Aber ich hatte mich getäuscht, für Maddie war gar nichts erledigt, ganz im Gegenteil. Bereits beim Abendessen war sie wieder Feuer und Flamme.

»Erzählst du mir von Kalifornien? Gibt es dort einen Zoo? Wir können mit Becca hin.« Obwohl es heute Abend Kartoffelstampf mit Rahmspinat gab, eines von Maddies Leibgerichten, hatte sie kaum davon gegessen. Ihre Gedanken hingen bei Rebecca.

»Es gibt bestimmt einen Zoo«, sagte ich. »Den können wir sicher auch besuchen. Du solltest jetzt essen, es ist bald Schlafenszeit.«

»Aber wann fahren wir denn? Können wir das am Wochenende machen?«

»Nein, Onkel Jayden heiratet doch bald und er braucht Hilfe bei der Vorbereitung.« Es lag mir absolut fern, für ihn den Trauzeugen zu geben. Nur musste ich das meiner Tochter nicht auf die Nase binden.

»Aber nachher? Rufen wir Becca an und fragen? Jetzt?« Maddie sah mich mit großen Augen an.

»Nein, Schätzchen, jetzt nicht. Es ist schon spät.«

»Vielleicht morgen?«

Ich nickte und wusste doch, dass ich auch morgen nicht anrufen würde. Diese ganze Situation war so beschissen und es war ganz alleine Rebeccas Schuld. Davon war ich jedenfalls nach dem dritten Glas Bourbon überzeugt, den ich, nachdem ich Maddie ins Bett gebracht hatte, in der Bibliothek trank.

Auch glaubte ich, sie überall im Haus zu riechen. Egal, ob sie mal in dem Zimmer gewesen war oder nicht. Mein Gehirn spielte mir Streiche, es war mir klar und doch trank ich noch ein viertes Glas, damit ich später auch wirklich einschlafen könnte. Das war meine Ausrede. Wie viele ich am Ende tatsächlich getrunken hatte, wusste ich am nächsten Morgen nicht.

Aber dafür, dass mein Kopf zu platzen drohte, als der Wecker losging. Irgendwie hatte ich es wohl ins Bett geschafft. Wann war ich das letzte Mal so besoffen gewesen, dass sich meine Zunge so eklig pelzig anfühlte? Ach, verdammt. Fahrig streckte ich meine Hand nach dem Wecker aus, um diesen widerlichen Ton abzustellen.

An mein Fitnessprogramm war nicht zu denken, aber ich würde auch nicht liegen bleiben können, um meinen Rausch auszuschlafen. Ich richtete mich mühselig auf, fischte mit halbgeschlossenen Lidern Kopfschmerztabletten aus meiner Nachttischschublade und zerkaute sie, noch bevor ich im Bad angekommen war.

Zwei Gläser Wasser und eine kalte Dusche später holte ich mir einen Kaffee und ließ mich von meinem Chauffeur ins Büro fahren. Heute standen keine auswärtigen Besuche an und normalweise hätte ich dann mein Sportauto genommen, aber ich konnte mit Sicherheit behaupten, dass ich dafür nicht nur zu betrunken, sondern auch zu unkonzentriert war. Denn mein verdammtes Gehirn konnte nur noch an Rebecca denken. Es war zum Haareraufen. Und es half ganz bestimmt nicht, dass Maddie mich in jeder wachen Sekunde daran erinnerte, dass wir Rebecca anrufen sollten.

Ob ich wollte oder nicht.

Aber Rebecca müsste Maddie klar machen, dass wir sie nicht besuchen kommen würden. Es war mir egal, wie sie Maddie überzeugen würde, sie musste wieder aus unserem Leben verschwinden.

Sie ist doch schon weg.

Verflucht! So kam ich überhaupt nicht weiter. Zur Krönung meines desolaten Zustandes kamen meine Kopfschmerzen mit voller Wucht zurück. Ich schloss die Augen, hoffte, dass wenigstens die weg sein würden, bis ich im Büro ankäme.

»Sir! Mister West, wir sind da«, sagte mein Chauffeur.

»Was? Ach ja.« Benommen schüttelte ich meinen Kopf, und bereute es gleich wieder. Ich war tatsächlich im Auto eingeschlafen. »Danke, ich rufe Sie, wenn ich Sie brauche.«

Ich stieg aus und fuhr direkt in die Chefetage. Die Personalabteilung war ja sehr schnell gewesen, denn ich entdeckte am Schreibtisch vor meinem Büro eine mir unbekannte junge dunkelhaarige Frau. Eine Sekunde lang hatte ich gedacht, es wäre Rebecca, aber natürlich war sie es nicht. Rebecca war weg. »Wer sind Sie?«

»Guten Morgen, Mister West. Mein Name ist Candice Richards, ich wurde von der Personalabteilung geschickt. Ich arbeite sonst in der Schadensabteilung für Mister Stevens, aber …«

»Schön, der Rest interessiert mich nicht. Stellen Sie keine Anrufe vor neun Uhr durch und auch keine Besucher. In der Zwischenzeit sortieren Sie die E-Mails in meiner Mailbox nach Wichtigkeit und Dringlichkeit. Diejenigen, die über beide Attribute verfügen, möchte ich mit einem Ausrufezeichen versehen haben, diejenigen, die über keines dieser Attribute verfügt, löschen Sie. Den Rest legen Sie in die entsprechenden Ordner ab und arbeiten sie sukzessive ab. Haben Sie das alles verstanden? Gut.«

Ich ging weiter zu meinem Büro, ohne eine Antwort abzuwarten. Es war mir egal, ob mich die neue Assistentin verstanden hatte. Sie war offenbar mit der Firmenkultur vertraut, also war sie einem Neuling gegenüber schon klar im Vorteil.

Vielleicht sollte ich sie losschicken, um mir ein fettiges Frühstück zu besorgen. Ich ließ den Gedanken wieder fallen, für Botengänge war sie nicht angestellt. Nun gut, wenigstens wäre die Assistentinnenfrage geregelt und Jayden würde mir nicht an die Gurgel springen, dass ich seine Assistentin immer noch in Beschlag nahm.

Offenbar hatte mich meine neue Assistentin doch nicht verstanden, denn kaum hatte ich mich soweit konzentrieren können, den Bericht mit unseren Absatzzahlen und Trends zu lesen, platzte Tyler in mein Büro, dicht gefolgt von Jayden. »Kommt doch rein. Setzt euch, soll ich euch einen Kaffee machen?«, fragte ich sarkastisch.

»Wie siehst du denn aus?«, fragte Tyler.

»Würde es dir etwas ausmachen, die Tür zu schließen, bevor wir meine Befindlichkeit diskutieren?«

»Wieso, da draußen ist niemand«, bemerkte er ungerührt.

»Wieso, wo ist denn diese Cassandra?«,

»Wer ist denn Cassandra?«, fragte Jayden.

»Na, meine Assistentin?«

»Ich weiß nur, dass meine wegen dir Doppelschichten schiebt«, behauptete Jayden.

»Sag mal, bist du in ein Fass Bourbon gefallen?«, fragte Tyler nach. »Was ist mit dir?«

»Warum seid ihr hier?«

»Wir haben den neuen Vertrag für Kinkade fertig. Er ist in deiner Inbox, du solltest ihn rasch lesen, damit wir den Deal abschließen können.« Jayden machte es wohl riesigen Spaß, mich zu reizen.

»Ich sehe ihn mir an.«

»Wann?«

»Gleich, reicht das?«

»Aber ja, danke. Ich bin in meinem Büro, wenn du mich suchst.« Jayden zog die Tür zu. Vielleicht kam es nur mir so vor, als ob er es absichtlich laut getan hatte, ich hatte jedenfalls das Gefühl, dass mein Schädel gleich platzen würde. Tyler hingegen zuckte nicht mal mit der Wimper. Aber er musterte mich und der Blick gefiel mir überhaupt nicht.

»Es ist wegen Rebecca. Wo ist sie?«

»Weg. Das siehst du doch.«

»Geht es auch ein bisschen ausführlicher? Denn so wie du drauf bist, ist wohl etwas mehr passiert.«

»Und ob mehr passiert ist!«

»Du hast dich in sie verliebt.« Tyler nahm mir mit seiner Feststellung den kompletten Wind aus den Segeln. Es war plötzlich so, als ob sich der Nebel lichtete und ich wieder klar sehen konnte. Dennoch antwortete ich: »Es spielt keine Rolle, sie zieht nach Berkeley. Hat wohl eine Doktorandenstelle bekommen.« Meine Stimme klang resigniert. Meine ganze Wut war verpufft.

»Hast du ihr gesagt, wie du für sie empfindest?«

»Nein. Ich will nicht, dass sie sich zwischen mir und ihrem Lebenstraum entscheiden muss. Denn genau das ist es. Willa hat mir alles erklärt.«

»Willa, die Ethan den Kopf verdreht hat?« Tyler grinste dämlich, bevor er wieder ernster wurde. »Hast du mit Rebecca denn darüber geredet, um herauszufinden, ob es nicht doch eine Lösung gibt? Ich finde, du solltest nicht so rasch aufgeben, zumal sie die erste Frau ist, seit …«

»Mir ist schon klar, dass sie die erste Frau seit Vivian ist, die mich berührt. Und ein Teil von mir kann das Gefühl nicht loswerden, dass eine Beziehung wieder in einem Desaster endet. Aber der andere Teil … Verdammt, Tyler, ich will das Gefühl, die ganze Welt auf den Schultern zu spüren, endlich loswerden. Mit Rebecca … Mein Leben hat sich plötzlich so leicht und lebenswert angefühlt.« Ich schüttelte den Kopf, konnte gar nicht mal begreifen, wie sehr ich Rebecca vermisste. »Wir waren glücklich. Maddie und ich. Es war mir nie bewusst gewesen, dass uns jemand fehlte. Jemand, der nicht das ganze Drama miterlebt hat. Jemand, der keine Bedingungen stellt, sondern uns einfach so ein Lächeln schenkt. Ich rede wirres Zeug, muss der Bourbon sein.«

»Ich weiß nicht, es klingt für mich eher, als ob du dir einige Gedanken gemacht hast. Du hast zum ersten Mal, seit ich dich kenne, Verantwortung in der Firma abgegeben. Deine Prioritäten neu gesetzt.«

»Denkst du, ich bringe es nicht mehr als CEO?«

»Willst du denn so weitermachen wie bisher?«

Ich wollte ein trotziges *Ja, natürlich* rufen, stattdessen hörte ich mich klar und deutlich »Nein« sagen. Ich wollte nicht so weitermachen. Selbst wenn Rebecca und ich nie ein Paar würden, war ich es mir schuldig, herauszufinden, ob das Leben neben Maddie nicht noch mehr für mich bereit hielt als meinen Job.

»Wenn du weißt, was du ändern willst, ruf mich an. Das *wie* besprechen wir dann zusammen. Und übrigens, ich weiß nicht, was du mit Olivia Kinkade vorhast, aber sie ist nicht dumm und sie ist leidenschaftlich. Wenn du sie dazu bringen kannst, auf unserer Seite zu stehen, profitieren wir alle davon.«

Tyler verließ mein Büro, ließ mich allein mit meinen

Gedanken. Ich wusste, was zu tun war. Ich musste zu Rebecca. Zwar hatte ich keine Ahnung, wo sie war, aber dann musste mir eben Willa nochmals helfen. Wenn Jayden sie für die Hochzeit engagierte und Ethan mir wegen Willa so die Ohren vollheulte, wie zuletzt am College, als er total verknallt gewesen war, konnte es eigentlich nur bedeuten, dass Willa sowieso bald zur Familie gehören würde, egal ob sie bis jetzt nur einen One-Night-Stand gehabt hatten oder doch mehr gelaufen war. Somit würde mir Willa auf jeden Fall helfen. Ich hoffte, sie würde meiner Logik folgen können und mir nicht die Tür vor der Nase zuschlagen.

Ich bestellte meinen Wagen, gab Jaydens Assistentin Anweisungen durch, mich nicht zu stören, und verließ wenig später bereits unseren Hauptsitz. Meine Geschwister würden schon dafür sorgen, dass alles seinen gewohnten Gang ging.

Eine halbe Stunde später hielten wir in einer typischen Einkaufsgegend mit Fastfood-Läden, einer Wäscherei, einem Telefonanbieter, einer Bank und weiteren Geschäften. Alle Gebäude waren einstöckig. *Willa's Weddingcakes* lag zwischen dem Taco- und Burritoladen und einem für chinesische Massagen. Nicht schlecht.

»Warten Sie bitte hier. Es dauert nicht lange.«

»Sehr wohl, Mister West.«

Als ich ausstieg, knurrte mein Magen und erinnerte

mich somit daran, dass ich heute noch nichts gegessen hatte. Ich beugte mich zurück in den Wagen. »Natürlich können Sie auch etwas essen gehen. Ich habe es nicht sehr eilig.«

Mein Chauffeur sah mich erstaunt an, aber nickte dann. »Ich bin im Tacoladen, wenn Sie mich suchen, Sir.«

»Danke, bis später.«

Ich schloss die Tür und ging direkt zu Willas Laden. Ich sah keine Kundschaft, auch wirkte der Laden nicht wie ein Café, mehr wie ein Ausstellungsraum, obwohl ich nicht sicher war, ob die aufgereihten Torten echt oder Attrappen waren. Das konnte ich durch die Schaufenster nicht erkennen. Die Tür war verschlossen, aber es gab eine Klingel, die ich drückte. »Ich komme!«, hörte ich eine helle Stimme und sah im nächsten Moment Rebecca durch den Raum eilen. Ihre Schritte verlangsamten sich, als sie mich erkannte. Sie blieb stehen. Ich konnte es ihr nicht verdenken, aber jetzt würde ich auf keinen Fall verschwinden, ohne mit ihr gesprochen zu haben.

»Ich muss mit dir reden. Machst du mir bitte auf?« Besser ich ließe keine Zweifel zu, warum ich hier war.

Zu meiner Erleichterung entriegelte sie die Tür und ließ mich ohne Weiteres eintreten.

Ich ließ meinen Blick schweifen, landete aber rasch wieder bei Rebecca. Sie trug eine helle Bluse und eine

Leinenhose. Ihre Haare hatte sie streng zurückgebunden. Make-up suchte ich vergebens.

»Du siehst gut aus.«

»Und du bist ein Lügner. Möchtest du einen Kaffee? Du siehst aus, als ob du ihn gebrauchen könntest.«

»Danke für die Blumen. Hör zu …«

Sie unterbrach mich. »Setz dich erst einmal. Wo du willst, wir erwarten keine Kunden.«

Sie schien nicht verärgert, das war gut, oder? Ich räusperte mich. »Sind die Torten echt?«

»Nein, die echten bewahren wir in zwei riesigen Kühlschränken auf. Sie würden sonst verderben.«

Wir?

KAPITEL 25

REBECCA

»Also, schieß los. Warum bist du hier?« Gut, dass ich mit Kaffeemachen beschäftigt war, so konnte Colton nicht sehen, wie meine Hände zitterten. Ich war so nervös wie ein Schulmädchen vor dem ersten Kuss. Coltons Wirkung auf mich hatte in keiner Weise nachgelassen. Ganz im Gegenteil, ich konnte mich seiner Präsenz kaum entziehen. Dabei spielte es keine Rolle, dass er aussah, als ob er die Nacht durchgefeiert hätte. Ich wollte dennoch meine Hände in seinen zerzausten Haaren vergraben und mich in einem Kuss verlieren, während ich seinen Herzschlag dicht an meinem und seine Hände auf meiner Haut spürte.

Vielleicht konnte Colton genauso schlecht schlafen

wie ich. Viel zu oft drehten sich in einer ruhigen Sekunde meine Gedanken um Colton und Maddie.

Statt mir zu antworten, setzte er sich, wartete offenbar, dass ich mit dem Kaffee fertig wäre und mich zu ihm gesellte.

Auf Milch und Zucker verzichtete ich, da Colton seinen Kaffee sowieso schwarz trank. Ich nahm beide Tassen, stellte sie auf den Tisch und setzte mich ihm gegenüber.

»Es tut mir leid, dass ich so sauer war, dich angeschrien habe. Dir unterstellt habe, dass du Maddie unglücklich machst. Es war ein Missverständnis und ich habe rot gesehen.« Er sah resigniert aus, hielt aber meinen Blick.

»Und mir tut es leid, dass ich nicht erzählt habe, dass mein Aufenthalt hier und der Job in deiner Firma nur ein Zwischenstopp sind.« Im Gegensatz zu Colton hatte ich Mühe, seinen Blick zu halten. Vielleicht weil ich ihm ein paar Dinge erzählen wollte und es mir nicht leicht fiel.

»Das war nicht das Problem.«

Natürlich. Dass wir uns nähergekommen sind, war das Problem gewesen.

»Meine Mom ...« Ich räusperte mich, aber Colton sah mich jetzt freundlich, fast schon ermunternd an. »Meine Mom hat mir schon früh beigebracht, dass ich mich nur auf mich selbst verlassen soll, denn nur dann könne ich nicht enttäuscht werden. Ich weiß, dass sie jahrelang darauf gehofft hat, dass sich mein Dad ändert. Dass er nicht immer wieder gehen würde, wenn es mal schwierig würde. Und irgendwann ist er dann für immer weggeblieben.«

Ich nippte an meiner Tasse Kaffee, als ob ich mir damit Mut antrinken könnte.

»Wir sind über die Runden gekommen«, fuhr ich fort. »Mein Dad hat wenigstens Geld geschickt, trotzdem hat meine Mom zwei Jobs angenommen, weil sie sich nicht darauf verlassen konnte. Ich habe es ihr gleichgetan. Sobald ich alt genug gewesen war, habe ich immer neben der Schule irgendwo Geld mitverdient. Willas Familie war meine Inspiration. Im Grunde ist sie es immer noch.«

Ich ließ meinen Blick schweifen. Obwohl wir uns in einem Ausstellungsraum befanden, hätte ich morgen daraus ein Café machen können. Die Kaffeemaschine, die den Raum mit diesem herrlichen Duft schwängerte, war eine professionelle Kolbenmaschine. Die Vitrinen und Ablagen, von einem Küchenbauer designed, ganz in Weiß. Eine Wand war in Dunkelrot gestrichen. Darauf hatte Willa Schwarzweiß-Aufnahmen von sich beim Tortenkreieren aufgehängt. Dazu die Attrappen, die sie aufgestellt hatte, die Holztische. Ich hätte noch eine Sofaecke hineingestellt, und fertig wäre *Willa's Coffeehouse* gewesen.

»Willas Dad war Unternehmer und ein Bastler, war fasziniert von moderner Technologie. Ihr Bruder Maxwell ist ebenfalls Unternehmer geworden im IT-Bereich, sogar Willa hat sich gleich nach dem College selbstständig gemacht. Und ich wollte das auch. Ich wollte auch etwas haben, das nur mir gehört, das ich ganz allein geschafft habe. Und ich wollte, dass meine Familie stolz auf mich ist. Weder mein Dad noch meine Mom sind zu meiner Abschlussfeier an der Highschool gekommen, auch nicht am College.«

»Das tut mir leid.«

»Das muss es nicht. Wir haben uns schon lange auseinandergelebt, auch wenn ich meine Mom alle paar Monate anrufe. Es hat nicht viel zu bedeuten. Schätze, die Hoffnung stirbt zuletzt. Somit ist es auch nicht verwunderlich, dass ich an den Abschlussfeiern nach ihren Gesichtern im Publikum gesucht habe.

Ich weiß nicht einmal mehr genau, warum ich unbedingt promovieren wollte. Vielleicht weil ich dachte, dass sie mich dann sehen würden. Vielleicht weil ich mir damit bewiesen hätte, etwas geschafft zu haben, was nicht jeder kann. Vielleicht aber auch, weil ich mich so noch Jahre in einer Traumwelt des neunzehnten Jahrhunderts verstecken konnte.«

Ich lächelte Colton gequält an. Als er eine Hand ausstreckte und mir über die Wange fuhr, merkte ich erst, dass mir eine Träne darüber rollte. Ich hielt still, wollte nicht, dass der Moment verging, obwohl ich mich schämte, hier so herumzuheulen. Als sein Blick an meinen Lippen hängenblieb, hielt ich die Luft an. Ich wusste noch ganz genau, wie gut und vor allem wie richtig er sich angefühlt hatte.

Colton zog plötzlich seine Hand zurück, als ob er sich verbrannt hatte, räusperte sich seinerseits, trank von seinem Kaffee und wirkte wieder um einiges distanzierter, als er mich ansah.

Egal, ich hatte begonnen zu erzählen, also würde ich das jetzt auch durchziehen.

»Ich war am Wochenende in Berkeley, mir die Uni ansehen. Die Leute kennenlernen. Es war toll. Alles, was ich dachte, immer gewollt zu haben. Ich wusste nur nicht, warum ich so traurig war. Schließlich hatte ich mein Leben darauf hingearbeitet. Aber das Einzige, was ich fühlte, war diese unglaubliche Schwermut, wenn ich daran dachte, meinen Plan durchzuziehen. Verrückt, oder?«

»Träume können sich ändern. Es ist sehr mutig, das zu erkennen und entsprechend zu handeln.«

»Ist es kein Zeichen von Schwäche?«

»Es gibt sicher Menschen, die so etwas als Schwäche ansehen. Ich gehöre nicht dazu. Manchmal zwingen einen die Umstände dazu, ein paar Umwege zu laufen, aber am Ende ist es nur wichtig, dass wir das Ziel nicht aus den Augen verlieren. Und das kann sich mit der Zeit auch ändern. Das klingt jetzt ziemlich verworren. Was ich damit sagen will, ist, dass ich weiß, wie du dich fühlst.«

Jetzt wurde Colton nachdenklich, spielte mit einer der Servietten, die überall auflagen.

»Für mich stand immer fest, die Firma, die mein Großvater gegründet hatte, noch erfolgreicher zu machen. Selbst als ich geheiratet habe, habe ich mit Volldampf weitergearbeitet. Das bedeutete nicht, dass ich Vivian nicht geliebt habe, das habe ich, sehr sogar. Nur war da immer diese übergeordnete Aufgabe, die mich jeden Tag angetrieben hat. Auch als ich mich plötzlich allein mit einem Kleinkind wiederfand, gab es immer noch die Firma. Ich kann dir nicht sagen, wann es sich geändert hat. Wann ich gemerkt habe, dass ich etwas anderes will.«

Er hob den Blick. Wir sahen uns tief in die Augen.

»Ich denke, meine Geschwister haben es schon lange vor mir gemerkt«, sprach er weiter. »Aber ich habe ihnen nicht zugehört, zu sehr war ich in der Rolle des großen Bruders gefangen. Ich habe immer irgendwelche Rollen ausgefüllt. Versteh mich nicht falsch, ich habe es nicht als Last empfunden, es war einfach so, wie es war. Nur als du mich gefragt hast, wovon ich als Kind geträumt hatte, und mir aufgefallen ist, dass ich schon längst am Ende meines Traumes angekommen bin, da hat sich etwas verschoben.« Er schüttelte resigniert den Kopf.

»Ich bin nicht hergekommen, um dir im Weg zu stehen oder dich zu bitten, hier zu bleiben. Aber ich würde gerne ein Teil deines Lebens sein. Ich vermisse dich, wir vermissen dich. Du bist seit langem das Beste, was mir passiert ist. Und ja, ich habe eine Scheißangst, dass es schiefgeht, dass ich es vermassle oder es sonst nicht passt. Aber verdammt, noch schlimmer als jetzt kann ich mich kaum fühlen.«

Sein gequältes Lächeln war nicht gespielt.

»Ich habe auch Angst. Sehr sogar. Als mir Maddie die Fotos geschickt hat, ist mir klar geworden, wie sehr ich es vermisse, eine eigene Familie zu haben. Dass ich die Leere in mir mit meiner Arbeit oder meinem Studium ausgefüllt habe. Ich war immer gut darin gewesen, anzupacken, mich richtiggehend in meiner Arbeit zu verlieren, sodass ich gar keine Zeit hatte zu merken, dass ich es auch tat, um nichts zu fühlen.«

»Das kann ich sehr gut verstehen.« Colton verschränkte seine Hand mit meiner. Das warme Gefühl, das mich dabei durchströmte, wollte ich nicht mehr missen. »Ich werde versuchen, mein Pensum zu reduzieren, mehr Zeit zu haben, für Maddie, für mich, für das Leben.«

»Es wird nicht einfach werden.«

»Nein, ganz bestimmt nicht.«

»Ich könnte dir dabei helfen, wenn du mir auch hilfst. Weißt du, ich gehe nicht weg. Ich habe beschlossen, meine Freelancertätigkeit wieder aufzunehmen, falls ich dafür überhaupt Zeit haben werde, denn ich bin Willas neue Partnerin. Was bedeutet, dass wir ihr Geschäft vergrößern werden. Den Plan dazu stellen wir in den nächsten Tagen auf.«

Ein Lächeln stahl sich auf sein Gesicht.

»Du bleibst?«

Ich nickte. Sein Lächeln wurde breiter. Als er sich zu mir beugte, fanden sich unsere Lippen wie von allein. Wie ich das Gefühl liebte, Colton zu küssen. Wir seufzten beide auf, als sich unsere Zungen berührten, und schon bald hörte ich mich keuchen und wäre am liebsten mit ihm in unserem winzigen Büro verschwunden. Er stoppte den Kuss, atmete schwer. »Sehen wir uns heute Abend?«

»Möchtest du zum Abendessen vorbeikommen? Willa wird nicht da sein.«

»Sehr gerne.«

»Gegen acht?«

»Ich kann es kaum erwarten.«

Ein letzter Kuss, bevor er aufstand und das Lokal verließ. Noch eine ganze Weile spürte ich meine erhitzten Wangen. Vor allem aber spürte ich auch Zuversicht, wenn ich an eine gemeinsame Zukunft dachte.

KAPITEL 26

COLTON

Maddie verbrachte den Abend bei meinen Eltern, somit kam ich drum herum, ihr zu erklären, warum ich Rebecca ohne sie besuchte. Dieser Abend für uns war wichtig. Dennoch wollte ich ihn in meinem Kopf nicht vorplanen, sondern ihn einfach auf mich zukommen lassen. Ich fühlte mich richtiggehend beflügelt, ertappte mich sogar dabei, wie ich auf der Fahrt zu Rebecca zu einem Song im Radio summte und mit meinen Fingern auf dem Lenkrad trommelte.

Es fühlte sich wie ein erstes Date an. Ich hatte einen Strauß roter Rosen besorgt und eine Flasche Rotwein, von der ich bereits wusste, dass sie Rebecca schmecken würde. Sie mochte italienische Weine. Irgendwann würde ich ihr Florenz zeigen, das nahm ich mir fest vor. Aber jetzt sollte ich besser meine flatternden Nerven in den Griff bekommen, denn ich war angekommen. Ich parkte und stand in Rekordzeit vor ihrer Haustür.

Noch einmal tief durchatmen, bevor ich die Klingel drückte. Als sie die Tür öffnete, schluckte ich. »Du siehst fantastisch aus.«

Sie hatte die Haare hochgesteckt, sodass ich sie ungehindert am seitlichen Hals hätte küssen können. Ihr Kleid schimmerte in einem dunklen Rot, das ich auch auf ihren Lippen wiederfand, die sich jetzt zu einem verführerischen Lächeln verzogen.

»Danke, du siehst auch nicht schlecht aus.«

Ich hatte mich für einen Anzug von meinem Lieblingsdesigner entschieden. Damit konnte ich nichts falsch machen. Nur würde es mir verdammt schwerfallen, ihn überhaupt lange anzubehalten.

»Komm rein.«

»Danke. Hier, die sind für dich.«

»Sie sind wundervoll. Ich suche kurz eine Vase. Was möchtest du trinken? Es gibt Hühnchen mit Honigsoße und Gemüse. Ich hoffe, das passt.«

»Natürlich. Es riecht köstlich.« Es wäre mir egal gewesen, wenn wir Pizza bestellt hätten. Ich sah ihr hinterher, wie sie in die offene Küche ging und sich um die Blumen kümmerte. Als sie fertig war und die Kristallvase auf dem Wohnzimmertisch abgestellt hatte, wandte sie sich mir mit einem Lächeln zu, ihre Hände knetete sie wohl aus Nervosität. »Du hast mir noch nicht gesagt, was du trinken möchtest.«

»Nein, wir haben uns auch noch nicht richtig begrüßt.«

Ohne ihre Antwort abzuwarten, ging ich auf sie zu und küsste sie zärtlich. »Danke für die Einladung.« Ich küsse sie abermals.

»Schön, dass du hier bist.« Sie zog mich an sich, öffnete ihren Mund und vergrub ihre Hände in meinen Haaren. Als ihre Zunge vorschnellte, war es bereits um mich geschehen. Ich zog sie noch dichter an mich, wollte sie so nah wie möglich spüren.

»Kommt dein Essen eine Weile ohne uns aus?«, keuchte ich an ihre Lippen.

»Ja, ist alles im Ofen. Ganz praktisch«, gab sie genauso atemlos zurück.

Als ich sie hochhob, schlang sie ihre Beine augenblicklich um meine Hüften, ihre Fingernägel krallten sich in meinen Rücken. Ich wollte sie. »Wo ist dein Zimmer?«, presste ich zwischen unseren Küssen hervor.

»Den Gang runter«, keuchte sie an meine Lippen. Irgendwie schafften wir es, ohne dass ich über meine Füße stolperte oder Rebecca fallen ließ. Auch hatten wir kaum unsere Küsse unterbrochen, schienen den anderen nicht loslassen zu wollen.

Als ich das Bett gefunden und Rebecca darauf abgesetzt hatte, legte ich mich gleich auf sie. Unser Stöhnen hallte im Raum wider. Erst als ich Rebeccas Hände an meinem Gürtel spürte, beendete ich unseren Kuss, zog mein Jackett und meine Schuhe und Socken gleich mit aus. Jetzt kam auch Bewegung in Rebecca. Abermals legte sie ihre Hände auf meinen Gürtel, öffnete ihn und auch meine Hosen, während ich gleichzeitig versuchte, mein Hemd aufzuknöpfen. Rebecca warf mir immer wieder einen Blick zu, leckte sich über die Lippen und lenkte mich damit gewaltig ab. Als mein Hemd endlich offen war, küsste sie mich auf den Bauch, und fuhr dann mit ihrer Zunge hoch zu meiner Brust. Mein Knurren wurde sogleich von ihrem Mund verschluckt, denn sie stellte sich auf die Zehenspitzen und küsste mich wieder leidenschaftlich. Ich hätte ihr in dem Moment am liebsten ihre Kleider vom Leib gerissen. Meine Willenskraft war aufgebraucht. Rebecca hingegen schaffte es, den Reißverschluss ihres Kleides in Zeitlupe zu öffnen und mich damit wahnsinnig zu machen.

Ihrem kecken Augenaufschlag nach zu urteilen, bereitete es ihr einen Höllenspaß, mich so zu reizen. Als das Kleid zu Boden fiel, öffnete ich den BH mit einem Handgriff und streifte ihn auch gleich ab. Haut auf Haut drückte ich sie zurück aufs Bett. Wie wir die restlichen Kleider entfernt hatten, weiß ich nicht mehr. Ich hatte diese Welt längst verlassen, war wie von Sinnen. Zu hören wie sehr mich Rebecca wollte, war Musik in meinen Ohren. Ihre Hände auf mir zu spüren, jagte einen Schauer nach dem anderen durch meinen Körper. Sie gehörte zu mir, ich wollte keinen Zweifel daran übrig lassen.

REBECCA

Colton war wie eine Urgewalt. Seine Leidenschaft machte mich atemlos. Und ich liebte jede Sekunde davon. Wir schnappten nach Luft, als ob wir bereits zum Höhepunkt gekommen waren, dabei war das immer noch das Vorspiel. Ich war komplett überreizt, dachte nicht nur seinen Herzschlag zu spüren, sondern auch von seinen Berührungen in Flammen aufzugehen. Es war zu viel, zumal er gar nicht daran dachte, mich zu erlösen. Und da er unsere Beine verflochten hatte, spürte ich zwar seine Erektion an meinem Bauch, aber ich konnte mich nicht rühren. Er machte mich wahnsinnig, im besten Sinn.

Als ob er meine Gedanken gelesen hätte, beendete er

unsere Küsse und sah mir tief in die Augen. Und er öffnete mir dabei seine Seele. Was ich darin las, ließ keinen Zweifel offen, wie viel ich ihm bedeutete. Vielleicht hatte Willa ja recht gehabt. Zeit spielte keine Rolle, wenn zwei Menschen sich fanden, die zueinander gehörten.

Dennoch war ich froh, dass keine Worte folgten. Dass wir uns nicht die ewige Liebe schworen. Es fühlte sich zu früh an, ich wollte die Schmetterlinge im Bauch noch etwas genießen, bevor ich ihnen einen Namen gab. Bevor ich mich den Folgen stellen musste. Denn hier in unserer Blase konnten wir so tun, als ob alles ganz einfach wäre, nur würden die Probleme, die zweifelsohne da waren, dadurch nicht verschwinden. Aber ich konnte sie sehr wohl für den Moment vergessen.

So zog ich Colton zu mir und küsste ihn innig, bevor ich mit meinen Fingernägeln über seinen Rücken zu seinem Po fuhr, ihn kniff und so zum Ausdruck brachte, dass ich ihn wirklich, wirklich in mir spüren wollte. Jetzt! Er knurrte, was mich nur noch feuchter werden ließ. Auf mein frustriertes Stöhnen folgte sein leises Lachen. »Bin gleich zurück.«

Ich sah ihm zu, wie er aufstand und zu seiner Kleidung ging, die achtlos auf dem Boden lag. Er nahm sich ein Kondom aus der Geldbörse, streifte es über und warf mir dabei einen belustigten Blick zu.

»Gefällt dir die Peepshow?«

»Fischst du nach Komplimenten?«

»Aber immer.« Er kam mit einem wölfischen Grinsen zurück, legte sich wieder auf mich und drang mit einer geschmeidigen Bewegung in mich ein. Nur bewegte er sich wieder nicht.

»Was ist denn?«

»Ich warte.«

»Worauf?«

Seine hochgezogene Augenbraue hätte spöttischer nicht sein können.

»Du bist ein verrückter Kerl.« Abermals kniff ich ihm in den Po.

»Nicht das, was ich hören wollte, aber egal.« Er seufzte und begann seine Hüften zu bewegen, rasch vor, langsam zurück. Ich liebte das Gefühl, wenn er genau die richtigen Stellen traf. Noch mehr liebte ich, wenn wir beide spürten, wie unser Höhepunkt näher kam und unsere Bewegungen immer unkontrollierter wurden. Wenn wir uns küssten, kratzten und nicht mehr wussten, wo unten und oben war, und das Beste, wenn wir gemeinsam losließen und abhoben. Nur noch den Herzschlag und Atem hörten und spürten und eng umschlungen wieder zu Sinnen kamen.

»Das war fantastisch, Baby. Danke, du bist der Größte«, säuselte ich in Coltons Ohr, als ich mich einigermaßen gefangen hatte.

Er lag halb auf mir. Sein Lachen vibrierte auf meinem Brustkorb. Er hob seinen Kopf, zwinkerte mir zu. »Ich besitze viele Qualitäten. Falls du einen Assistenten für dein Business brauchst …«

»Ganz bestimmt nicht.« Und damit zog ich ihn noch einmal in einen Kuss.

EPILOG

REBECCA

»Ich will ein Prinzessinnenkleid, in Gold oder Blau, und einen Zopf wie Elsa.« Seit wir losgefahren waren, plapperte Maddie ununterbrochen.

»Wir müssen Jayden und vor allem Olivia fragen, was sie sich vorstellen, aber ich bin sicher, dein Kleid wird wunderschön sein«, versicherte ich Maddie. Ich hatte keine Ahnung, was sie planten. Aber so wie Colton das Lenkrad umklammerte, war ich mir nicht sicher, dass er überhaupt zugehört hatte. Und irgendwer musste ja Maddie antworten.

Als ich meine Hand kurz auf Coltons legte, seufzte er leise, schien sich jedoch ein wenig zu entspannen. Mittlerweile wusste ich auch, dass diese Hochzeit zu einem

Businessdeal gehörte, was ich sehr gewöhnungsbedürftig fand. Aber natürlich gab es diese arrangierten Hochzeiten in den gehobenen Kreisen oder auch in anderen Kulturen.

»Fragen wir jetzt?«

»Nein, wenn wir auf der Ranch sind, Maddie.«

»Bekommen sie ein Baby?«

Mir stockte der Atem und ein Blick zu Colton bestätigte mir, dass ihm das Blut aus dem Gesicht gewichen war. Er räusperte sich. »Ich denke nicht.«

»Schade.«

Colton räusperte sich noch einmal, sagte aber nichts mehr. Kinder, eine Hochzeit oder gemeinsame Zukunftspläne hatten wir bisher ausgeklammert. Es war einfach noch zu früh dafür. Das bedeutete jedoch nicht, dass wir uns nicht trotzdem diesen Fragen würden stellen müssen, denn sobald wir als Paar an Jaydens und Olivias Hochzeit auftreten würden, würden die Spekulationen losgehen. Soweit ich es beurteilen konnte, würde mir keiner von Coltons Geschwistern in den Rücken fallen, aber das galt ganz bestimmt nicht für seinen Dad. Seine Mutter hatte ich noch gar nicht kennengelernt.

Dieses Mal ergriff Colton meine Hand und warf mir ein Lächeln zu. Offenbar hatte er jetzt gespürt, dass sich meine Gedanken wieder um unser Outing drehten.

»Wird schon schiefgehen«, hörte ich ihn murmeln.

Wenigstens stand heute nur eine Besprechung zum Hochzeitsablauf an. Etwas Zeit zum Durchatmen war dringend nötig.

Erleichtert sah ich das Schild zur Farm auftauchen. *Sophie's Country-Style Weddings and Other Adventures* lag nur sechzig Meilen entfernt von Coltons Haus.

»Das ist aber schön!«, rief Maddie begeistert und klatschte vor Freude in die Hände.

»Das finde ich auch«, rief ich genauso enthusiastisch, als wir das Tor passierten und vor einem doppelstöckigen Haupthaus parkten. Eine große Scheune lag zur Linken und gegenüber sah ich ein Café, das *Mariposa*. Ein kleiner, dunkelhaariger Junge spielte auf der Veranda des Cafés mit Bauklötzen. Die meisten Tische waren von älteren Damen belegt. Vielleicht ein Klub?

»Kann ich mit ihm spielen?«, fragte Maddie sogleich.

»Lasst uns zuerst Jayden suchen«, bestimmte Colton, schnallte sich ab und stieg aus. Seine Laune war wieder auf dem Nullpunkt.

Ich half Maddie aussteigen, während Colton auf seinem Handy herumdrückte und es genervt wieder einpackte. »Wir könnten auch …«

Weiter kam ich nicht, denn die Tür zur Scheune ging auf und eine dunkelhaarige Frau kam heraus, dicht gefolgt von Jayden. Dass die beiden alles andere als glücklich wirkten, war nicht zu übersehen. Dahinter sah ich Willa mit einer kleinen, blonden Frau. Beide sahen gelassen und sehr fröhlich aus, was als Kontrast irgendwie bizarr wirkte.

»Kann ich spielen?« Maddie zog mich bereits Richtung Café, während Colton auf seinen Bruder zuging. Wir würden bald zur Hauptattraktion werden, schon jetzt sah ich ein paar neugierige Blicke von den älteren Damen.

»Hi, ich bin Sam Fratelli. Herzlich willkommen. Sie sind der Trauzeuge?«, hörte ich die blonde Frau Colton begrüßen.

Ich hätte schwören können, Colton »Nicht freiwillig« murmeln zu hören, aber das war wohl meiner Einbildung geschuldet, denn ich stand zu weit weg. »Maddie, jetzt warte doch bitte.«

»Sie kann ruhig mit meinem Sohn Federico spielen«, rief mir diese Sam zu. Der Junge hob den Kopf, sah zu Sam und dann zu Maddie. Als er lächelte, sah ich zwei Grübchen. Das würde mal ein Herzensbrecher werden. »Bauen wir ein Schloss?«, fragte Maddie aufgeregt und lief bereits auf den Jungen zu.

Er nickte und strahlte richtig. Wenigstens einer, der sich freute. Ich ging zu Colton und stellte mich erst einmal vor, bevor ich Willa begrüßte. Sie stand etwas abseits, ein belustigter Zug lag um ihren Mund.

Jayden und Olivia sah ich zwischen den Häusern verschwinden. Colton und Sam folgten. »… entweder am See oder bei der Trauerweide. Beide Orte sind sehr beliebt. Ihr Bruder …« Sam war ganz in ihrem Element, sie wirkte sehr sympathisch, was mir Willa auch gleich bestätigte.

»Ihr gehört das Café. Sie backt leidenschaftlich gerne, hat sich aber überhaupt nicht daran gestört, dass Jayden mich mitgebracht hat.«

»Haben sie sich denn jetzt entschieden, ob sie dich buchen wollen? Die Ranch stellt ja das Catering und ich vermute, dass Sam dann auch die Torte backen würde, oder?«

»Für Jayden ist der Fall klar, dass ich es mache.«

»So? Kann es sein, dass Ethan das möchte?«

»Und wenn schon. Es ist auf jeden Fall gute Werbung für unser neues Geschäft, Partnerin.«

»Stimmt.«

Wir sahen den vieren nach, die bald komplett verschwunden sein würden. »Diese Olivia ist sehr nett. Ich verstehe überhaupt nicht, warum sie sich gefallen lässt, von Jayden so abfällig behandelt zu werden.«

»Ach ja? Ich kenne nur Jaydens charmante Seite. Er war immer sehr nett zu mir. Ich dachte, sie wäre die Hexe.«

»Nein, ganz und gar nicht«, bekräftigte Willa.

»Was sich liebt, das neckt sich?«

»Kann schon sein. Gut, dass es nicht unser Problem ist.«

»Da kann ich dir nur zustimmen. Meinst du, wir

sollten ihnen nachgehen? Ich würde mir die Ranch schon gerne auch selbst ansehen.« Ich warf Maddie einen Kontrollblick zu, aber sie spielte vertieft.

»Ja, wir gehen ihnen besser hinterher.«

Zur Sicherheit gab ich Maddie Bescheid, wo wir waren, bevor ich Willa folgte. Das Gelände war viel weitläufiger, als ich gedacht hatte. Zur Linken sah ich mindestens ein Dutzend Gästehäuser, die dunkelrot gestrichen und mit bunten Blumen geschmückt waren. »Kann man hier auch Urlaub machen?«

»Kann man, ich habe mich bereits erkundigt. Und wenn du willst, kannst du so verrückte Sachen machen wie Bungee-Jumping oder River Rafting.«

»Ich hatte etwas Romantischeres im Kopf.«

»Dich hat es ganz schön erwischt.«

»Wir stehen noch ganz am Anfang«, wiegelte ich ab.

»Vielleicht. Aber ich wette, ich werde meine Wohnung bald wieder ganz für mich allein haben.«

Da wir die anderen an einem wundervoll romantisch gelegenen kleinen See eingeholt hatten, entging ich einer Antwort. So wie mich Colton jetzt an seine Seite zog und mich küsste, konnte ich mir sehr gut vorstellen, dass einige hier, wie Willa dachten.

Als wir voneinander abließen, sah ich jedenfalls Jaydens zufriedenen Gesichtsausdruck. Olivia sah hingegen wehmütig aus, was mir augenblicklich leidtat.

Der Moment verflog, als sie die Hand ausstreckte und sich vorstellte. »Hi, ich bin Olivia.«

»Rebecca, sehr erfreut.«

»Willa hat mir schon von dir erzählt. Ich finde es toll, dass ihr zusammen ein Geschäft aufbaut.« Sie nickte mir freundlich zu, ihre dunklen Augen leuchteten. Ich kam nicht dazu, ihr zu erklären, dass Willa bereits einiges allein geschafft hatte, weil uns Jayden mit den Worten »Wann kommt eigentlich deine Trauzeugin endlich?« unterbrach.

»Es kann eben nicht jeder gleich springen, wenn du rufst.«

»Wir planen diese Hochzeit ja nicht erst seit gestern.«

»Wir hätten auch in Arizona heiraten können, schon mal daran gedacht?«

Jaydens abschätziges Schnauben war offenbar seine Antwort auf diese berechtigte Frage. Aber ganz sicher würde ich mich nicht einmischen.

»Der künstliche See oder die Trauerweide sind zum Heiraten gleichermaßen beliebt«, erklärte Sam.

Olivias Blick ging über das sich im zarten Wind bewegende Schilf zum anderen Ufer. Ich konnte ihre Sehnsucht förmlich spüren oder war es meine eigene? Hier würde ich selbst unglaublich gerne heiraten, fiel mir plötzlich auf, und ich war mir dabei so sicher, dass ich, falls mir Colton jetzt und hier einen Antrag gemacht hätte, ja gesagt hätte. Wie verrückt war das denn?

Ich spürte seine Hände überdeutlich, die sanft über meine Arme strichen. Sein Atem kitzelte mich am Ohr, als er mir zuflüsterte: »Es ist perfekt.«

Hatte er etwa denselben Gedanken wie ich? Als ich meinen Kopf drehte, streiften seine Lippen meine. Es war ein flüchtiger Kuss, aber seine Augen, die mich liebevoll ansahen, gaben mir ein stummes Versprechen. Mein leises Seufzen ging in Olivias emotionsloser Stimme unter, die sagte: »Wir heiraten bei der Trauerweide.« Sie drehte sich abrupt um und ging sogleich den Weg dorthin zurück.

»Wie du willst«, antwortete Jayden genervt und ging ihr hinterher. Wir folgten in einigem Abstand. Ihr Gezanke konnten wir dennoch nicht überhören.

»Was soll denn das jetzt?«

»Du willst doch am See heiraten, also warum machen wir es nicht einfach?«

»Und wie soll das gehen? *Du* hast doch halb Texas eingeladen. Wo sollen denn die dreihundert Gäste hin?« Olivia gab also zu, dass Jayden recht hatte?

»Ich bin sicher, dass Sam für *unsere* Gäste eine Lösung finden würde.«

»Natürlich«, bestätigte Sam. »Wir haben schon größere Hochzeiten …«

»Nicht nötig, aber Danke Sam, wir heiraten an der

Trauerweide. Wir wollen doch nicht, dass sich die feinen Leute die Schuhe ruinieren.«

Olivia und Jayden waren mittlerweile stehen geblieben und lieferten sich jetzt ein Blickduell. War ich die Einzige, die dabei die Funken sprühen sah? Ich hätte schwören können, dass sie sich im nächsten Moment leidenschaftlich küssen würden.

»Ist das wirklich eine arrangierte Hochzeit?«, flüsterte ich Colton zu.

»Ich weiß nicht mehr als du«, flüsterte Colton zurück. Ich konnte mir vorstellen, dass er wenig Hemmungen hatte, nachzuhaken. Wenn er mit Jayden allein wäre.

»Wir nehmen die Trauerweide, das ist am einfachsten«, beschloss Olivia, dieses Mal ohne Jaydens Einwand. Sam nickte und ging auch gleich die Bestuhlung durch, erklärte, wo idealerweise das kleine Orchester sitzen würde und wo Olivia am besten mit ihrem Dad warten sollte, bis sie den Hochzeitsmarsch hörten und losliefen.

Vielleicht war es auch diesem wundervollen Ort geschuldet, dass wir mit der Zeit alle ruhiger wurden. Oder es war Sams Einfluss, denn sie war die geduldigste Person, die ich kannte.

Wir blieben den ganzen Tag und hatten sogar Gelegenheit, unseren ganz persönlichen romantischen Moment am See zu genießen. Colton hielt mich dabei von hinten im Arm, verteilte immer mal wieder kleine Küsse auf meinen Scheitel.

»Einen Penny für deine Gedanken.«

»Ich bin gerade richtig glücklich. Am liebsten würde ich dieses Gefühl in Dosen packen, um es in den nächsten Wochen hervorholen zu können.«

»Wir können jederzeit wieder herfahren. Allein.«

»Klingt nach einer sehr guten Idee.«

»Ich habe viele gute Ideen. Zum Beispiel könntest du bei uns einziehen.«

Ich konnte mir ein Lachen nicht verkneifen.

»Was?«, fragte Colton.

»Willa rechnet bereits mit meinem Auszug. Ich werde darüber nachdenken.«

»Tu das. Warum nicht gleich auf der Rückfahrt? Wir sind mindestens eine Stunde unterwegs.«

Ich unterbrach Colton mit einem Kuss. Jetzt, da er sich zu entspannen schien, war er wieder wie ausgewechselt.

»Du meist es wirklich ernst.« Auf seinen fragenden Blick hin ergänzte ich: »Mit uns. Mit einer gemeinsamen Zukunft.«

»Natürlich. Ich dachte, ich hätte keine Zweifel darüber offengelassen. Ich weiß, dass du dir Sorgen machst, was mein Dad sagen könnte. Oder wie unser Outing an der Hochzeit ankommen könnte, aber glaub mir, es ist egal. Die Einzigen, die zählen, sind du und ich und Maddie. Wir drei.«

Er hatte recht. Wie sehr wurde mir erst jetzt richtig bewusst. Es würde immer Menschen geben, die mich kritisierten, die mir mein Glück nicht gönnten oder mir Steine in den Weg legten. Aber das waren nicht die, mit denen ich mein Leben teilen wollte, sondern solche wundervollen Menschen wie Colton und Maddie.

»Tja, also wenn das so ist, ziehe ich vielleicht ganz bald sehr gerne bei euch ein.«

Colton hob mich hoch, wirbelte mich umher und stieß einen Siegesschrei aus.

»Lass mich runter, du verrückter Kerl, das war noch kein Ja.«

Er setzte mich lachend wieder ab. »Oh, doch! Das war sehr wohl ein Ja.«

Offenbar wollte er in dieser Sache das letzte Wort haben, denn er besiegelte seine Aussage mit einem hollywoodreifen Kuss.

»Es ist perfekt«, flüsterte er an meine Lippen.

Das war es wirklich und ich konnte es nicht erwarten, noch mehr solcher Momente einzufangen. Warum nicht jeden Tag?

ENDE

Vielen Dank, dass Du **VERLIEBT IN DEN CEO**

gelesen hast! Ich hoffe, Dir hat die Geschichte von Colton und Rebecca gefallen. Im nächsten Band geht es um Jayden und Olivia. Ihre Geschichte fügt sich nahtlos an, somit bist Du ganz herzlich zu ihrer (Fake)-Hochzeit eingeladen! Hier geht's zum Buch: **HOCHZEITSDEAL MIT DEM BOSS.**

Es wäre toll, wenn Du auf Amazon eine kurze Rezension hinterlassen würdest, das hilft anderen Lesern, neue Bücher zu entdecken und mir gibt es Feedback. Danke! ♥

Um die Neuerscheinung nicht zu verpassen, folge mir bitte auf Amazon.

NACHWORT

Neues Jahr, neue Reihe!

Ich habe mir lange überlegt, ob ich den Bachelors aus der gleichnamigen Reihe eine Pause gönne. Noch mindestens zwei Bücher hatte ich geplant, eher mehr und sogar schon die Geschichte von Maxwell Reed, dem IT-Spezialisten angefangen.

Gleichzeitig hatte ich wieder einmal Lust, nach Texas zu reisen. Neben Georgia fasziniert mich dieser Bundesstaat in den USA schon lange. Wahrscheinlich, weil ich ihn mir so ganz anders vorgestellt habe, bevor ich dorthin eingeladen worden bin. Mein erster Besuch war im Jahr 2005 gewesen. Die Herzlichkeit der Menschen hat mich nachhaltig beeindruckt, genauso wie die unglaubliche Weite, die wir in der Schweiz so natürlich gar nicht kennen. Texas ist beinahe achtzehnmal so groß wie die Schweiz und fast doppelt so groß wie Deutschland.

Platz für sehr viele Storys also ;-)

Und wer mich und meine Bücher gut kennt, hat bestimmt schon ein paar alte Bekannte in „Verliebt in den CEO“ wiedererkannt. Tatsächlich habe ich aber auch die Bachelors verknüpft, denn statt Maxwell Reeds Geschichte zu erzählen, habe ich seine Schwester Willa erschaffen. Sie ist von Anfang an in San Antonio mit dabei und bekommt am Ende natürlich auch ihr Herzblatt. Könnte sein, dass es Ethan wird ;-).

Falls Du bis es mit den West-Geschwistern weiter geht Lust auf exklusive Kurzgeschichten hast, dann melde Dich doch für meinen Newsletter an und erhalte Dein exklusives Geschenk. Zur Anmeldung folge diesem Link: https://www.katrinebuck.net/newsletter-2/

Ich freue mich auch sehr, wenn Du mir schreibst, wie Dir das Buch gefallen hat (katrinebuck@gmail.com) und wenn Du magst auch eine Rezension auf Amazon, Lovelybooks, Goodreads, Deinem Blog … hinterlässt und bitte empfiehl das Buch weiter. Besonders im Selfpublishing sind wir Autoren darauf angewiesen. Ich danke Dir von Herzen!

Alles Liebe

WEITERE BÜCHER VON KATRIN EMILIA BUCK

Ich liebe ihn, ich liebe ihn nicht

Eine romantische Dreiecks-Liebesgeschichte um Millie, Marc und Nick. Modern, leicht, mit einigen Geheimnissen und viel Gefühl.

Love me London - Reihe:

Spannung, Intrigen und große Gefühle. Love me London dreht sich um die Geschwister Sabina und Robert Wolf, die aus einem Labyrinth von Lügen ihren Weg finden müssen.

Lügen aus Liebe

Mehr als nur ein Sonnyboy

Spielst du nur mit mir, Liebling?

Die Fratellis:

Drei Geschwister einer römischen Gastronomiefamilie sind

auf der Suche nach ihrem persönlichen Glück. Mit Humor und Herzschmerz zum Happy End!

Made by Love - Emanuele

Love Beyond - Darren

Love Match - Franco

Sammelband

Die Campbells:

Fünf Geschwister, vier Mütter und ein sich schnell verliebender Vater sind die Campbells. Schlagfertig, humorvoll und romantisch!

Love Matters - Jarred

Love Nest - Alice

Love Melody - Liam

Breath of Love - Sean

Scent of Love - Henry

Easy to Love

Für wen wird sich Sara entscheiden? Für ihre alte Liebe Simon oder ihre neue Liebe Tom?

Brooklyn Love:

Zwei Freunde, die unterschiedlicher nicht sein könnten auf der Suche nach ihrem persönlichen Glück. Humorvoll, spannend und natürlich mit ganz viel Liebe!

Ready for a new Love

Ready for a new Soulmate

Ready for a new Romance

Ready for a second Chance

Ready for a new Adventure

The Bachelors

Ob Miami oder Atlanta, die Bachelors sind die heißesten Single-Millionäre der Stadt.

Miami Charmer

Atlanta Flirt

Wilson & Mackenzie

Justin & Amber

Garrett & April

Philly Ice Hockey

Magst du heiße Kerle, die Eishockey spielen? Dann bist du hier genau richtig:

Philadelphia Pucks: Mike & Gillian

1. Auflage Januar 2022

www.katrinebuck.net

katrinebuck@gmail.com

Covergestaltung: Hippomonte Publishing e.K.

Coverbilder: Mann © by Vadymvdrobot, www.depositphotos.de (Stockfoto-ID: 74755257); Hintergrund © by Tomert, www.depositphotos.de (Foto-ID: 310852672)

Lektorat & Korrektorat: Corinna Rindlisbacher, www.ebokks.de

Printed in Poland
by Amazon Fulfillment
Poland Sp. z o.o., Wrocław

65078997R00182